L'AMOUR PAR TEMPS DE CRISE

DANIELA KRIEN

L'AMOUR PAR TEMPS DE CRISE

roman

Traduit de l'allemand
par Dominique Autrand

ALBIN MICHEL

Ouvrage publié sous la direction
de Dominique Autrand

Édition originale parue en Suisse sous le titre :
DIE LIEBE IM ERNSTFALL

Paula

Le jour où Paula constate qu'elle est heureuse est un dimanche de mars.

Il pleut. La pluie a commencé pendant la nuit et n'a plus cessé depuis. Quand Paula se réveille vers huit heures et demie, l'eau crépite sur le velux de la chambre. Elle se tourne sur le côté et remonte le drap sous son menton. Elle ne s'est pas réveillée une seule fois cette nuit. Elle ne se souvient pas non plus d'avoir rêvé.

Sa bouche est sèche et sa tête un peu lourde lui rappelle la soirée d'hier. Wenzel a fait la cuisine et ouvert une bouteille de vin rouge français. Plus tard ils sont restés assis côte à côte sur le canapé à écouter de la musique – *Le Chant de la terre* de Mahler, la dernière sonate pour piano de Beethoven, des *Lieder* de Schubert, Brahms et Mendelssohn. Ils ont cherché sur Youtube des interprétations différentes qu'ils ont comparées en se réjouissant comme des enfants quand ils tombaient d'accord.

Paula aurait pu rester chez lui, passer la nuit avec lui,

mais elle a prétendu avoir oublié ses médicaments à la maison. L'hydrocortisone était dans son sac à main. Manquaient sa brosse à dents et son démaquillant. Wenzel aurait trouvé ces objets superflus et l'aurait convaincue de rester.

Vers deux heures du matin elle a pris un taxi. Wenzel est resté devant la maison jusqu'à ce que la voiture ait tourné au coin de la rue.

Elle prend la bouteille d'eau à côté du lit et boit, puis allume son téléphone et lit son message. *Bonjour, chérie. Ma première pensée est pour toi comme toujours.* Chaque matin et chaque soir, un petit signe de lui. Depuis dix mois déjà, sans exception.

Leni aussi aime bien Wenzel, et Wenzel aime bien Leni.

À leur première rencontre, il l'a impressionnée en faisant un croquis minute de son visage. La ressemblance était frappante, et Leni en a voulu d'autres pour pouvoir frimer à l'école.

Paula regarde l'heure. Encore neuf heures avant le retour de Leni. Elle balancera ses affaires dans un coin, murmurera un vague *Salut* et se retirera dans sa chambre, ou lui fera au contraire d'une seule traite le compte rendu de son week-end, avec photos de ses demi-frère et sœur à l'appui, et dithyrambes sur les talents culinaires de Filippa.

Tandis qu'elle répond au salut matinal de Wenzel, Paula a très envie de le voir.

C'est tôt le matin que son désir de lui est le plus fort. En préparant le café dans la cuisine elle lui envoie un message sans ambiguïté.

Depuis qu'il y a Wenzel, Leni lui manque moins les week-ends. D'ailleurs que peut-elle faire ? Leni n'est plus une petite fille. Elle teste différents sourires le matin devant la glace, découpe des trous dans ses pantalons, porte des T-shirts qui glissent et lui découvrent l'épaule comme par inadvertance, se met du gloss sur les lèvres et envoie des messages sibyllins sur le tchat de la cinquième B, composés pour l'essentiel d'émojis et d'abréviations. Elle peut se montrer intarissable, et s'enfoncer l'instant d'après dans un silence hostile. Elle se débrouille toute seule avec ses cauchemars nocturnes et il y a longtemps que Paula n'a plus vu sa fille nue. Pas même le matin où Leni lui a demandé si on pouvait déjà mettre un soutien-gorge à treize ans. Elle avait regardé ses seins et constaté qu'ils étaient gros *comme ça*. De sa main droite elle avait tracé dans l'air une ridicule protubérance, le bras gauche pressé contre son buste. Et avant même que Paula ait pu répondre, elle lui avait reproché de ne lui avoir transmis que le pire, ses taches de rousseur et sa peau claire, ses cheveux roux, ses genoux osseux, sa myopie et son incapacité à comprendre la physique et la chimie.

Paula avait fait remarquer que la transmission était le

fait du hasard et non de la volonté et elle avait voulu caresser les cheveux de sa fille. Mais Leni s'était dérobée, elle était partie en claquant la porte. Peu après elle était revenue et s'était jetée dans les bras de Paula, comme pour faire des provisions avant la prochaine prise de distance.

Il pleut toujours. Paula presse des oranges et fait mousser du lait pour son café. Sur la table un bouquet de tulipes.

Il y a seulement un an, la longue journée en perspective l'aurait paniquée. Elle se serait lancée dans du ménage ou une lessive, serait allée faire du jogging ou au cinéma, aurait téléphoné à Judith et l'aurait accompagnée voir son cheval. Peu importe ce qu'elle aurait fait, l'essentiel était de faire quelque chose. Car sinon ses démons seraient venus la persécuter.

***

Après sa séparation d'avec Ludger, elle s'est souvent demandé ce qui avait été le commencement de la fin. Quand les choses avaient-elles dérapé ?

La mort de Johanna avait été une cassure décisive. Mais avec le temps elle avait fait remonter leur échec à d'autres événements, plus anciens, de plus en plus loin en arrière, jusqu'à ce qu'il n'y ait rien de plus lointain.

Tout avait commencé par une fête.

Paula et Judith étaient passées par hasard à l'inauguration de la boutique bio du quartier de Südvorstadt. Elles étaient allées au bord du lac, s'étaient allongées nues au soleil, enduites mutuellement de crème solaire, elles avaient mangé des glaces et attiré les regards. Contentes d'elles et de leur petit effet, elles avaient ensuite repris leurs vélos et traversé la forêt en longeant le parc à gibier pour rentrer en ville où stagnait encore une chaleur moite.

De loin déjà elles avaient vu les ballons, les jardinières remplies de fleurs et la foule devant la boutique. Elles avaient envie d'une boisson fraîche et s'étaient donc arrêtées.

Ludger n'était pas loin de la porte quand elles entrèrent. Paula le vit tout de suite. Il déclara plus tard que lui aussi l'avait repérée du coin de l'œil et ne l'avait plus quittée du regard. Paula portait une robe vert mousse sans bretelles et un chapeau de soleil d'où dépassaient ses boucles rousses.

Dehors le soleil tapait, les rues sentaient les gaz d'échappement et les fleurs de tilleul, chaque souffle de vent faisait pénétrer dans la boutique ce mélange d'odeurs douceâtre et suffocant. Ludger portait une chemise en lin. Ses cheveux étaient blonds, ses yeux bleus. Ce n'était pas un conquérant.

Ils quittèrent la fête peu après. Ils poussaient leurs vélos côte à côte en bavardant.

Ludger n'arrêtait pas de lui jeter des coups d'œil mais

ne soutenait pas son regard. Quand il parlait un peu longtemps, il s'immobilisait.

Comme Paula il cherchait les chemins ombragés.

Sur la berge du fleuve il lui effleura furtivement le bras.

Sur le banc d'un parc elle l'embrassa dans la lumière du soir.

*

Les premières semaines ils se virent tous les jours.

Ils se donnaient rendez-vous près d'un chêne au Clara-Park. Paula qui arrivait toujours en avance le voyait tourner dans le chemin sur son vélo de course et lui faisait signe de loin. Ils se retrouvaient chaque fois avec un léger embarras qui disparaissait après le premier baiser.

Partant de l'arbre, leurs promenades les menaient à travers les parcs et les quartiers de la ville attenants. Paula aimait sa façon de pencher la tête et son air radieux quand il la voyait. Sa voix profonde, sa façon calme de raconter lui plaisaient. Son besoin de mouvement déteignait sur elle, ses connaissances en matière de construction écologique, de vie en autarcie, de faune et de flore l'impressionnaient.

Ludger venait fréquemment la voir à la librairie.

Parfois elle voyait d'abord surgir sa tête quand il montait au rayon de la littérature générale par l'escalier roulant. Parfois il la surprenait occupée à classer ou passer des commandes. Il lui touchait discrètement la main ou le bras, elle se retournait avec une joie secrète car ses collègues devaient bien remarquer comme il était beau.

Leurs nuits ensemble se passaient chez lui. Il ne dormit qu'une fois dans l'appartement qu'elle occupait à l'époque avec Judith. Ils avaient mangé de la pizza et bu du vin rouge tous les trois. Ludger ramenait tous les sujets de conversation à sa spécialité – l'empreinte écologique d'un être humain et comment la réduire au minimum. Il interrompait sans arrêt Judith pour creuser une question, corriger une expression inexacte.

Paula avait vu son amie balancer le pied, crisper les lèvres, et elle avait compris.

Le lendemain Judith était entrée dans sa chambre. Une pile de manuels de médecine dans les mains, elle avait expliqué à Paula qu'elle avait besoin de silence à l'approche de son examen de fin d'études et que ce serait mieux si Ludger cessait de venir quelque temps.

*

Ils passaient la nuit serrés l'un contre l'autre.

Leurs mains ou leurs pieds étaient toujours en contact. Paula lui caressait le dos en écoutant la cloche de l'église en face égrener les heures, et quand il restait encore assez de temps avant le matin elle posait sa main entre les jambes de Ludger.

Elle ne s'inquiétait pas de la façon dont ils faisaient l'amour ni d'entendre Ludger désigner tout ce qu'ils faisaient en disant *ça*. Tu aimes *ça* ? Tu veux *ça* ? Elle ne s'étonna pas non plus qu'il se dérobe la première fois qu'elle voulut explorer avec sa langue les endroits innommables de son corps. Finalement il laissa faire. Allongé silencieux, les bras croisés sur son visage.

Après ils étaient ouverts l'un à l'autre.

Ludger raconta la mort de ses parents. Quand il expliqua qu'ils s'étaient fait écraser par un camion à la sortie d'un embouteillage, sa voix devint atone. Ils étaient en route pour venir le voir. Il avait eu son diplôme d'architecte quelques jours plus tôt.

Paula lui embrassa les épaules et le cou, et il posa la tête contre sa poitrine.

*

Quelques mois après leur rencontre, Ludger lui proposa de passer au bureau. Il paraissait excité mais ne voulut pas lui révéler pourquoi. Quand Paula entra chez Brinkmann & Krohn, les frères Brinkmann se retournèrent en même temps sur leur chaise avec un petit sourire. Ludger baissa la tête, prit Paula par la main et l'entraîna dans la salle de réunion.

Sur la table il y avait le plan d'un appartement. C'était un loft avec quatre mètres de hauteur sous plafond et une surface habitable de trois cents mètres carrés. Il lui expliqua sans reprendre son souffle à quels endroits des estrades viendraient structurer l'espace, où serait l'escalier menant à une mezzanine et pourquoi un appartement sans pièces délimitées, et même sans cloisons, fonctionnait très bien. Emporté par son enthousiasme, il déclara pour finir et comme en passant : *C'est là que nous habiterons.*

Paula ne dit rien. Il lui fallut quelques instants pour comprendre.

Elle repensa à toutes les fois où il avait dit que l'église en face de chez lui le déprimait. Ludger ne voulait pas se voir rappeler chaque jour ces édifices de piété que les *gens de confession chrétienne*, comme il disait, avaient construits pour leur Dieu.

Qu'en dis-tu ? demanda-t-il. *Tu es contente ?*

Le lendemain ils allèrent à vélo visiter leur future maison. Ils se retrouvèrent sous le chêne du parc. Équipés de bonnets, d'écharpes et de gants, ils pédalèrent vers un de ces quartiers où Paula s'aventurait rarement mais auxquels Ludger prédisait une ascension rapide. Le loft se trouvait dans une rue pavée bordée d'arbres, donnait sur le canal et avait les dimensions d'un hall de gare. Il n'y avait pas d'église à proximité, mais pas grand-chose d'autre non plus. Devant Paula se dressait un grand mur non crépi, à l'intérieur il faisait froid, sa première impulsion fut de prendre ses jambes à son cou.

Ludger étala le plan par terre. Il arpenta le hall,

examina la maçonnerie et les fenêtres, et se mit à décrire. Paula voyait déjà le bloc cuisine sur son estrade de bois, elle sentait sous ses pieds les lames du parquet, montait l'escalier menant au coin chambre et, accoudée à la balustrade de la mezzanine, dominait du regard tout l'espace.

*

La séparation d'avec Judith fut difficile.

Elles avaient habité ensemble plus de cinq ans. Personne d'autre n'était aussi proche d'elle. Bébés, leurs mères les promenaient côte à côte dans des poussettes presque identiques, elles avaient fréquenté la même crèche, le même jardin d'enfants, la même école. Elles avaient reçu leur confirmation ensemble, avaient eu leurs premières règles le même mois de la même année, et toutes les deux avaient quitté Naumburg à dix-huit ans. Judith pour aller faire sa médecine à Leipzig, Paula un apprentissage de libraire à Regensburg.

Pendant le déménagement, Judith était toujours dans ses jambes, indifférente. Elle l'écouta en silence vanter tous les aspects de l'appartement et la dernière caisse n'était pas encore sortie du camion qu'elle prit congé de Paula.

*

Pendant les premiers mois de leur vie commune, Ludger n'eut qu'un sujet de conversation – un projet de réhabilitation dans le centre-ville. Il s'agissait d'une maison du dix-septième siècle. Malgré les travaux, elle était constamment en proie à l'humidité et à la moisissure. Les architectes initialement missionnés s'étaient vu retirer la commande. Leur nouveau devis dépassait très largement le plafond des dépenses estimées au départ, et Ludger avait saisi cette chance. Il avait rédigé une offre telle que personne ne pouvait proposer moins. C'était si avantageux que c'en était suspect et la solution paraissait trop belle pour être vraie.

L'inventeur de la méthode, le restaurateur Henning Grosseschmidt, avait testé avec succès dans de nombreux châteaux et musées la *régulation thermique* selon le principe de la distribution de la chaleur. Ludger avait été son élève. Il avait assisté plusieurs fois à des séminaires de Grosseschmidt.

Les radiateurs classiques étaient remplacés par des tuyaux de chauffage insérés sous le crépi des murs extérieurs, et la chaleur uniformément répartie et agissant à tous les niveaux mettait fin aux problèmes d'humidité et de moisissure. L'atmosphère ambiante s'améliorait, la qualité de l'air aussi, la consommation énergétique ainsi que l'entretien étaient minimes.

Même pendant le dîner il étalait des plans et expliquait à Paula à quelle profondeur sous le crépi étaient les tuyaux, de quel matériau ils étaient faits, dans quels bâtiments le procédé avait déjà été utilisé avec succès. Il prononçait presque avec dévotion les mots *régulation thermique* et pas une seule fois la préparation de leur mariage imminent n'éveilla en lui le même enthousiasme.

Ludger ne voulait pas d'un mariage religieux et elle s'inclina. Créer un consensus en l'approuvant lui parut judicieux. La plupart des invités étaient ceux de Paula. Ludger avait convié les frères Brinkmann avec leurs femmes et l'équipe qui était déjà là pour le déménagement. Aucun membre de sa famille ne vint. Ses relations se limitaient à des collègues, des clients et des artisans.

Paula se chargea de l'organisation du repas, du choix des boissons, ainsi que des invitations et de la décoration de l'appartement. Ludger voulut juste avoir son mot à dire sur la musique.

Ils passèrent la moitié d'une nuit assis tous les deux, Ludger fouillait parmi les disques de jazz en quête des meilleurs morceaux, il fumait en même temps, accompagnait parfois la musique en fredonnant, et quand Paula se mit spontanément à danser après son deuxième verre de vin, il la regarda. Avec cet embarras typique qu'elle connaissait bien désormais.

La tête basse et les épaules raides, la bouteille de bière pressée contre la bouche, il restait assis à regarder. La suivait du regard.

Quand elle se laissa tomber sur ses genoux, il posa sa

bière, lui passa les bras autour de la taille et l'embrassa. Il la repoussa presque aussitôt et se leva. Son corps se tendit, son regard fit le tour de la pièce et il annonça avec enthousiasme que dans cet appartement aussi la régulation thermique serait la meilleure solution.

Aucun être n'est jamais comme on voudrait qu'il soit. Paula espérait que le temps comblerait le hiatus entre désir et réalité.

***

Encore en chemise de nuit, elle sort sur le balcon après le petit déjeuner et regarde le jardin en bas. C'est son cinquième appartement dans cette ville ; enfin elle se sent bien.

Des crocus et des perce-neige poussent dans le jardin partagé que des hauts murs de pierre séparent des parcelles voisines. En dessous de Paula et Leni habite une famille avec deux enfants en bas âge, à l'entresol un couple plus âgé. La plupart du temps ils cohabitent en bonne intelligence. Seul le jardin suscite des frictions de temps à autre. Le désir d'ordre du couple de vieux est inconciliable avec les plantations chaotiques et rarement couronnées de succès de la famille de l'étage du milieu. Mais en gros ils se respectent et tous les ans une fête des voisins a lieu.

Paula va lentement d'un bout à l'autre du balcon qui

court sur la largeur de trois pièces avec un accès pour chacune. La pluie se calme peu à peu, toujours pas de réponse de Wenzel. Peut-être est-il dans son atelier en train de travailler, peut-être n'a-t-il pas encore lu son message, peut-être est-il en route pour venir la voir. Car elle ne doute pas qu'il viendra.

Elle passe les doigts sur la balustrade en bois, prend conscience du mouvement de ses bras, de ses mains, puis de son souffle et de l'effort qu'elle doit faire pour sentir son corps. Il ne s'impose pas à elle par la douleur, l'ankylose ou une fatigue excessive. Elle a cessé depuis longtemps de considérer les évidences apparentes comme des évidences.

Pendant son mariage avec Ludger, son regard était braqué sur un avenir flou, après la mort de Johanna, sur un passé aveuglant. Au présent, elle entend sonner à la porte et va ouvrir.

Wenzel arrive avec des fleurs volées. Il les trouve sur son trajet qui passe par le parc de Rosental, plus tard elles seront réparties dans des vases minuscules à travers l'appartement de Paula.

Ses cheveux qui se clairsèment sont coupés à ras. Wenzel est le premier homme qui ne cherche pas à la formater. Le premier à ne se soucier parfois que de son plaisir à elle. Le premier qu'elle ne présente pas à ses parents.

Elle le prend par la main et l'emmène dans la chambre.

Tandis qu'il la déshabille lentement, lui enjoint de se coucher sur le ventre, la caresse en pressant la pointe des doigts de sa nuque à ses cuisses qu'il écarte, elle se sent ramenée un instant à ce qu'elle a enclos dans sa mémoire. Alors elle lui parle des hommes. Lui raconte jusqu'où elle est allée, les choses qu'elle les a autorisés à faire, simplement pour éprouver une autre forme de souffrance. Une souffrance capable de supplanter le chagrin qui la ravageait comme un démon déchaîné en elle. Au milieu de ses larmes elle lui raconte ce dont elle avait honte, ce qui lui plaisait *malgré* sa honte, et que la soumission lui faisait oublier pour quelques heures la mort de son enfant. Et quand elle cesse de parler il l'embrasse, refait avec les lèvres le trajet de ses doigts.

***

Le matin du mariage ils furent réveillés par un bruit. Une fenêtre était restée ouverte pendant la nuit. Un oiseau était entré. Affolé il voletait au milieu des lampes et des meubles. Il heurta la vitre et tomba, fit un nouvel essai et rata encore la sortie.

Paula se leva d'un bond. Elle ouvrit toutes les fenêtres. Son cœur battait. Elle tressaillait chaque fois que l'oiseau se cognait. Ludger l'aida. Ensemble ils le pourchassèrent à travers la pièce immense. Mais en vain. Il ne trouvait pas l'issue. Il était encore tôt, le jour se levait dans une lumière rose. L'oiseau gisait sur le sol, ils décidèrent d'attendre.

De retour au lit, Ludger vint se coller contre elle. Il passa un bras autour d'elle et enfouit la tête dans ses cheveux. Du bout des doigts il lui caressa le ventre. Quand un frisson parcourut le corps de Paula, il s'arrêta net. Un instant plus tard il s'était rendormi.

Paula écoutait les battements d'ailes et les petits cris aigus de l'oiseau tout en remuant les doigts entre ses cuisses ouvertes. Elle se dégagea de son étreinte avec précaution. Couchée sur le ventre elle enfonça son visage dans l'oreiller.

Plus tard la sonnerie du réveil la tira du sommeil en sursaut. Elle se leva aussitôt et explora la pièce. L'oiseau avait disparu.

*

Ils passèrent leur voyage de noces à randonner dans les Vosges et Paula en revint agréablement épuisée. Ils étaient allés du mont Sainte-Odile à Kaysersberg par le col du Kreuzberg, puis dans la réserve naturelle plus au sud, avec une météo qui changeait sans arrêt et – de l'avis de Paula – des montées et des descentes périlleuses. Parfois ils marchaient l'un derrière l'autre en silence pendant des heures parce que les chemins étaient étroits et que parler demandait trop d'énergie.

Puis ils cheminaient à nouveau côte à côte et imaginaient l'avenir.

Ils couvraient de longues distances sans rencontrer âme qui vive. Ils pique-niquaient sur des rochers chauffés par le soleil, dans des ruines de châteaux forts et d'anciennes fortifications.

Dès qu'ils étaient installés Ludger sortait les cartes. Il en possédait plusieurs à des échelles différentes et montrait chaque fois à Paula l'endroit exact où ils se trouvaient. Pendant qu'ils mangeaient du pain, du fromage et des pommes, il lui expliquait l'itinéraire des prochaines heures. La précision des guides de randonnée où le moindre sentier était mentionné lui inspirait un enthousiasme sans borne.

Dans les *fermes-auberges** [1] où ils passaient la nuit, ils partageaient le dortoir avec d'autres randonneurs. Pendant leurs dix jours de voyage, ils n'allèrent à l'hôtel que la première et la dernière nuit, dans une chambre avec salle de bains et un lit double confortable, et ce furent les deux seules nuits où ils firent l'amour. Ludger avait l'habitude de se pelotonner ensuite et de cacher sa tête contre la poitrine de Paula. C'est ainsi qu'il préférait s'endormir. Si Paula se détournait avec précaution parce qu'elle n'arrivait pas à dormir dans cette position, il se rapprochait aussitôt. Même profondément endormi il la

---

1. Les mots en italiques suivis d'un astérisque sont en français dans le texte. (*N.d.T.*)

rejoignait dès que leurs corps n'étaient plus en contact. Paula se levait alors d'un côté du lit pour aller se recoucher de l'autre. Pourtant elle aimait cette confirmation physique de son amour pour elle.

*

Le jour où Paula reprit le travail après leur voyage, ses collègues la saluèrent en l'appelant par son nouveau nom – Paula Krohn. Et quand Marion, qui travaillait avec elle au rayon littérature générale, lui cria à la fin de cette journée, *Paula, ton mari est là !*, elle se redressa en souriant.

C'était un de ces instants qui resteraient précieux par la suite.

Ludger en jean et chemise de lin était devant la table des nouveautés et lui fit signe. Elle se sentit fière et n'aurait su dire pourquoi.

*

Le voile des hormones se dissipa.

Paula passait de nombreuses soirées seule dans le loft. Quand elle ouvrait les fenêtres donnant sur le canal, l'odeur saumâtre de l'eau sale s'engouffrait à l'intérieur, si elle les fermait le silence était lugubre. Elle entendait sa voix résonner dans l'espace immense. Il n'y avait aucune pièce séparée, rien qu'un cube au milieu où se trouvait la salle de bains.

Chaque soir elle attendait le retour de Ludger. La commande reçue pour une régulation thermique l'accaparait plus qu'aucun autre projet et il rentrait souvent tard. Elle occupait ses heures d'attente à faire la cuisine ou à lire, téléphonait ou se mettait à la fenêtre, sans jamais oublier que tout acte n'était qu'un pis-aller. Sa tension ne cessait qu'avec le bruit de la clé dans la serrure, et Paula se demandait si le problème était seulement l'appartement et tout ce vide à l'intérieur.

Des oiseaux s'égaraient sans arrêt dans le loft. Ils ne trouvaient pas tous le chemin de la sortie. Un jour elle découvrit un pigeon gisant à côté de la table de la cuisine avec une aile brisée. Un moineau mort sous la fenêtre par laquelle il était entré.

Dès lors les fenêtres restèrent fermées.

*

Tous les dimanches ils prenaient leur petit déjeuner au Café Telegraph.

Ludger lisait la *Frankfurter Allgemeine Zeitung* et la *Neue Zürchner Zeitung*, Paula *Der Spiegel* et *Die Zeit.*

Ils faisaient du vélo sur les pistes qui longeaient la Saale et la Mulde, visitaient des expositions, allaient au cinéma et se disputaient sur le choix du film. Ludger préférait les documentaires, Paula les biopics d'artistes.

Ludger la critiquait, disant qu'elle n'aurait pas supporté dans la réalité un seul jour de la vie d'un Georg Trakl, une semaine de la vie de Camille Claudel. Elle lui reprochait de prendre les choses trop au sérieux, de manquer d'humour, de légèreté, et il rétorquait que c'était justement cette légèreté, cette insouciance qui menait le monde à sa perte.

Ils avaient des sujets de dispute qu'ils n'auraient pas imaginé qu'on puisse avoir. Il allait plus vite qu'elle à bicyclette. Il ne se retournait jamais pour voir où elle était. Il accélérait quand les feux passaient au rouge et continuait sa route alors que Paula attendait le prochain feu vert. C'était aussi lui qui fixait les trajets. Il connaissait le meilleur itinéraire où qu'ils aillent à partir de n'importe quel endroit de la ville. La résistance de Paula cédait au plus tard quand elle regardait la carte qu'il avait toujours sur lui.

Elle se laissait parfois distancer exprès et prenait un chemin à elle. Elle savait à quel point ça l'agaçait et elle savait que la réconciliation avait parfois lieu sur l'oreiller.

Quand il était en colère, Ludger ne contenait plus sa puissance physique. Ils faisaient l'amour avec plus de liberté que d'habitude. Et c'étaient ces nuits-là qui donnaient de l'espoir à Paula. D'autres nuits elle restait éveillée, se dégageait de ses bras et ne savait que faire de son désir.

*

Déménager de ce loft fut la première décision que Paula réussit à imposer.

Ce n'était pas raisonnable. Les prix des loyers augmentaient et Ludger était en pleine crise.

Malgré son succès il n'avait eu aucune autre commande de régulation thermique. Lui qui se croyait si près du but. Brinkmann & Krohn était en passe d'être reconnu comme le meilleur cabinet d'architectes dans le secteur du bâtiment écologique. Il avait refusé d'autres contrats lucratifs et s'était disputé avec les frères Brinkmann.

À cette date l'enfant dans le ventre de Paula faisait environ huit centimètres. Il était capable de mettre son pouce dans sa bouche, de tenir le cordon ombilical entre ses doigts, et il était très remuant.

L'échographie était posée entre eux sur la table. Paula pleurait. Elle avait parlementé, supplié. *Des cloisons et des pièces !*, avait répété Ludger en secouant la tête. Selon lui le lit était assez grand pour trois et le loft idéal pour un jeune enfant. Toutes sortes de jeux étaient possibles. Vélo, trampoline, balançoire – que voulait-elle de plus ?

Quand Paula se leva de la table, elle essuya ses larmes, ramassa l'échographie et la fourra dans sa poche.

Dans les mois qui suivirent elle parcourut la ville en tous sens avec son vélo Gazelle. Elle téléphona à des agents immobiliers et des bailleurs privés, visita plusieurs appartements et fit une présélection qu'elle présenta un soir à Ludger.

Il s'avéra que les appartements étaient situés dans des quartiers que Ludger excluait d'emblée, dans des rues sans arbres et donc inacceptables, dans un état de rénovation insuffisant pour lui permettre d'y vivre, avec des voisins qui lui étaient déjà antipathiques rien que par ouï-dire. Il refusait de vivre porte à porte avec des avocats, des conseillers fiscaux ou des agents immobiliers. Il détestait leurs SUV d'où ils regardaient les autres de haut, abrogeaient les règles de priorité et se garaient en double file. Il avait en horreur les symboles de leur statut, leurs demandes qu'on abatte des arbres au profit de nouvelles places de parking, leur absence de conscience de ce qu'était la vraie vie.

Un jour où ils étaient sur le balcon d'un quatre pièces à moitié rénové, surplombant du regard la forêt alluviale, Ludger donna enfin son accord mais Paula n'éprouva aucune joie. L'odeur d'humidité et de moisi de l'ail des ours lui donnait la nausée. Elle s'appuya contre la balustrade et ferma les yeux.

L'appartement était dans un bâtiment sur l'arrière. On n'entendait pas les voitures ni le bruit des tramways, il n'y avait que les couronnes vertes des arbres et les chants des oiseaux. Le centre-ville était à dix minutes en vélo, leurs lieux de travail à tous les deux accessibles en aussi peu de temps. La cage d'escalier était remplie de vélos, et on pouvait regarder par n'importe quelle fenêtre, pas une voiture en vue. C'était parfait.

Le jour du déménagement, Paula dut se contenter d'observer et de donner des instructions à ceux qui étaient venus leur donner un coup de main. Elle était à quatre semaines du terme. Ses jambes étaient douloureuses, ses pieds enflés comprimés dans les chaussures. Elle souffrait de brûlures d'estomac et d'une fatigue indicible. Elle n'avait qu'une envie : se retirer à l'abri dans sa coquille comme un escargot.

À la fin de la journée, au milieu d'un fatras de caisses, de valises et de meubles en pièces détachées, seul le lit était à sa place. Et quand elle fut enfin couchée, Paula pensa aux nuits sans sommeil qu'elle y avait déjà passées et à l'enfant dans son ventre qui n'avait pas encore de nom.

Le bébé vint au monde deux semaines avant terme et il atterrit dans ce lit. La naissance à domicile était une idée de Ludger. Elle ne dit rien de ce projet à Judith qui travaillait comme médecin stagiaire à Hanovre. Paula savait ce que son amie en pensait. *On n'est plus au Moyen Âge*, aurait-elle dit, *c'est complètement débile.*

La certitude qu'un médecin pouvait être là en quelques minutes si nécessaire l'avait aidée à conjurer sa peur. Ses collègues aussi l'avaient confortée dans sa décision d'accoucher à la maison. Des rumeurs couraient à propos de germes multirésistants. L'hôpital n'était pas un endroit plus sûr que son propre lit.

Lit devant lequel elle était maintenant agenouillée, regardant le plafond. Une ampoule nue pendait à un fil. Il y avait encore des lampes à raccorder, des étagères à monter. Vingt minutes s'étaient écoulées depuis qu'elle l'avait appelé. *Prends un taxi*, avait-elle dit sans grand espoir. Mais comme il fallait s'y attendre, Ludger était rentré à la maison en vélo. Elle entendit sa clé dans la serrure, son pas dans le couloir et le bruit de son sac jeté dans un coin – et puis plus rien. Une contraction la submergea, sa perception se limita à son dos et son bas-ventre.

Pendant les neuf heures qui suivirent, il sortit et rentra à de multiples reprises. S'agenouilla à son chevet, s'allongea près d'elle, lui tint la main et essuya la sueur sur son front.

Un élastique pour attacher mes cheveux ! cria-t-elle. *Arrête la musique !* ordonna-t-elle, *Ferme la fenêtre !*, et quand la sage-femme l'autorisa enfin à pousser, elle n'avait plus la force de parler depuis longtemps.

Mais en une seconde les détails s'effacèrent, en une seconde les douleurs furent oubliées. La sage-femme posa le bébé sur le ventre de Paula et quand elle vit que c'était une fille elle se laissa retomber sur l'oreiller en souriant. Ludger coupa le cordon et peu après Leni Antonia Krohn tétait le sein de Paula.

*

Ludger resta trois semaines à la maison.

Pendant ces trois semaines l'univers se résuma à lui, elle et Leni. Même lorsque Paula allaitait, il restait dans le lit avec elles. Il expédiait les sorties indispensables aussi vite que possible. Ils étaient comme un champ de forces où l'énergie se perdait si une seule personne quittait le cercle fermé.

À sa dernière visite, la sage-femme fit la réflexion qu'elle avait rarement vu pareille harmonie dans une famille.

Le dernier jour qu'ils passèrent ensemble, ils se levèrent à l'aube. Paula serait bien restée couchée. Elle avait allaité Leni toutes les deux heures pendant la nuit. Son épuisement était tel qu'aller aux toilettes lui semblait déjà au-dessus de ses forces.

Le parc était désert. Une brume matinale couvrait les prés. La température était d'une fraîcheur automnale. Quand ils atteignirent le chêne où ils se donnaient toujours rendez-vous au début, Ludger posa son sac à dos, en sortit une pioche et une bêche et entreprit de creuser la fosse. La pioche buta sur une racine, l'outil rebondit et faillit lui heurter la tête. Il chercha un autre emplacement.

Leni s'était mise à pleurer. Elle était dans son landau, bien emmitouflée. Ses bras battaient l'air et ses hurlements déchiraient le silence. Paula la berça en remuant le landau. Un cycliste passa à toute allure. Les allées se rempliraient bientôt de vélos, de joggeurs et de propriétaires de chiens. Elle s'éloigna de Ludger lentement, de quelques mètres. Fit comme s'ils n'étaient pas ensemble, comme si elle aussi était une passante.

Au bout de dix minutes environ, Ludger avait creusé un trou d'une bonne trentaine de centimètres. Il plongea à nouveau la main dans son sac à dos, sortit d'un sac en plastique le placenta décongelé, le tint un moment dans ses mains et enfin le mit dans le trou. Puis il tendit le bras en direction de Paula.

Sa main était humide et Paula prit conscience du goût douceâtre qu'elle avait dans la bouche.

Quand le trou fut rebouché, Leni criait toujours. Paula fit demi-tour et traversa rapidement la pelouse en poussant le landau jusqu'au chemin. Elle ne regarda qu'une seule fois en arrière. Un grand chien fonçait tout droit vers la zone où la terre fraîchement remuée tranchait sur le vert de l'herbe.

Elle se détourna avant qu'il ait atteint la tombe du placenta.

*

Seule avec l'enfant tout était différent.

Le rythme de sa vie se régla sur les besoins de téter et de dormir du nourrisson. Son corps n'était plus à elle. Ses seins appartenaient à Leni, ses membres étaient lourds, ses cheveux ternes, et son ventre tardait à reprendre sa forme ancienne.

Quand Ludger rentrait à la maison, il n'avait d'yeux que pour sa fille. Si Paula l'avait dans les bras, il la prenait, la lui enlevait sans lui demander son avis. *Papa était sur son chantier*, disait-il, *Papa a reçu une nouvelle commande.* Et il expliquait à Leni pourquoi les maisons à basse consommation énergétique étaient sujettes à la moisissure, quels avantages présentaient les panneaux de construction en glaise, comment il voulait convaincre son client d'opter pour la régulation thermique et quelles herbes et plantes étaient adaptées à un toit végétalisé avec ajout de terre.

Le soir il bricolait dans l'appartement. Ce qu'il touchait devenait beau. L'étagère éclairée qu'il avait aménagée dans le cagibi, le portemanteau dans le couloir qu'il avait conçu lui-même, les lampes extravagantes – tout était parfait dans son imperfection.

Quand il avait terminé quelque chose il l'appelait. Elle venait et le félicitait, et il cherchait sa main.

C'est seulement plus tard, au lit, quand Leni était couchée entre eux et qu'il la regardait avec adoration, que Paula avait cette impression de malaise. La douceur dans ses yeux ne s'adressait qu'au bébé. Le moindre petit bruit que produisait l'enfant le ravissait.

Elle avait honte de ce qu'elle ressentait. Mais l'émotion de Ludger lui répugnait.

*

Chaque fois que c'était possible, elle voyait Judith qui était de retour à Leipzig et avait commencé sa spécialisation.

Paula aimait ces moments. Avec Judith elle avait de la répartie, de l'ironie, de l'assurance. Mais plus elle passait de temps avec elle, plus elle avait de mal à se réadapter ensuite. Et plus il lui était difficile de cacher la vérité à son amie.

Elle ne disait rien des nuits où elle se réveillait parce que son cœur battait trop vite. Ni des moments où tout lui semblait faux, comme une erreur impossible à réparer. Ni du fait que Ludger ne lui faisait plus l'amour depuis des mois. Avant la naissance c'était le bébé dans son ventre, après la naissance, le bébé dans leur lit. Un baiser rapide le matin, une brève étreinte le soir. Entre les deux, rien.

Au cours de ces semaines, Ludger mentionna souvent à quel point il était heureux. Paula avait l'impression qu'elle payait le prix de ce bonheur. Comme s'il vivait à ses dépens. Plus il avait d'énergie, plus elle se sentait faible. Plus il mettait de passion à bâtir des projets, plus elle devenait apathique.

Vint le moment où il se laissa pousser la barbe, où il cessa de manger de la viande et de tuer des insectes. Où il installa un filtre à eau et acheta un moulin à céréales.

Où il se mit à reverser une partie importante de son salaire à des organisations de protection des animaux et des associations de défense des droits de l'homme, et à transférer son compte dans une banque éthiquement responsable. Et la justification de ses actes était aussi simple qu'imparable : faire ce qu'il fallait ne pouvait pas être une erreur.

Il passa de nombreuses soirées à réfléchir à voix haute à la façon dont ils devaient vivre. À ce qu'ils pouvaient faire pour réduire encore leur empreinte carbone. Paula était assise à table avec lui. Une auditrice muette qui hochait la tête de temps à autre.

Plus il souffrait du monde, plus il souffrait des hommes. Il prenait des bouchons d'oreille pour aller au café. Les bribes de la vie privée des autres, la participation forcée à des existences étrangères lui étaient insupportables. Paula voyait son dégoût à l'expression tendue de son visage.

Sur le fond elle partageait son point de vue. Elle avait admiré dès le début l'intégrité morale de Ludger et sa capacité de renoncement. Contrairement à la plupart des gens il s'engageait pour ses convictions et acceptait les inconvénients. Elle comprenait sa sensibilité. Et elle aussi voulait que Leni vive dans un monde meilleur, exactement comme lui. Ce consensus n'était-il pas l'amour dont parlait Ludger ?

Mais tout cela n'avait rien à voir avec elle *personnellement*. Avec elle-Paula.

***

Paula, murmure-t-il en repoussant les mèches de son visage baigné de larmes.

Wenzel comprend. On dirait qu'il comprend tout. Il ne la méprise pas, ne la juge pas, ne fronce jamais les sourcils.

Avant de coucher avec lui pour la première fois elle est allée chez le médecin. Elle était persuadée d'avoir une maladie. Paula avait fait l'amour avec quinze hommes en l'espace d'un an. Tous mariés, d'après les données du site de rencontres extraconjugales. Paula connaissait leur prénom et leur âge mais ne savait rien de plus. Elle les avait crus quand ils affirmaient être en bonne santé.

Les hommes non plus n'avaient pas voulu savoir.

Quand les résultats furent là, elle connaissait Wenzel depuis huit semaines. Ils étaient allés au théâtre, au concert entendre une symphonie de Brahms et un concerto pour piano de Rachmaninov, ils avaient fait de longues promenades et s'étaient embrassés sur des bancs du parc. Huit semaines, c'était le temps qu'il lui fallait auparavant pour entamer, mener et terminer une liaison. Elle n'avait même pas encore vu Wenzel nu.

Au début elle craignait qu'il prenne le large quand il

découvrirait à quel point elle était démolie. Mais comme il apparaissait chaque fois à l'heure dite dans les lieux où ils avaient rendez-vous, sa peur diminua peu à peu.

Debout devant le bureau de l'accueil au cabinet médical, Paula essayait en vain de lire les résultats sur le visage de l'assistante. La femme survolait des yeux la feuille de papier, son expression était neutre. Le téléphone sonna, elle décrocha, fixa un rendez-vous, puis regarda de nouveau le papier. *Tout va bien, madame Krohn*, dit-elle sans lever la tête.

Paula roulait à vélo. Elle sentait la chaleur du vent sur sa figure.

Au marché elle acheta du poisson, des tomates, des poivrons, des concombres, des radis, de la salade, des oignons et de l'ail, des herbes fraîches, des citrons et du safran. Ses sacoches de vélo remplies, elle fit une halte chez le marchand de vin, goûta un pinot gris de Bourgogne, un bourgogne blanc et un sauvignon blanc, sentit les effets plaisants de l'alcool et quitta la boutique avec un sylvaner de Franconie.

À la maison elle enfila un tablier, mit un disque de ballades de Chopin et commença à cuisiner.

C'était le jour de l'arrivée des martinets. Leur présence fut soudaine, comme chaque année. Ils arrivaient de l'hémisphère Sud dans la première semaine de mai. Ils filaient au-dessus des rues à une vitesse vertigineuse.

Leurs cris aigus retentissaient dans le crépuscule, on les entendait même les fenêtres fermées.

Paula courut dans la salle de séjour et s'assit sur l'appui de la fenêtre. Le soleil couchant se réfléchissait quelques minutes dans une des fenêtres de l'immeuble en face. Elle se vit de trois quarts en ombre chinoise sur le rideau qui partageait la pièce, et les silhouettes des martinets passèrent comme des flèches au-dessus d'elle.

Cette nuit-là ils couchèrent ensemble. Wenzel ne fit rien que Paula ne connût déjà, et pourtant il y avait quelque chose de différent dans cet amour. C'était comme une musique complexe – après la première écoute d'autres tonalités plus subtiles se détachaient, la beauté était présente jusque dans le son le plus infime, et même dans les pauses. Et quand elle ouvrit les yeux le lendemain matin, Wenzel était toujours à côté d'elle.

***

Quand Ludger cessa de l'appeler par son nom, elle se mit à faire certaines choses dans le seul et unique but d'agir à l'inverse de ce qu'il considérait comme correct.

Un dimanche matin, elle se doucha pendant quinze bonnes minutes d'affilée.

Un mercredi soir, elle jeta une pomme talée à la poubelle sous les yeux de Ludger.

Elle acheta des vêtements et des chaussures, bien

qu'elle eût déjà vêtements et chaussures en quantité. Mais elle ne réentendit son nom que le soir où elle fit cuire un bifteck à la poêle.

À cette date, Ludger n'était végétarien que depuis quelques semaines. Tous les soirs cette décision revenait sur le tapis, il citait des chiffres sur la consommation mondiale de viande, l'élevage industriel, les besoins en fourrage et en eau. Sa mémoire factuelle était impressionnante et la conséquence nécessaire de ce savoir était le renoncement.

Quand il arriva à la porte et cria *Salut chérie !* Paula sortit le bifteck de la poêle et le posa sur une assiette. Elle ajouta du poivre, du sel marin et se servit de la salade. Elle coupa sa viande avec un couteau aiguisé. Le jus sortit. La viande était crue à l'intérieur. Un petit filet de sang se fraya un chemin à travers les feuilles vertes de la salade.

Paula sentait son cœur battre jusque dans son cou. Elle n'avait plus faim. Elle songea un instant à jeter la viande à la poubelle, mais Ludger était déjà à côté d'elle.

Qu'est-ce que tu fais, chérie ? demanda-t-il.

Et comme elle se contentait de le dévisager en silence, il dit *Paula !* et ce fut tout.

Après l'achat de la voiture il ne lui adressa pour ainsi dire plus la parole pendant des semaines.

C'était une voiture inutilement grande – une vieille Volvo noire, de presque cinq mètres de long.

Il tournait en rond comme un homme blessé, le dos courbé, abattu.

Pas question pour Paula de faire amende honorable. Le silence de Ludger la torturait, mais quand ils se remirent enfin à parler elle se justifia en disant qu'il n'aurait de toute façon pas donné son accord. Tout en passant la serpillière dans la salle de bains, elle lui déclara qu'il était son *mari* et pas son *maître*. Il répliqua qu'être dominée ne lui déplaisait pas toujours, et quand elle comprit ce qu'il voulait dire elle rit. Un sourire passa sur le visage de Ludger et elle profita de cet instant. Elle l'embrassa. Puis elle se pencha au-dessus de la machine à laver et il était encore suffisamment en colère pour ne pas battre en retraite.

L'armistice fut de courte durée.

Un dimanche après-midi on sonna. Judith entra en trombe, alla directement dans la cuisine et sans un mot elle posa sur la table des photos d'une jument Quarter Horse brun foncé avec une tache blanche en étoile. Elle avait réussi son examen de spécialisation en endocrinologie et diabétologie quelques jours plus tôt. Le cheval était la récompense qu'elle s'offrait.

Ludger qui avait Leni dans les bras regardait les photos tandis que Judith vantait le niveau de ce cheval, sa facilité sous la selle, sa souplesse et sa docilité pour passer l'obstacle. Quand elle eut terminé, il dit avec un dégoût non dissimulé dans la voix qu'un comportement éthique et responsable interdisait à un être humain de monter et de dresser un cheval, que c'était lui infliger des souffrances inutiles.

Judith plaqua ses poings sur ses hanches, jeta un coup d'œil à Leni et leva le menton d'un air de défi. *Si tu veux empêcher les souffrances inutiles*, répliqua-t-elle, *évite de mettre des enfants au monde. Car cet enfant connaîtra la souffrance comme tous les humains sur la terre.*

Elle ramassa ses photos, les fourra dans son sac et regarda Paula. Un autre jour Paula aurait peut-être pris le parti de son amie. Un autre jour elle aurait peut-être dit à Ludger qu'il n'avait pas à imposer son point de vue au monde entier et à condamner tous ceux qui ne vivaient pas comme lui.

Judith resta longtemps sans revenir.

Elle n'appelait plus et ses réponses aux messages de Paula étaient laconiques et distantes. Pour l'inauguration du cabinet médical qu'elle avait repris à un ami de sa mère, Judith envoya à Paula la même invitation qu'aux autres. Sans un mot personnel, sans rien qui rappelle leur amitié de toute une vie.

Paula tint Ludger pour responsable.

Elle songea à le quitter.

Mais ne le quitta pas.

Dans la période qui suivit ils se replièrent sur eux-mêmes. Ils déclinaient les invitations, les visiteurs étaient rares. Ils recommencèrent à faire l'amour plus souvent. Dans le cercle intime de l'amour leur couple fonctionnait.

*

Au début de sa seconde grossesse, ils se firent des excuses et des promesses. Paula reconnut agir parfois par provocation, Ludger admit qu'il voulait faire son éducation. Formuler les choses leur donna le sentiment de les avoir clarifiées et ses tendres attentions la confortaient dans l'hypothèse que les problèmes du passé n'auraient plus d'importance à l'avenir.

Des centaines de photos furent prises. Ludger avec Leni dans un bateau pneumatique sur le lac, Paula et Leni assises dans un pré d'ail des ours en fleur, Leni et Ludger devant un paresseux au zoo, tous les trois allongés dans l'herbe au bord de la Mulde avec des couronnes de pâquerettes sur la tête.

C'était bien comme c'était.

Mais c'était fragile.

Elle ne se sentait vraiment tranquille que lorsque Ludger était avec elle. Dès qu'il ne rentrait pas à l'heure convenue, elle envisageait le pire – la chute d'un échafaudage sur un chantier, un accident de vélo, une rupture d'anévrisme.

Rien de tel n'arriva.

Aux yeux du monde extérieur ils étaient simplement un beau couple.

Lors d'une réunion d'information sur une crèche en forêt où Leni devait aller, Paula sentit les regards des autres parents. Ils étaient tous assis en cercle dans une clairière et elle eut l'impression de sortir de son corps et de se voir de l'extérieur – une femme enceinte pleine d'assurance avec une petite fille aux boucles rousses sur les genoux, à son côté un bel homme au regard pensif la tenant par la taille.

Ce soir-là ils s'aimèrent. Paula but un plein verre de vin rouge malgré son état et quand Ludger la rejoignit au lit, ses mains s'emparèrent d'elle sans hésiter. Son désir pour elle était de retour. Il l'embrassa avec fougue mais ses doigts cherchèrent en vain entre ses cuisses la chaude moiteur qui aurait dû l'accueillir.

Quand ce fut terminé, ils restèrent cramponnés l'un à l'autre.

Il y avait d'autres jours où tout était beau et vrai. Quand Ludger allait chercher Leni chez la nourrice et venait à la librairie avec elle pour faire la surprise à Paula. Quand ils traversaient le parc pour aller au terrain de jeux, passaient devant les jasmins en fleur et faisaient une halte devant la camionnette du glacier sur le Sachsenbrücke. Quand ils arrivaient dans leur quartier avec ses tilleuls récemment plantés et ses maisons pimpantes aux couleurs fraîches. Quand Leni venait se glisser entre eux le matin et se rendormait tandis que les oiseaux gazouillaient dehors. Quand ils faisaient des projets et que l'avenir était radieux. Quand Ludger posait ses mains sur le ventre de Paula pour sentir le bébé bouger.

Par moments on pouvait tout de même se demander si cet enfant aurait un nom un jour. Devant les propositions de Ludger, Paula haussait tout au plus les sourcils. *Freya* et *Runa* étaient encore les moins saugrenues. *Sonnhild* lui avait arraché un gémissement agacé, et *Hedwig* un éclat de rire.

C'est seulement quatre heures après la naissance qu'ils se mirent enfin d'accord sur *Johanna*. Jusque-là le bébé était simplement *il*. Sur le trajet de la clinique à la maison ils n'échangèrent pas un mot. Ludger tenait le sac en plastique avec le placenta, Paula portait Johanna.

Elle ne savait pas elle-même pourquoi elle n'avait pas eu le courage d'accoucher de nouveau à la maison. Ils s'en étaient sortis la première fois sans aucun problème. Étaient-ce les histoires de Judith parlant d'arrêt des contractions, de cordon ombilical enroulé autour du cou, de manque d'oxygène, de handicap et de mort ? Ou bien était-ce pour que Ludger n'ait pas gain de cause ?

À la maison il fourra d'abord le placenta dans le bac à congélation du réfrigérateur. Puis il alla chercher Leni chez les voisins. Elle se précipita sur Johanna qui dormait dans le porte-bébé. Folle de joie elle attrapa sa petite sœur par les mains, par la tête et par le nez, et Ludger dut finir par l'emmener ailleurs pour ne pas compromettre le sommeil de Johanna.

Paula se mit immédiatement au lit. La vue de Ludger l'épuisait. Quand ils étaient arrivés à la voiture sur le parking de la clinique, il avait fixé le porte-bébé sur le siège arrière puis était monté s'asseoir sur le siège du passager. Selon lui il n'y avait aucune raison pour qu'elle ne conduise pas. La voiture n'était pas à lui, avait-il dit, il voulait avoir affaire à elle le moins possible.

En fait Ludger ne conduisit la Volvo que deux fois pendant toute la durée de leur mariage. La première, pour aller à la clinique où Johanna était née, la seconde pour aller à l'enterrement de Johanna.

C'était en juin. Il faisait un soleil de plomb, des drapeaux flottaient dans toute la ville, les fans de foot célébraient la victoire de l'Allemagne en coupe du monde et la clim de la Volvo était en panne. Ludger ouvrit toutes les vitres sans un mot, le vent chaud soufflait au-dessus de leurs têtes et leur apportait le parfum suave des tilleuls. La voiture était recouverte de miellat. Les poignées des portières collaient, les vitres étaient opaques, mais Ludger ne faisait rien contre. Il conduisait sans utiliser les essuie-glaces.

Dans le cimetière sud, des abeilles et des papillons volaient autour d'eux, et des centaines de rhododendrons bordaient les allées et les tombes. Leurs fleurs étaient fanées depuis longtemps et leurs feuilles pendaient mollement à cause de la sécheresse persistante. C'était le jour le plus long de l'année. Le jour du solstice d'été. La veille de leur cinquième anniversaire de mariage.

Paula percevait chaque souffle de vent, chaque bruissement de feuille, chaque insecte. Mais son regard traversait les gens sans les voir. Ludger tenait Leni par la main. Il avait le visage éteint.

*

Deux jours avant sa mort, Johanna avait été vaccinée. *Aujourd'hui on va chez le médecin*, avait dit Paula sans interrompre sa tâche. *Pour le vaccin de Hanni.* Johanna était sur les genoux de Ludger et tapait à deux mains sur son assiette. Le bruit la mettait en joie. Elle riait, elle jubilait et son petit corps dodu s'agitait de plus en plus. Ludger la maintenait en l'entourant de son bras gauche, sa main droite tentait de porter sa tasse de café à sa bouche sans rien renverser. Il avait écouté et plissé les yeux. Paula connaissait cette expression sur son visage et l'ignora. Tandis qu'elle coupait des fruits et des légumes pour Leni et lui préparait des tartines pour le jardin d'enfants, Ludger expliqua de sa voix calme que ce n'étaient pas les vaccins mais l'hygiène et l'amélioration des conditions de vie qui permettaient d'enrayer ou d'éradiquer de nombreuses maladies. Et quand elle lui prit Johanna pour l'habiller, il dit qu'il avait entendu parler de lésions cérébrales et de handicaps à la suite de vaccins. *Tu veux peut-être te charger désormais des visites chez le médecin ?* avait-elle demandé agacée. *C'est toi qui resteras à la maison quand les enfants seront malades ? Qui les soigneras quand ils auront la coqueluche ou la rougeole ?*

Paula avait aussitôt attaché Johanna dans le porte-bébé sans attendre de réponse et quitté la maison. Sa robe d'été multicolore qui lui arrivait aux chevilles flottait à chaque pas. Une fois dans la rue, elle avait ôté son chapeau de soleil et l'avait tenu au-dessus de Johanna pour la protéger. Elles étaient arrivées au cabinet médical pile à l'heure.

Il prétendit plus tard qu'il avait protesté.

Plus tard encore il se persuada qu'il n'avait même pas été informé.

*

Le jour où Johanna mourut, Paula portait aussi sa robe d'été à grosses fleurs. L'appartement fut soudain rempli de gens. Le légiste de service examina le balcon, lieu du décès, pour établir qu'on n'était pas en présence d'un crime. Une psychologue était assise à côté de Paula. Le médecin urgentiste qui avait constaté la mort de l'enfant prit place en face d'elle. Il l'interrogea sur le déroulement de la journée et des jours précédents, et Paula répondit d'une voix blanche. Elle voulait tout faire comme il fallait. Si toutes les questions recevaient une réponse, peut-être que l'enfant ouvrirait les yeux. Si elle tenait bon maintenant, peut-être que ce cauchemar se terminerait.

Après la vaccination Johanna avait hurlé pendant des heures. Elle était brûlante, ne voulait rien boire, rien manger, et impossible de la calmer. C'est seulement après que Paula lui eut fait prendre un sirop pour faire baisser la fièvre et calmer la douleur qu'elle s'endormit. Quand elle se réveilla elle se remit à hurler. Le deuxième jour la fièvre tomba mais l'enfant gisait dans son lit, apathique. On aurait dit qu'elle dormait les yeux ouverts. Elle fixait le plafond, le regard vide, éteinte. Elle ne jouait pas, ne riait pas, ne cherchait pas le contact visuel avec Paula. Dans ses bras elle était toute molle et elle restait dans la position où Paula la couchait. Le pédiatre lui assura que c'était simplement l'épuisement après la fièvre.

Le troisième jour Johanna mourut.

Paula l'avait mise sur le balcon. Elle s'était endormie emmitouflée dans un nid de couvertures et de coussins. Au bout de deux heures, comme elle ne bougeait toujours pas, Paula qui était restée à côté d'elle à lire dans une chaise longue se pencha et lui caressa la joue. Le contact de sa peau était froid alors qu'il faisait dehors une température agréable de vingt-cinq degrés.

Paula comprit aussitôt.

Elle attrapa l'enfant et la souleva. La serra contre elle, hurla. La reposa et entreprit de lui faire du bouche-à-bouche. Courut au téléphone pour appeler les urgences. Appela Ludger, agenouillée auprès de Johanna et tremblant si fort que le téléphone finit par lui tomber des mains.

*

Face au chagrin il n'y avait pas de stratégie.

Il était incontrôlable, imprévisible, sans limite. Face à tous les autres sentiments de sa vie Paula avait toujours trouvé comment s'y prendre. Mais là, non. La sidération des premières semaines avait encore été le plus supportable. Cette période où la tête savait mais le cœur pas encore, où ça ne faisait pas encore mal, où c'était encore abstrait. Le petit corps avait été enterré, le lit était vide, la boîte à musique restait muette, pourtant la douleur se faisait attendre. Mais Paula devinait qu'elle était en train de se concentrer, d'enfler, de prendre son élan.

*

Ludger vivait à côté d'elle presque en silence.

Il était là et pas là. Il passait l'essentiel de son temps à lire. L'imprimante ne cessait de cracher de nouvelles feuilles. Des livres et des textes sur feuilles volantes s'empilaient autour du bureau. Ludger était assis au milieu. Il dormait à peine, mangeait peu. Il n'avait pas cru un seul instant aux conclusions du légiste. Mort subite du nourrisson. On n'avait soi-disant trouvé dans le cerveau de Johanna aucune anomalie suggérant un lien avec la vaccination. C'était soi-disant arrivé par hasard. Sans raison. Sans responsable. Donc pour rien.

Mais ce n'était pas possible. Un bébé de huit mois ne meurt pas sans raison, sans responsable, pour rien. Il décida un beau jour qu'il avait assez lu. La torture de l'incertitude fit place à une conviction absolue. La recherche de la vérité était terminée. La responsabilité établie.

Il travaillait rarement, ne gagnait presque pas d'argent. Son regard sur tout ce qui était inutile, superflu et immoral était encore plus sévère et il était plus que jamais prêt à en assumer les conséquences. Il n'acceptait plus les commandes contraires à ses exigences. Il parlait avec mépris de ses collègues. Leurs arguments ne l'intéressaient pas. Il ne voulait rien savoir de leurs enfants, de leurs femmes et des besoins matériels qu'il fallait satisfaire.

Le cabinet d'architectes Brinkmann & Krohn explosa. On changea la plaque sur la porte, le nom *Krohn* disparut du papier à en-tête.

Au début Paula avait cherché à se rapprocher de lui, elle posait la tête sur ses genoux et trouvait l'apaisement. Mais Ludger ne répondait pas à son contact. Il se raidissait et laissait faire, dès lors elle garda ses distances.

Face à la gaieté de Leni elle était muette et désemparée. Aucun sourire de son enfant, aucune joie dans ses yeux ne se reflétait en elle.

Quand la douleur arriva, elle fut sauvage. Parfois ses pleurs n'avaient plus rien d'humain. Les sons qui sortaient d'elle l'effrayaient et la peur se lisait sur les visages de son mari et de son enfant.

Chaque matin elle se réveillait et l'horreur était là. Chaque matin elle attendait le soir – que la journée soit terminée, les somnifères avalés, le lourd rideau refermé. Elle ne voulait pas mourir mais elle ne pouvait pas vivre. Elle voulait oublier, mais c'était impossible. Et quand Ludger prononça la phrase qui mettait fin à leur mariage, elle s'étonna qu'il pût y avoir un noir plus noir que celui où elle était déjà.

Tu as Johanna sur la conscience, lui dit-il un jour. Il était debout dans l'encadrement de la porte de la cuisine, il prononça ces mots, fit demi-tour et sortit.

***

Ils restent un moment allongés côte à côte, en silence.

J'ai de la chance, dit Wenzel, *de te rencontrer seulement maintenant*.

Elle lui prend la main et la pose sur son ventre.

Plus tard ils s'habillent et vont dans la cuisine.

Il épluche des légumes, elle lui prépare le couteau, elle rince la viande et la sèche avec un torchon, il la coupe en lanières. Il met la table pendant qu'elle saisit la viande et fait cuire les légumes à la vapeur. Ils ne se gênent pas dans leurs mouvements. Quand il passe près d'elle, il lui caresse le bras.

Ils mangent.

Ils boivent du vin et de l'eau.

Ils mettent les assiettes dans le lave-vaisselle.

Ils boivent du café.

Ils s'installent sur le canapé et lisent.

Ils posent leurs livres.

Encore trois heures avant le retour de Leni…

Ils se déshabillent à la hâte, les mains de Wenzel glissent sur les cheveux de Paula, sur son cou, descendent le long de son dos. Il veut toujours tout voir. Il prend toujours son temps.

Le corps de Paula réagit instantanément au contact de ses mains, de ses lèvres, de sa langue. Elle n'a pas peur de dire de quoi elle a envie.

***

Dix-sept mois après la mort de Johanna et quelques semaines après le divorce, Ludger partit pour Copenhague. Il se ferait héberger par des amis. Cette parenthèse visait à clarifier les choses, permettre une réorientation. Les six semaines prévues devinrent deux ans.

Il rata le sixième et le septième anniversaire de Leni, sa chute d'un arbre et son bras droit cassé, son entrée à l'école, ses premiers mots écrits en lettres cursives, *Maman je t'èm*, une quantité de dents tombées et de dents neuves, son premier galop sur le cheval de Judith.

Il appelait environ une fois par semaine pour parler à Leni. Les conversations ne dépassaient pas quelques minutes. À part *oui*, *non* et *bien*, Leni ne semblait pas avoir grand-chose à dire à son père. Paula ne faisait rien pour y remédier. Il fallait qu'il sente la vitesse à laquelle la distance se creusait, son peu d'importance.

Les parents de Paula l'aidèrent au début. Ils prenaient Leni chez eux à Naumburg les fins de semaine, l'emmenaient au zoo, faisaient des petits voyages dans les monts Métallifères ou en Suisse saxonne. La mère de Paula faisait ce qu'il fallait faire, et elle le faisait de la même façon qu'elle avait élevé Paula et ses frères. Consciente de son devoir, sans se plaindre, sans implication affective visible. Son père la traitait avec une gentillesse impuissante.

La rupture eut lieu à Pâques, presque deux ans après la mort de Johanna.

Pendant le voyage vers Naumburg le vent rabattait la neige contre la vitre du train et sur le trajet en voiture entre la gare et la maison de ses parents Paula vit la cathédrale enveloppée dans une bourrasque de neige épaisse. Peu avant qu'ils arrivent à destination, son père lui dit qu'il ne fallait pas qu'elle prenne peur, il y avait d'autres invités à la maison.

Deux filles aux longues tresses noires étaient assises sur le tapis de la salle de séjour. Elles parlaient en arabe et jouaient avec les vieilles poupées de Paula. La télévision était allumée, un homme et une femme avec un foulard étaient sur le canapé, raides comme des piquets, les yeux braqués sur l'écran. Un adolescent était installé à la table. Devant lui un abécédaire ouvert qu'il regardait d'un air concentré.

Le père de Paula disparut dans son fauteuil, caché derrière un livre.

La mère de Paula s'était déjà engagée par le passé. Dès qu'elle avait une minute de libre elle secondait le pasteur, chantait dans le chœur de l'église et réconfortait les vieux de l'hospice. Pendant que Paula et ses frères se faisaient la guerre à la maison, elle ne perdait pas une occasion de s'occuper des soucis des autres.

Paula n'avait rien contre les étrangers venus d'Irak et d'Afghanistan. En outre le repas était délicieux. À la place du rôti traditionnel il y avait de l'houmous et du caviar d'aubergine, de la sauce au yaourt avec de l'ail, du couscous et des boulettes d'agneau.

Ils mangèrent tous ensemble à la table. La pièce était surchauffée, le poêle en faïence rougeoyait, et dehors il neigeait.

Paula ! dit tout à coup sa mère. *Ton sort n'a rien d'extraordinaire. Ces gens* – elle étendit les bras – *ont vécu des choses terribles. Je te conseille de t'engager toi aussi et tu verras, tu te sentiras tout de suite mieux.*

Paula dévisagea la femme irakienne et les deux filles, elle regarda dans les yeux le jeune Afghan qui les baissa aussitôt, elle fixa l'homme qui fit comme s'il ne s'en rendait pas compte.

Puis elle se leva, prit Leni par la main et s'en alla.

Son père voulut se lever mais un regard de sa mère l'arrêta dans son élan.

*

Paula s'en sortait.

Elle se levait, se lavait les dents, préparait le petit déjeuner, se mettait du rouge à lèvres, partait travailler et vendait des livres. L'après-midi elle aidait Leni à faire ses devoirs, l'emmenait chez des amis et à son cours de flûte, lui lisait une histoire le soir et allait se coucher peu après. De nouveau elle se levait, se lavait les dents, préparait le petit déjeuner, se mettait du rouge à lèvres, partait travailler et vendait des livres. Elle apprenait à contrôler ses larmes et ne pleurait jamais devant son enfant. Elle invitait régulièrement des gens à dîner pour mettre un peu d'animation. Elle tenait la maison en ordre, les vêtements étaient repassés et les plantes sur le balcon croissaient et prospéraient.

Le soir elle était assise à la table, comme débranchée, le regard braqué sur les veinules du bois.

Il ne lui restait pas beaucoup d'amis. Autour d'elle on se mariait, on faisait des enfants, on construisait des maisons, mais elle n'arrivait pas à se réjouir du bonheur des autres. Elle ne supportait que Judith. Mais Judith non plus ne comprenait pas ce que signifiait la perte d'un enfant. Un enfant qui ne naîtrait jamais faisait moins mal qu'un enfant mort.

Paula ne répondait pas aux critères habituels. La mort de son bébé l'écartait de la moyenne. Sa douleur demeurait entière. C'était comme un gâteau qui se reconstituait sans arrêt, elle avait beau manger, manger, il en restait toujours autant. Chacun devait se mesurer à sa souffrance. Presque personne n'en sortait vainqueur. Passer quelques nuits blanches parce qu'un petit enfant faisait ses dents, et alors ? Il était vivant. Défense de se plaindre.

Nul ne pouvait rivaliser avec la mort. Elle l'emportait à tous les coups.

Paula se mit à regretter Ludger.

Il était parti depuis assez longtemps pour qu'elle le voie d'un autre œil. Les erreurs s'estompaient, le beau ressortait. Son sourire juvénile, ses petits regards obliques par en dessous, le refuge de ses bras. Personne ne la protégeait. Personne ne lui demandait comment s'était passée sa journée. Personne ne faisait les courses. Personne n'était couché près d'elle la nuit. Elle n'avait personne à qui se référer.

Elle regardait les autres avec envie. Sous la pression des circonstances extérieures elle se rapprocha de Ludger. La fiabilité restait la fiabilité, même dans un mauvais mariage.

Elle attendait fébrilement les appels de Ludger pour Leni, tout en les redoutant. Quand le téléphone sonnait le vendredi soir, son cœur battait si fort qu'elle avait du mal à respirer. S'il disait un mot de travers, c'en serait fini de sa nostalgie. Or cette nostalgie était le sentiment le plus vivant qu'elle éprouvait depuis longtemps. Elle passait la journée à répéter dans sa tête les paroles qu'elle lui dirait. Même au travail elle peaufinait ses formulations et ses collègues lui faisaient parfois remarquer qu'elle marmonnait dans sa barbe devant les murs de livres et que les clients chuchotaient.

Dans son esprit, les mots qu'elle dirait le feraient revenir. Il s'excuserait. Guérirait tout ce qui la blessait encore. Son reproche, *Tu es responsable de la mort de notre enfant,* il le retirerait et ce serait comme s'il ne l'avait jamais dit. Mais dès qu'elle entendait sa voix, elle calait.

Hello, c'est Ludger, tu peux me passer Leni s'il te plaît ? disait-il toujours. Elle posait l'écouteur à côté du téléphone et appelait Leni.

La conversation qui mit fin à sa nostalgie eut lieu un dimanche soir. Paula préférait rester à la maison le dimanche. Elle ne se forçait à sortir que pour emmener Leni au terrain de jeux. Elle s'asseyait à l'écart des autres, ses larges lunettes de soleil sur le nez même les jours gris, et regardait le spectacle. Les gens s'agglutinaient en grappe autour d'un seul enfant, la plupart des petits étaient accompagnés en général par leurs deux parents, quelques-uns par une mère ou un père isolé. La violence du lien familial était dans l'air, et Paula s'imaginait parfois qu'elle les abattait tous les uns après les autres.

Ce jour-là aussi elle avait passé deux longues heures seule sur un banc à la limite du terrain de jeux. Pendant que Leni s'exerçait à faire des rétablissements sur la barre du portique, Paula lisait *Résurrection* de Tolstoï. De retour à l'appartement, elle autorisa Leni à regarder quatre épisodes de *Heidi* d'affilée, s'enferma dans la salle de bains et s'allongea par terre. Rien n'était plus épuisant que de maintenir une façade que rien n'étayait.

Plus tard elle prépara des spaghettis carbonara et but un verre de vin rouge. Le téléphone sonna pendant le repas.

Il faut que je te parle, dit Ludger.

Elle s'appelait Filippa. Il la connaissait depuis plus d'un an.

*

La maladie lui apparut comme une suite logique.

Quand elle se réveilla à la clinique, vit la canule sur le dos de sa main, le pied de la perfusion à côté du lit, elle croyait encore que son état était lié à une pneumonie.

Elle se souvint : son généraliste l'avait auscultée, il soupçonnait une pneumonie et l'avait priée de se rendre immédiatement dans le cabinet de radiologie le plus proche. Elle essayait d'assimiler ce qu'il disait tout en s'étonnant du temps qu'il lui fallait pour boutonner son corsage, enfiler sa veste en tricot et nouer son foulard. Elle était devant le bureau de l'accueil, l'infirmière lui tendait l'ordonnance destinée au spécialiste. Elle l'avait prise et s'était arrêtée au milieu de son geste. Tout son corps s'était couvert d'une sueur froide, et puis le trou noir.

Elle était seule dans la chambre. La porte était entrebâillée, dehors on entendait des pas et le bruit d'un lit roulant. Elle essaya de repousser son drap. Impossible. Elle était trop faible pour bouger un drap, trop faible pour lever la main, trop faible pour parler. Elle resta plusieurs minutes à trembler et à pleurer. Puis la porte s'ouvrit et un médecin entra avec sa cohorte.

Quand il fut parti continuer sa tournée, elle mit de l'ordre dans ses pensées.

Leni était chez Judith. Elle allait bien.

Tout le reste s'expliquait enfin – les changements

bizarres des derniers mois, les regards soucieux de Judith et son entêtement à vouloir lui faire faire toutes sortes d'examens.

Paula avait refusé et pris ses distances avec Judith.

Les collègues avaient fini par remarquer son teint foncé. Elle s'en était rendu compte aussi, naturellement. Elle l'avait d'abord vu à ses mains. Seules les premières phalanges étaient restées claires. La coloration apparaissait par plaques sur son visage. Partant du nez elle gagnait les joues et le front.

Mais elle n'avait rien fait. Elle se fichait de ce que ça pouvait être. Quand elle devint de plus en plus asthénique, elle le mit sur le compte du chagrin. Quand elle ne fut plus capable de travailler, elle pensa à une dépression. Et quand elle enchaîna les infections, elle se dit que son corps rejetait la vie.

Ce qui d'une certaine façon était vrai.

La maladie d'Addison faillit lui coûter la vie. La syncope chez le généraliste était le résultat d'une baisse brutale du taux d'hormones. Elle resta deux jours dans le coma. Ses glandes surrénales ne produisaient quasiment plus de cortisol. Chaque infection était potentiellement mortelle. Jamais elle n'avait été plus près de la délivrance.

*

Quand Ludger revint, Johanna était morte depuis beaucoup plus longtemps que n'avait duré sa vie. Quarante et un mois de mort contre huit mois de vie. Sur les plateaux d'une balance, la mort aurait catapulté dans les airs cette parcelle d'existence.

Quand il vint chercher Leni avec Filippa, un jour de décembre exceptionnellement froid, Paula regarda d'un œil éteint le visage agréablement rond de la femme inconnue, ses cheveux blonds en désordre, sa robe courte couleur de mûre, ses grosses chaussures de marche et son collant de laine, l'immense écharpe multicolore tricotée de ses mains, puis à nouveau son visage bizarrement radieux avec ses joues roses.

Un second coup d'œil faillit lui couper le souffle. Sous la robe de Filippa, la rondeur du ventre était bien visible. Elle poussa Leni dans le vestibule, se détourna sans dire au revoir et claqua la porte.

Elle resta un moment allongée sur le lit à regarder par la fenêtre. Le thermomètre extérieur marquait −11 °C. Cette journée lui resterait en mémoire, contrairement à tous les autres jours de l'année. Qui se suivaient et se confondaient en un flux à peine interrompu par quelques heures de sommeil agité. Paula remplissait ses obligations en silence jusqu'au moment où elle pouvait retourner dormir. Quand Leni était chez des amis, elle tombait dans un état végétatif dont elle ne sortait qu'à l'approche du retour de sa fille. Elle passait des journées entières sur le canapé presque sans bouger, à regarder des séries américaines et à s'endormir, bercée par le chuchotis de la langue étrangère. Elle perdait régulièrement la notion du temps et des besoins de son corps, mangeait et buvait tout juste assez pour se maintenir en vie.

Ce jour-là aussi, la tentation de rester couchée était grande. Une molle somnolence la mettrait dans cet état intermédiaire entre la veille et le sommeil où elle pourrait s'abandonner comme sous l'effet d'une légère anesthésie.

Elle ferma les yeux et attendit le soulagement de sentir la douleur se calmer. Le vent sifflait sous le toit, malmenait le pignon et faisait tourbillonner les dernières feuilles mortes derrière la fenêtre contre un ciel sans couleur.

Mais son cœur battait trop vite.

Elle se leva en hâte, enfila ses chaussures fourrées et son manteau, se noua un foulard sur la tête et descendit l'escalier.

Le vent était glacial, le chemin verglacé. Elle se dirigea vers l'épicerie en faisant attention de ne pas tomber. Elle acheta du lait et du beurre, un poivron et des œufs. Elle sortit son argent avec une lenteur horripilante, fourra ses achats dans son sac en toile, les yeux de la vendeuse fixés sur elle. Elle entendait l'homme derrière elle souffler, il piétinait, il attendait son tour, qu'elle dégage de là, mais elle était incapable d'aller plus vite, ses mains ne lui obéissaient pas. Comme si la liaison avec le cerveau était endommagée, comme si les informations ne lui parvenaient que par bribes. Allez mes pieds, mettez-vous en mouvement, pensa-t-elle, et elle s'étonna qu'ils le fassent.

À nouveau le vent glacé de l'hiver. Elle plissa les yeux. En avant, un pas après l'autre, lentement mais sans s'arrêter. Devant elle, la rue pleine de voitures. Des colonnes interminables qui passaient à toute allure. Presque sans pause. Elle s'avança jusqu'à l'extrême bord du trottoir, le bout de ses pieds dépassant un peu sur la chaussée. Les phares, les vrombissements, le vent. Elle leva la tête, la tourna légèrement à gauche et vit le camion. Il roulait vite, il ne s'arrêterait pas. Rien qu'un pas, songea-t-elle…

Les phares, le vent, et puis un enfant de l'âge de Leni. Juste à côté d'elle. La petite fille se pencha en avant, regarda d'un côté et de l'autre, et parut un instant sur le point de s'élancer. Paula la rattrapa des deux mains. Elle la tira en arrière sans ménagement et la prit par les épaules. *Il ne faut pas traverser comme ça, tu aurais pu être morte !* gronda-t-elle. Mais la fillette se dégagea. *Je voulais pas traverser*, dit-elle, *je regardais juste*.

Le camion était passé depuis longtemps. Les jambes de Paula tremblaient.

Elle prit lentement le chemin du retour, jusqu'au feu piétonnier, un pas après l'autre sur le chemin verglacé, en faisant attention de ne pas tomber.

À la maison elle alluma la radio.

Elle écouta les informations, dans l'espoir d'une nouvelle qui serait pire que sa propre vie. Quand elle croyait n'être plus jamais capable d'éprouver un instant de joie, les lointaines victimes de guerres ou de catastrophes naturelles, de famines, de pauvreté et de maladie l'aidaient. Mais ce jour-là le monde semblait faire une pause.

À dix-huit heures pile, Ludger sonna à la porte et ramena Leni. Elle rayonnait. *Je peux entrer ?* demanda-t-il, et Paula hocha la tête, sans force.

Assis face à face quarante et un mois après la mort de Johanna, ils auraient eu beaucoup de choses à se dire. Mais le regard de Paula collait à la table.

C'était Ludger qui l'avait fabriquée.

Une grande table, belle, solide. *Une table pour l'éternité*, avait-il dit à l'époque, *nos enfants mangeront et joueront dessus.*

C'est à cela qu'elle pensait, assise là, tandis qu'elle scrutait les veines du bois et sentait le regard de Ludger posé sur elle. Et aussi à l'homme qu'elle avait laissé faire usage de son corps. Elle voulait ne rien décider, ne rien avoir à dire, juste obéir aux ordres et ressentir.

Leni était au jardin d'enfants et Paula avait ouvert la porte à cet homme, le premier d'une longue série. Ils s'étaient salués d'un simple *Hello*, puis elle était allée vers la table. Elle portait une chemise de nuit et rien en dessous. Elle ne voulut pas parler. Elle ne prépara pas de café, ne proposa pas de vin, n'offrit qu'elle-même.

Il la poussa contre la table et ses mains allèrent de sa taille à ses hanches. Il y avait dans ce geste une considération qui manquait à Paula depuis longtemps.

Si Ludger avait su…

Mais il ne savait rien.

Ils auraient eu beaucoup de choses à se dire quand ils se retrouvèrent enfin assis face à face. Mais tout ce qui arriva ce jour-là, c'est que Paula leva les yeux, regarda Ludger et lui dit qu'il pouvait voir Leni régulièrement, quand il voudrait. Il n'avait qu'à laisser son numéro de téléphone et son adresse, elle l'appellerait.

C'est tout ce que tu as à me dire ? demanda-t-il, et Paula acquiesça. Puis elle baissa les yeux et l'écouta se taire.

***

Wenzel la ramène toujours à la réalité.

Leur première conversation eut lieu dans la forêt. Ils étaient sur la plateforme d'une tour d'observation, en dessous d'eux la ville et sa large ceinture verte se déployaient dans toutes les directions. Elle le croisait depuis plusieurs semaines quand elle allait courir le matin. Toujours au même endroit. Il avait commencé par la saluer d'un petit geste en passant à côté d'elle, un peu plus tard il avait murmuré un *Bonjour* accompagné d'un sourire, jusqu'au jour où il ne l'avait pas croisée mais avait surgi à côté d'elle et lui avait demandé s'il pouvait l'accompagner un bout de chemin.

Le regard de Paula était devenu plus précis, la distance focale s'était réduite, si l'on peut dire. Elle percevait son environnement de manière différente, remarquait des détails qu'elle aurait autrefois négligés dans son espoir constant de trouver plus grand. Quand elle courait, elle sentait la texture du sol, la tension de ses différents muscles, le rythme de son souffle, et elle cessa de s'isoler de l'extérieur avec ses oreillettes. C'est dans un de ces moments de perception aiguisée que Wenzel accourut, au sens propre.

Ils coururent ensemble. Et leurs pieds foulaient le sol en même temps, au même rythme. Ils parlèrent de la course, de la chance de vivre dans cette ville et il s'avéra que Wenzel connaissait presque tous les chants d'oiseaux. Quand il entendit un rossignol, il la prit par le bras et ils s'arrêtèrent. Le mâle lançait ses trilles et ses vocalises sans se répéter et Paula ne trouva rien d'étrange à écouter un oiseau dans la forêt en compagnie d'un inconnu.

Plus tard, sur la plateforme d'observation, elle fut d'accord pour courir avec lui les jours suivants.

Au bout d'une semaine il l'invita à prendre le thé.

Son appartement était exactement tel qu'elle l'imaginait : parquet, livres, tableaux, une cuisine sobre et fonctionnelle avec des ustensiles de qualité. L'atelier était la pièce la plus grande et parmi les nombreuses photos au mur, elle en repéra une aussitôt : une femme dans la cinquantaine avec de longs cheveux foncés, un visage étroit et grave, de grands yeux.

Maja, dit Wenzel, *ma femme*.

Les tombes étaient séparées d'à peine cent mètres.

Ils allèrent d'abord sur la tombe de sa femme.

Puis ils continuèrent, passèrent devant les rhododendrons, sur le gravier qui crissait.

Les pivoines étaient en fleur, la mauvaise herbe arrachée, la terre ratissée.

Paula n'avait pas pleuré. Juste essuyé un peu de poussière sur la pierre tombale, puis elle s'était redressée, avait cherché la main de Wenzel.

Et ils étaient partis.

Judith

Chaque femme devrait avoir un homme qui soit un peu comme Christian Grey[1]*...*

Sans blague ?

Judith pose la badine sur la table et survole le profil de l'homme en ouvrant la fermeture éclair de ses chaps.

Manager, 39 ans, domicilié à Radebeul, aucun centre d'intérêt à part le sport, non-fumeur, divorcé, pas d'animaux domestiques, pas d'enfants. Regard audacieux, sa prétention saute aux yeux.

Elle referme l'ordinateur, enlève aussi ses chaussures et sa culotte de cheval, dépose le tout dans le couloir et va dans la salle de bains.

Elle a passé trois heures dans la nature avec son cheval. A fait courir la jument dans les prés le long de la Mulde en contrebas de Grubnitz. Elle lui a lâché la

---

1. Christian Grey est le héros (incarné à l'écran par Jamie Dornan) de la célèbre romance érotique écrite par la romancière anglaise E. L. James *Cinquante nuances de Grey*.

bride, s'est faite légère sur la selle, et elles se sont envolées. Il n'y a pas de meilleur mot pour dire ça. Quand le corps du cheval en plein galop s'allonge et s'aplatit, quand le vent brûle les yeux, quand elle sent l'animal donner son maximum.

Sous la douche elle se frotte le dos avec une brosse. Ses longs cheveux trempés pèsent sur ses épaules. L'huile dont elle s'enduit le corps sent le bouleau. Elle savoure particulièrement ce moment après le sport – quand elle masse pour faire pénétrer l'huile dans sa peau encore humide et sent ses muscles durs et chauds.

Elle se sèche, n'enfile qu'un T-shirt et se connecte à nouveau.

Médecin, 45 ans, propriétaire d'un cheval. Un hongre, Paint Horse. Très mignon, pas trop grand.

Judith envoie un smiley mais pas d'accès à sa photo.

Chef de projet, 46 ans, se décrit comme un homme de caractère, brillant et viril. Sa plus grande qualité serait une attitude empathique au-dessus de la moyenne. Il a envoyé un smiley, mais pas de photo.

Judith allume une cigarette. Elle se lève, va à la fenêtre, l'ouvre, puis écrit :

Cher homme de caractère viril et brillant, l'empathie n'est pas une attitude, mais une aptitude à se mettre à la place de la personne en face. Celui qui se déclare lui-même d'une empathie au-dessus de la moyenne se rend suspect.

Elle ajoute un smiley clin d'œil et tape sur Envoi.

Elle fume posément, pas de façon compulsive comme les accros. Dans ses options de recherche elle a coché *Non-fumeur* et *Pas de désir d'enfant*. Sur l'âge elle est tolérante. Elle leur accorde entre 35 et 55, si ce n'est qu'un homme de 55 ans doit avoir d'autres atouts pour compenser la différence d'âge. Elle est médecin, elle connaît les problèmes des hommes de plus de cinquante ans. Une érection durable et de qualité à cet âge est un coup de chance incroyable. Comme de gagner au loto. Mais elle ne joue pas au loto.

Chef de projet, 46 ans, a répondu.

Je plains déjà ton futur mec, écrit-il.

Il n'y a que la vérité qui blesse, répond-elle du tac au tac.

Va voir un psy ! rétorque-t-il.

Elle le quitte en supprimant le contact et trie les autres partenaires proposés en fonction de leur bilan d'affinités. Tous ceux qui ont moins de 100 points sont inintéressants.

Médecin, 45 ans, a 107. Elle lisse en arrière ses cheveux trempés, se verse de l'eau et du jus de pomme dans un verre et regarde le résultat.

Votre bilan d'affinités avec KKTROO5F est prometteur. Vos personnalités s'accordent et vous pouvez espérer une grande harmonie dans la vie quotidienne avec

KKTROO5F compte tenu de vos goûts et de vos habitudes. Vous vous sentirez certainement bien ensemble. D'ailleurs vous partagez un nombre particulièrement élevé d'intérêts et de hobbys – ce qui est un plus. Organiser vos loisirs communs ne présentera aucune difficulté. Nous vous conseillons de prendre contact avec KKTROO5F.

Il a vraiment un cheval d'une beauté exceptionnelle.

Belles proportions, robe tobiano, regard fripon.

Pour ce qui est des marqueurs de genre, le féminin prédomine chez lui sur le masculin, 104 points contre 85.

L'échelle va de 60 à 140.

La part masculine chez Judith, 117, est plus prononcée que chez l'homme moyen. Ça pourrait coller, pense-t-elle. Elle connaît ses collègues. La plupart n'aiment pas se laisser dominer, mais celui-ci paraît être une exception.

Il lui envoie en retour un smiley assorti d'une photo. Chauve, yeux clairs, sourire ouvert, musclé. Pourquoi pas, pense-t-elle, et elle va se sécher les cheveux.

Hello, lui écrit-elle plus tard, *tu pratiques quelle spécialité ? En clinique ou cabinet ? Ton Paint Horse me plaît. Si on faisait une balade à cheval ? Salut, J.*

Le plus pénible dans les rencontres avec des hommes inconnus est l'effort de devoir chaque fois se raconter, recommencer à zéro sans pouvoir invoquer aucun présupposé. C'est un tour de force, avec nausée garantie dans l'heure qui précède et un goût insipide d'à-quoi-bon dans l'heure qui suit.

La deuxième chose très pénible est la prévisibilité. Aucun doute sur les intentions. Chacun révèle à l'autre la profondeur de son manque.

Médecin, 45 ans, répond.

Hello J., pourquoi pas un café dimanche après-midi ? Je suis anesthésiste, je travaille à la clinique universitaire. Mon cheval ne peut pas être monté en ce moment. Plus de détails de vive voix. Disons 15 h quartier de Südvorstadt ? Café Grundmann ? Salutations, Sven

Personne n'est responsable du nom qu'il porte, se dit Judith tandis qu'elle répond.

Je serai de garde dans le nord-ouest, mais il devrait faire beau et dans ce cas il y a moins à faire en règle générale. 15h, ça m'irait. On échange nos numéros de téléphone ?

Réponse immédiate.

Holà, ça va trop vite pour moi. J'ai eu de mauvaises expériences.

Je connais, je comprends ! écrit-elle en retour et elle se rappelle sa première fois.

Juriste, 40 ans, divorcé, un enfant (zéro vivant au foyer), non-fumeur, un chat.

Il avait proposé pour le premier rendez-vous de se

retrouver devant le monument de la Bataille des nations et de faire une balade à travers le cimetière sud.

Au bout de quelques minutes il avait déjà amené la conversation à un point crucial. Sa partenaire devait avoir la même orientation politique, ce qui dans son cas voulait dire : conservateur.

Judith non plus ne voyait pas l'intérêt de gaspiller son temps et son attention pour une personne située idéologiquement aux antipodes. Elle lui avait demandé sur quoi se fondait son conservatisme. Juriste, 40 ans, avait levé les yeux au ciel, puis regardé une tombe sur sa gauche comme si la réponse était là-dessous chez les morts.

Le pessimisme, avait-il dit, *plus exactement : une vision pessimiste de l'homme.*

*Voilà**, avait-elle répondu, *c'est ce que j'appelle un credo.*

Ils dépassèrent l'endroit où Johanna était enterrée, et discutèrent de notions telles que *Courage* et *Honneur,* qu'il utilisait sans arrêt, bizarrement. Les rhododendrons étaient en pleine floraison. Leur présence ostentatoire s'imposait à la conscience de Judith et même si elle l'écoutait, elle était très loin par la pensée. Il s'en rendit compte et parla plus fort. Sa voix rivalisait avec le vent, les oiseaux et le souvenir du petit corps dans son petit cercueil. Johanna avait huit mois.

Plus il parlait fort, plus sa voix devenait faible et tout ce qu'il disait avait beau être logique et de qualité, et son intelligence aiguë la charmer totalement, elle eut soudain envie qu'il se taise. Elle le regarda. Sa démarche était raide, laborieuse. Ces jambes-là ne danseraient jamais. Ces hanches resteraient inertes. L'esprit n'était pas tout.

Juriste, 40 ans, était une erreur.

Judith se rappela avec dégoût les langues que des hommes pleins d'esprit enfonçaient trop profond dans sa bouche. Des hommes qui dirigeaient des entreprises ou exerçaient un pouvoir politique et qui pourtant en savaient étonnamment peu sur l'anatomie féminine.

Elle prit congé de lui très vite à la porte du cimetière, mais le soulagement fut de courte durée. Pendant deux mois il l'inonda de mails, de fleurs ou de textos avec toute sorte de conseils culturels. Seul un courrier de l'avocate de Judith portant la mention *Harcèlement* stoppa l'homme amoureux.

Elle applique de la cire sur ses jambes quand arrive un nouveau message de Sven ainsi qu'un smiley pouce levé émanant d'un Docteur, 48 ans. *Votre profil accroche,* lit-elle. Photo floutée.

Judith clique sur le profil, sans conviction. Les contours vagues de la photo trahissent un visage gras et bouffi. Hobbys : ordinateur et golf.

Depuis quand Docteur est-il un métier ? écrit-elle, et la réponse ne se fait pas attendre. *Je me passe des remarques désobligeantes. Bonne chance. Vous en aurez besoin.*

Les jambes enduites d'une gangue de cire, elle s'assied par terre dans sa salle de séjour et écrit : *Les hommes comme vous n'ont pas d'avenir !*

Puis elle supprime le contact et lit ce que Sven a écrit.

Ça tient toujours pour demain 15h ? Je serai à l'heure. Sven.

La douleur quand elle arrache les bandes de cire n'est pas désagréable. En arrière-fond, la sonate *Hammerklavier* de Beethoven. La peau douce comme celle d'un bébé, elle s'allonge sur le canapé dont la tête est juste sous la fenêtre. Elle a le soleil en pleine figure.

Chaque fois qu'un homme a ôté ses chaussures et s'est allongé sur ce canapé, c'était fini. À cet instant elle n'avait plus d'effort à faire, elle était en état d'arrestation.

Elle est une belle femme et elle le sait. Sa peau est encore lisse, ses cheveux brillants et abondants, ses dents blanches et bien alignées. Contre les petites rides entre les sourcils il y a le botox.

Ce n'est pas comme le visage de Paula sur lequel on peut tout lire.

Paula a déjà appelé deux fois et son numéro s'affiche à nouveau sur l'écran. Judith regarde le téléphone jusqu'à ce que la sonnerie s'arrête. Léger pincement à l'estomac, elle y voit le signe d'une conscience intacte.

Mais aujourd'hui elle ne peut pas. Aujourd'hui elle ne supporte pas la mélancolie.

Paula est comme un gouffre, un trou noir insondable dans lequel on jette compréhension, patience, amour, et tout disparaît dans les profondeurs sans même éveiller un écho. La mort de Johanna a tout changé.

Parfois, elle prend chez elle l'autre fille de Paula. Elles partent en voiture à la campagne voir le cheval. La fillette a le droit de bichonner la jument et de la monter pendant qu'elle lui fait faire quelques tours à la longe. La petite n'est pas douée. Elle tressaute sur le dos du cheval et se cramponne à la selle au lieu de sentir la cadence et d'épouser les mouvements de l'animal. Mais Leni lui fait de la peine. Elle n'est même pas adolescente et a déjà un visage d'adulte.

Le plus beau passage du troisième mouvement de la sonate *Hammerklavier* approche. Judith se lève, va chercher la partition sur l'étagère et suit la mélodie. Peu avant la dernière mesure du mouvement, le téléphone sonne à nouveau.

C'est Hans, son ancien patron pendant sa spécialisation. Quand il est en phase dépressive il ne donne plus de nouvelles, dans ses phases maniaques ils se voient plusieurs fois par semaine.

Au lit c'est un dieu. Elle sait que la formule peut faire tiquer, n'empêche : au lit c'est un dieu.

Trois enfants, une petite femme menue, mais qu'importe. Elle ne veut définitivement pas vivre avec lui.

Ne veut pas qu'il enlève ses chaussures et s'allonge sur le canapé. Ne veut pas qu'il baisse la garde, cesse de faire des efforts, se terre auprès d'elle.

Hans, dit-elle, *tu te languis de moi ?*

Il rit. *Si tu savais…*

Raconte-moi, murmure-t-elle.

Elle s'enfonce dans le canapé et l'écoute, et quand il arrête de parler et qu'elle entend son souffle s'accélérer, elle dit : *Viens me voir, ce soir.*

Mais Hans ne vient pas. La petite femme qui a son quatrième enfant dans le ventre a besoin de lui. Et quand elle a besoin de lui, il est là.

*

La lumière du bar est tamisée.

Son regard fait le tour de la salle. Rien que des petits couples et des groupes. Tom lui recommande un pinot blanc badois. Elle acquiesce, il lui en sert un verre.

C'était comment ta semaine ? demande-t-il.

Fatigante, dit-elle, *107 patients jeudi. Tu t'imagines ?* Elle avale une gorgée et secoue la tête.

Et le canasson, ça va ?

Elle rit. *Le canasson se croit au printemps bien que ce soit l'été. Aujourd'hui il m'a presque désarçonnée, mais je l'aime quand même.*

Et les hommes ? Il ricane.

Elle fait un geste. *Ah, les hommes…*

Tom astique des verres pendant qu'ils parlent. Il a les yeux bleus, des cils noirs et épais. Les jeunes femmes flirtent avec lui et Judith se demande si elle pourrait être sa mère. Sa barbe est taillée au millimètre, ses cheveux rasés sur les côtés avec une natte dans la nuque. Son corps paraît fort et sain, les muscles bien dessinés. Mais l'apparence est trompeuse.

En situation de danger – elle en est sûre, Tom perdrait ses moyens. Ses regards sont vaniteux et candides, il est d'un naturel pacifique, neutre. Ce n'est pas un homme à ses yeux.

Judith prend une cigarette dans un étui en argent et sort avec son verre. Dehors, les autres fumeurs sont réunis en petits groupes devant la porte. Parmi eux l'une de ses patientes. Allergie sévère, bronchite chronique, légère rosacée.

Elle se détourne et s'adosse au mur de l'immeuble. On entend le bruit des voitures et les tilleuls répandent leur parfum suave qui, mêlé aux autres odeurs de la ville, menace parfois de tourner. Au-dessus d'eux le vol des martinets. Toujours en groupe, filant à toute allure en poussant leurs cris stridents. Bientôt ils quitteront la ville et iront jusqu'au sud de l'équateur, d'une seule traite. Ils dormiront en vol, et tous n'arriveront pas.

Plus tard elle se demande si elle doit laisser là sa voiture.

Plus tard encore elle monte dans l'Audi noire et

fonce dans la nuit à travers les rues désertes. L'aria d'un opéra de Verdi hurle dans les haut-parleurs.

Quand elle ouvre la porte de son immeuble, elle entend des pas derrière elle. Quelqu'un la pousse dans le hall. C'est Hans.

Ils montent l'escalier à la hâte. Dans l'entrée de son appartement il la plaque contre le mur, remonte sa robe, baisse son slip et glisse une main entre ses jambes. Elle ne bouge pas tandis que ses doigts s'affairent. Il lui embrasse le cou et sa caresse s'aventure plus loin. Il sait s'y prendre, il connaît très bien le corps de Judith.

Elle s'assied sur le bord du lit et se penche en arrière. *Tu m'as manqué*, dit-elle.

Dès qu'il est parti elle s'endort. Mais au bout de deux heures à peine elle est réveillée. Il est quatre heures du matin.

À cinq heures elle se lève, enfile sa tenue de jogging, descend l'escalier au pas de course et prend la rue qui mène au parc.

À sept heures elle est assise à la table du petit déjeuner, elle a pris sa douche. Sa garde commence.

À huit heures le chauffeur est devant la porte – un étudiant en médecine prénommé Sebastian.

Tu peux m'appeler Basti, dit-il à Judith. Elle décide de ne pas relever l'insolence et de prendre le *tu* comme un compliment.

À neuf heures moins le quart ils montent l'escalier menant à un appartement dans un immeuble neuf.

Femme, 82 ans, infection urinaire avec fièvre.

À neuf heures et demie, un septuagénaire déshydraté. La diarrhée empeste tout l'appartement. Cendriers qui débordent, fenêtres fermées. Judith remplit l'attestation d'intervention et dit à Basti d'aérer.

Dans la voiture elle s'endort. Une chanson des Doors la réveille. *People are strange*, l'étudiant a monté le son et balance la tête au rythme de la musique.

Peu avant midi, un collapsus cardiovasculaire. Femme, 26 ans, visiblement dénutrie. À voir l'appartement on croirait que personne n'y habite. D'une propreté clinique. Sur le mur du couloir un poster avec des tournesols de Van Gogh, derrière le lit dans la chambre un papier mural orné de palmiers. Judith l'hospitalise et note une forte suspicion d'anorexie.

L'autoradio diffuse des tubes des années quatre-vingt. Elle sort un CD de son sac et le donne à l'étudiant. *Auriez-vous la gentillesse ?* dit-elle. Le *Stabat Mater* de Pergolèse emplit aussitôt l'habitacle et modifie d'un coup l'atmosphère.

*

Enfant, Judith passait des demi-journées à côté de l'orgue à l'église. Pour elle c'était le summum, accompagner son père à la tribune d'orgue quand il allait s'exercer. Elle trouvait la musique liturgique pour orgue ennuyeuse, mais elle aimait bien les pièces concertantes. Emmitouflée dans des écharpes de laine elle faisait de la peinture, assise sur une peau de mouton, tandis que son père jouait du Bach et lui parlait de la vie du compositeur pendant les pauses.

Sa mère faisait les trois huit à la clinique. Judith passait parfois des journées entières sans la voir.

Quand elle commença elle-même le piano, elle avait six ans. À douze ans elle expliqua doctement à un ami de la famille en quoi la connaissance approfondie qu'avait Astor Piazzola du contrepoint dans les fugues de Bach avait influé sur ses compositions.

La musique était omniprésente. Elle travaillait son piano tous les jours, souvent pendant des heures, et chantait dans la chorale protestante avec Paula.

Paula était sa seule amie.

Elles ne se ressemblaient pas. Paula était renfermée et aspirait à se faire accepter des autres filles, Judith était précoce, insolente et parfaitement indifférente aux trucs de fille. Les garçons redoutaient ses sarcasmes et les filles sa concurrence. Dans la cour de récréation elle restait souvent en retrait à les observer. Les regardait se tenir en petits groupes et ricaner, provoquer les garçons, parler trop fort, faire des effets de cheveux. Paula était parfois à côté d'elle et regardait aussi.

*

Ils s'arrêtent devant la maison du patient suivant. Une villa à la lisière du parc.

Homme, 56 ans, gros fumeur. Une femme nettement plus jeune leur explique d'une voix tendue que l'homme a des douleurs dans la poitrine. Il ne voulait pas appeler les urgences. Prière de traiter l'affaire avec tact.

Sans analyse de sang Judith ne peut pas exclure un infarctus, et la tension du patient est nettement trop élevée. Elle lui donne un médicament à action rapide et prépare son hospitalisation. Comme il s'y oppose, elle ne discute pas. Elle lui explique les risques, lui fait signer le formulaire de refus de soins et s'en va.

C'est l'heure de déjeuner, dit-elle à Basti qui est en train de jouer des pouces sur son téléphone portable.

Puis elle incline le siège en arrière et ferme les yeux.

Peu avant quatorze heures Judith sait que Sven va l'attendre en vain. Elle n'a pas son numéro de téléphone ni le temps de se décommander par e-mail.

Médecin, 45 ans, sera seul au café Grundmann aujourd'hui.

Basti la conduit rapidement chez le prochain patient.

Un simple refroidissement. Judith agacée délivre une ordonnance à la femme et la salue à peine en partant.

L'embrouille avec l'association des médecins conventionnés lui revient à l'esprit. Il faut qu'elle écrive d'urgence son point de vue. Au cours du dernier trimestre elle a comptabilisé trop de consultations brèves. Elle a déjà eu droit une fois à un contrôle de plausibilité. Le problème était absurde : trop de prestations en trop peu de jours. Pourtant c'est ainsi : certains jours elle arrive à son cabinet vers sept heures du matin et le quitte vers vingt heures. Déjeuner commandé par téléphone à midi, suivi d'une brève sieste sur la table d'examen, et c'est reparti.

Son éthique du travail lui vient de sa mère.

Le simple fait de penser à sa mère la fatigue. La question de l'enfant revient maintenant sur le tapis à chaque conversation téléphonique. La dernière date d'il y a peu. *Non, maman*, a-t-elle dit, *pas de petit-enfant*. Elle entendait son souffle dans l'appareil et voyait sa mère exactement telle qu'elle est aujourd'hui. Sérieuse et grise, avec son chignon de plus en plus maigre sur la nuque, les sourcils rigoureusement épilés, et toujours la même couleur de rouge à lèvres. Un rouge brun passé de mode depuis longtemps.

Ensuite elle a pris sa voiture pour aller voir son cheval, l'a longuement étrillé et brossé, jusqu'à ce qu'il ait le poil luisant et sans le moindre grain de poussière, a peigné sa crinière et sa queue jusqu'à ce qu'on ne sente plus aucun nœud, lui a limé les sabots, traité les oreilles et le ventre contre les insectes, et pour finir elle est partie chevaucher à travers champs, où le blé était haut et où l'on pouvait suivre les traces de pneus des véhicules agricoles, avec les épis qui vous fouettaient les jambes. Elle a poussé sa jument puis l'a fait courir longtemps. Toutes les deux ruisselaient de sueur, et plus rien d'autre n'avait d'importance.

Elle abaisse le pare-soleil de la voiture et se regarde dans le petit miroir. Le sillon de la colère entre les sourcils est de nouveau bien visible. Elle se propose de prendre rendez-vous bientôt pour une injection.

Basti s'arrête devant une maison non rénovée. L'odeur dans la cage d'escalier rappelle à Judith l'appartement où elle a vécu pendant cinq ans avec Paula.

Paula et elle – deux retardées. À quatorze ans elles avaient encore la poitrine plate, à quinze ans elles ont été les dernières de leur classe à avoir leurs premières règles, quasiment ensemble, à dix-sept elles ont eu leur premier petit ami.

La grande perche blafarde qu'était Paula se développa en quelques mois et devint l'idole de tous les garçons. Son physique était saisissant, le vert de ses yeux, le roux de ses cheveux, sa peau claire et ses gestes doux et souples. Judith à côté paraissait austère, sportive, androgyne.

Elle s'arrêtait d'un air morose quand un des garçons lui arrachait son bonnet de la tête au passage et s'attendait à ce qu'elle le poursuive en piaillant. Leur petit jeu du qui-châtie-bien-aime-bien était trop facile à percer et heurtait son intelligence. Elle les voyait comme des petits animaux génétiquement programmés. De pauvres créatures dépourvues de volonté, qui n'avaient pas la moindre maîtrise de leurs actes.

Son premier ami fut son prof de sport.

Dix-sept ans de plus qu'elle, marié, un enfant.

Elle sonne à la porte. Un homme ouvre et la prie d'entrer. On entend un air de piano venant d'une pièce tout au fond. Judith reconnaît le premier mouvement de la *Pathétique* de Beethoven. Les murs sont couverts de gravures, de dessins, de photographies.

Dans la chambre une femme est couchée dans le lit. Un foulard bariolé en turban autour de la tête, la table de nuit encombrée de médicaments. Elle lève faiblement la main, elle a du mal à parler.

Ma femme Maja, dit l'homme, et il se présente, Wenzel Goldfuss.

Judith s'assied et écoute le mari. Maja souffre d'un cancer du sein à un stade avancé. Elle s'est réveillée dans la nuit avec une sensation de fièvre. Elle a des difficultés pour avaler et de violents maux de tête. Elle n'a même pas réussi à aller toute seule aux toilettes.

Nous ne voulons pas aller à l'hôpital, dit-il, *c'est pour ça que nous avons appelé le médecin de garde.*

Judith prend son temps pour l'ausculter. Elle donne à cette femme une cinquantaine d'années. La chimiothérapie l'a affaiblie. L'infection s'est déclarée à cause de la diminution de ses défenses immunitaires.

Elle passe en revue les médicaments sur la petite table de nuit et vérifie leur compatibilité avec ceux qu'elle veut prescrire. *Il faut que vous consultiez votre oncologue,* dit-elle, *en fait je devrais hospitaliser votre femme sur-le-champ*. Le visage pâle de l'homme est creusé de deux sillons profonds de part et d'autre des ailes du nez jusqu'à la bouche. Mais son regard est clair et ouvert, et son corps a quelque chose de puissant et de résolu.

Demain. Promis.

Judith acquiesce. Elle considère la plupart des patients comme des irresponsables placés sous sa protection et qu'il faut traiter avec sévérité en cas de doute. Mais ces deux-là ont l'air de savoir ce qu'ils font. *En cas d'aggravation, surtout si la fièvre ne baisse pas, vous appelez les urgences*, ajoute-t-elle en remettant l'ordonnance au mari.

Entretemps la sonate pour piano en est à son troisième mouvement et Judith parie que le pianiste est Alfred Brendel. Wenzel Goldfuss sourit pour la première fois.

Vous le reconnaissez à l'oreille ?

J'ai failli devenir pianiste, dit-elle et elle hausse les épaules.

En descendant l'escalier à côté de Basti, elle se rend compte qu'elle éprouve un sentiment dérangeant. Elle est jalouse de la femme malade. Maja Goldfuss va mourir. Pourtant Judith n'a jamais rien perçu d'aussi fort que le lien qui unit ces deux êtres.

Le trajet pour aller chez le patient suivant se fait en silence.

Basti conduit bien. Pas de coups de freins brusques, pas d'accélérations excessives. Il pilote la voiture avec fluidité à travers la ville. Judith ferme les yeux et se retrouve en quelques secondes dans un état de sommeil superficiel. Les longs week-ends à la clinique, les doubles vacations et les gardes de nuit lui ont appris à profiter de la moindre pause. Malgré tout elle n'a jamais regretté sa décision d'étudier la médecine.

Certes, elle serait devenue une pianiste correcte. Mais la certitude qu'elle ne dépasserait jamais la moyenne, ne serait jamais brillante, l'a amenée non seulement à laisser tomber l'examen d'aptitude mais à lâcher complètement le piano.

Quand elle est entrée pour la première fois dans l'amphi à Leipzig – c'était un cours d'anatomie –, elle a descendu les gradins jusqu'au premier rang, s'est assise au milieu, a sorti son stylo et son bloc, et quelques instants plus tard elle plongeait les yeux dans ceux de son futur amant.

Friedemann Schwarz, marié, deux enfants.

Ils se retrouvaient dans un appartement loué spécialement dans ce but. Judith fit l'impasse sur la vie habituelle au premier semestre qui consiste pour l'essentiel à étudier et faire la fête. Elle évoluait presque exclusivement entre sa chambre au foyer d'étudiants, la bibliothèque nationale et le petit logement sous les toits dans le Waldstrassenviertel.

Le lit était le point focal de l'appartement. Par le velux au-dessus de leur tête, Friedemann et elle voyaient le ciel du matin, le ciel de midi ou le ciel nocturne. Parfois la pluie frappait le carreau, parfois le plein soleil éclairait leurs corps en sueur et parfois la fenêtre était recouverte de neige. Ils s'aimaient alors sous une lumière hivernale, blême et sans ombres, et c'était comme si leurs gestes étaient déconnectés du monde extérieur. Autour du lit étaient disposés tous les objets nécessaires à leurs jeux amoureux. Dans cet appartement, cette pièce, ce lit, les règles habituelles n'avaient plus cours.

Quand des observatrices attentives répandirent le bruit qu'elle était la putain du professeur, elle ne démentit pas. Ses facilités dans toutes les matières l'éloignaient de toute façon des autres étudiants. Elle ne se joignait à aucun groupe de révision et ne se montrait à aucune fête. Elle passait ses week-ends dans un centre équestre à la lisière de la ville, avec un hongre nommé Herkules dont la propriétaire ne pouvait pas venir assez souvent pour s'en occuper convenablement.

À tout prendre, Judith préférait la compagnie de l'animal à celle des humains.

Au bout de quatre semestres elle réussit l'examen avec les meilleures notes de sa promotion. Friedemann fut le premier à l'apprendre. Ils fêtèrent l'événement au lit avec du champagne. Judith ne lui avait jamais demandé de se séparer de sa femme. Elle ne voulait de lui que le meilleur, pas les enfants qui n'étaient pas à elle, et pas non plus la haine de l'épouse trompée et abandonnée.

C'est Friedemann qui mit un terme à leur liaison. Il ne voulait plus jamais se laisser attirer dans les zones obscures de son propre désir. Autrefois, lui confia-t-il en la quittant, une femme comme elle aurait été brûlée comme sorcière.

Basti tourne dans une rue bordée d'arbres. Il se gare en double file.

Un immeuble des années cinquante, une odeur de détergent dans la cage d'escalier, des œilletons aux portes, une exiguïté oppressante.

Femme, 71 ans, chemisier blanc amidonné, jupe plissée gris-bleu.

Dans la bibliothèque, les œuvres de Marx et Engels, les classiques russes et un concentré des textes de base de la littérature allemande. La photo d'un homme est posée sur la commode. Il est en uniforme de la

Volkspolizei[1] et porte de nombreux insignes. Un ruban noir entoure le coin supérieur droit du cadre. L'appartement donne l'impression que cette femme y a vécu toute sa vie. Un privilège au temps de la RDA. Bien situé, chauffage central, eau chaude.

Chez elle à la maison il faisait froid, on se déchirait les bas dans les trous du parquet, les fenêtres du vieux pavillon n'étaient pas étanches, la cave à charbon grouillait d'araignées et de fantômes. En été seulement elle ne l'aurait échangé contre aucun autre, quand les portes de la véranda étaient ouvertes, qu'elle pouvait bondir de son piano pour aller courir dans le jardin. Quand des amis de ses parents venaient et qu'on faisait la fête. Quand elle avait le droit de rester et de participer à la conversation en sirotant un lait de poule dans une tasse à chocolat. Elle adorait parler avec les adultes, et même sa mère, qui n'aimait pas l'entendre *pérorer et faire sa maligne* et l'aurait volontiers reléguée avec les autres enfants, n'arrivait pas à lui gâcher ces soirées d'été sous les vieux arbres, où elle était attablée avec les amis musiciens de son père.

Pendant que la femme décrit ses symptômes, Judith se dit que ce sont des gens comme elle et ce mari sur la photo qui ont mené la vie dure à ses parents. Des gens ayant les insignes du parti et le pouvoir qui allait avec.

1. La Volkspolizei était la police d'État de la RDA jusqu'en 1990.

Des gens qui ont répandu leur toxicité jusque dans la dernière ramification de la génération suivante – jusque dans la vie de Judith.

Et quand la femme décrit ses douleurs et montre l'éruption de petits boutons en bas de son dos à droite, Judith pense aux dommages que peut entraîner un zona. Des douleurs névralgiques intenses et persistantes avec sensations de brûlure. Une perte de sensibilité au niveau des nerfs périphériques n'est pas rare non plus.

Elle regarde à nouveau la photo de l'homme. Elle voit les yeux las de la vieille femme et imagine sa mère debout devant le panneau d'affichage de la polyclinique, découvrant une fois de plus son nom sur le planning de la nuit, des jours fériés et des week-ends pour toute la période de Noël. Elle se revoit le soir de Noël assise une fois de plus dans l'église glaciale avec la famille de Paula, pendant que son père dirigeait le chœur et que sa mère était de garde à la clinique.

Elle aperçoit par la fenêtre un autre bloc d'immeubles. Habiter ici n'est plus un privilège depuis longtemps.

Elle prescrit un antiviral et dit à peine au revoir en partant.

Basti la dépose chez elle peu après dix-neuf heures. Elle fait du thé, mange une banane et ouvre l'ordinateur.

Sven a écrit.

Dommage. Nous aurions dû échanger nos numéros. On fait une nouvelle tentative demain soir ? Tu m'appelles ?

Son numéro de téléphone est suivi d'un smiley.

Judith clique sur le message suivant : Juge, 52 ans, a autorisé l'accès à sa photo.

Chère inconnue, ce serait un plaisir pour moi si je pouvais vous inviter à une promenade suivie d'un café. Votre profil m'intéresse beaucoup. Notre bilan d'affinités prometteur m'incite à attendre votre réponse avec espoir. Cordialement, G. H.

Judith regarde le profil. 1 m 82, non-fumeur, deux enfants, zéro vivant au foyer, sport plusieurs fois par semaine.

Comment démarrer selon lui une journée parfaite : *en compagnie de la femme que j'aime.*

Ce qui suscite chez lui une réaction allergique : *une promesse non tenue et le sans-gêne.*

Trois choses qui lui importent : *ses enfants, la femme aimée et l'art.*

Elle regarde à nouveau sa photo. Quatorze ans de différence d'âge et ça se voit.

Elle examine tout de même le bilan d'affinités avec G.H.

Sur *Les marqueurs de genre dans votre couple*, le consensus est total. Sur la barre *Mon côté masculin*, ils font le même score, 104, *Mon côté féminin*, 109 pour l'un comme pour l'autre. *Votre degré d'empathie ?* Tous deux dépassent la moyenne avec 118.

Sur la *Capacité d'adaptation*, Judith n'obtient que 81 points, lui en revanche, 109.

Sur l'*Aptitude au compromis*, la *Tendance au repli*, la *Générosité* et la *Volonté de s'imposer*, ils n'ont que deux ou trois points d'écart au maximum.

Un bilan comme celui-ci est rare, G. H. a droit à un message.

Une demi-heure plus tard elle est dans la voiture. Elle achète des oursons gélifiés, du chocolat au lait et un paquet de cigarettes à la station-service et se gare peu après en stationnement interdit devant chez Paula.

Paula ouvre la porte. Ses pommettes hautes sont très saillantes. Elle est maquillée et porte des vêtements de couleurs gaies, ce qui ne veut rien dire. Elle sourit, mais Judith jette un coup d'œil à l'enfant pour savoir comment Paula va réellement.

Leni n'est jamais loin de sa mère. La plupart du temps elle est assise à portée de vue, en train de dessiner ou de jouer avec ses petits animaux, les éléphants, les tortues et les hérissons sont ses préférés. Aujourd'hui elle paraît détendue, presque joyeuse. Elle dit bonjour à Judith, se réjouit des friandises et se replonge dans son jeu après avoir fourré dans sa bouche une grosse poignée d'oursons.

C'est un miracle que Paula soit encore en vie. Jamais auparavant Judith n'a vu un être s'éteindre à ce point.

Désolée de ne pas t'avoir rappelée hier, dit-elle.

Paula grimace ce sourire artificiel que Judith ne peut pas supporter. Elle met de l'eau dans une bouilloire, sort deux tasses de l'armoire, y suspend des sachets de thé et dit : *Tout est tellement vain.*

Judith pose les mains sur les épaules de Paula. Et elle lui dit ce qu'elle dit toujours. Que ça ira mieux avec le temps, qu'elle devrait se forcer à voir ce qui va bien, qu'elle sera capable un jour de se réjouir à nouveau, de retomber amoureuse. Mais Paula secoue la tête. *Je ne vivrai plus jamais une histoire d'amour. Je suis trop esquintée.*

Leni a interrompu son jeu. Assise par terre, immobile, elle écoute. Puis elle se lève, va vers sa mère et l'entoure de ses bras.

Judith se détourne.

Plus tard elles sont sur le balcon et fument.

Aujourd'hui, dit Judith, *j'ai vu le véritable amour.*

Et elle parle de Wenzel Goldfuss et de sa femme Maja. Elle décrit la délicatesse avec laquelle il la touchait, la chaleur dans ses regards et le naturel qu'il y avait dans tout ça. *Cette femme va mourir*, dit-elle, elle inspire une profonde bouffée et souffle la fumée loin dans le ciel du soir, *mais elle n'avait pas l'air malheureuse.*

Paula sourit et tire elle aussi sur sa cigarette. *Nous aurions dû être plus malignes*, dit-elle, *maintenant c'est trop tard. Maintenant on voit bien qu'il y a chez nous un truc qui cloche.*

Ce *nous* blesse Judith. Mais elle ne pose pas de question. Elle ne veut pas savoir ce qui cloche chez elle. Pas aujourd'hui. Ensemble elles regardent le ciel du soir.

Au moment de se quitter elles s'étreignent.

Appelle s'il y a quoi que ce soit ! dit Judith, un palier plus bas elle se retourne mais Paula a déjà refermé la porte.

Pas de nouvelles de G.H.

Bien qu'il soit en ligne.

Elle consulte encore une fois le bilan d'affinités. La question *Sous quel angle considérez-vous le monde ?* est subdivisée en trois : *Instinct*, *Émotion* et *Intellect*. Le score de G.H. est remarquable. *Instinct* et *Intellect* récoltent un nombre de points important, largement au-dessus de la moyenne. L'*Instinct* de Judith par contre a un score faible de 81 points. Pour *Émotion*, elle atteint tout juste la normale. Elle ne le dépasse que sur *Intellect*.

Pour *Aspiration à la vie domestique*, l'un et l'autre dépassent à peine les 80 points, pourtant ils se retrouvent dans la moyenne supérieure pour *Désir d'une vie réglée*.

Le questionnaire psychologique correspondant aurait été facile à manipuler. Mais Judith est animée d'une vraie curiosité, elle l'a rempli avec une franchise et une sincérité totales, le résultat l'a effarée dans un premier temps, puis elle a été obligée de reconnaître en fin de compte que cette évaluation correspondait bien à ce qu'elle était.

Combien de fois a-t-elle manqué d'instinct et introduit dans sa vie des hommes qu'elle ne pouvait même pas sentir. Combien de fois l'intellect lui a-t-il fait miroiter des choses qui plus tard se sont révélées être de grossières erreurs d'appréciation.

Désormais elle se méfie de l'intellect. Il est capable de trouver des arguments pour et contre n'importe quoi. Rien n'a de valeur, rien n'est absolu, tout est négociable. S'ils ne sont pas régulés par l'instinct, l'esprit et l'intellect sont pratiquement inutiles.

Judith regarde l'heure. Il est presque vingt-deux heures. Toujours rien de G.H.

L'attente est pénible. Même un homme dont elle ne veut pas finit par devenir désirable s'il la fait attendre. Elle n'arrive pas à dormir, et impossible de lire. Toutes ses pensées se concentrent sur le moment où l'attente prendra fin.

Autrefois, quand elle habitait encore avec Paula, même ça, c'était bien. Elles buvaient du vin et pensaient à autre chose. Et si ça ne marchait pas avec un homme, il y en avait d'autres. Cette fiabilité rendait presque n'importe quelle défaite supportable. Puis Ludger est arrivé et a emmené Paula.

Vers vingt-trois heures elle ferme son ordinateur et se met au lit bien réveillée.

Elle a besoin d'un succès. Elle sait ce que produit un manque durable de dopamine et de sérotonine. Le système immunitaire s'affaiblit. Le malheur rend malade – c'est aussi simple que ça.

Elle a besoin d'un homme, même si elle doit le mépriser tôt ou tard.

La générosité des autres femmes la stupéfie parfois. Leur clémence, la douceur avec laquelle elles se consacrent à leur mari, leur acceptation magnanime de ses faiblesses qu'elles préfèrent ignorer.

Il est minuit quand elle s'endort, mais peu avant trois heures et demie ses sanglots la réveillent. Le jour se lève quand elle finit par sombrer dans un profond sommeil.

La salle d'attente est déjà pleine à craquer quand Judith arrive à son cabinet avec un quart d'heure de retard. Elle ignore le regard réprobateur de Siegrun. La plus jeune de ses deux assistantes ne se le permettrait pas. Siegrun a le droit parce qu'elle élève seule ses trois enfants et qu'elle est indispensable au cabinet.

Bonjour, allez c'est parti ! crie Judith à la cantonade et elle se hâte vers la salle 1, enfile sa blouse, se lave les mains. La fiche bristol de la première patiente est posée devant elle. Elle appelle à l'interphone Mme Lichtblau. Brida Lichtblau vient pour des problèmes de sommeil, avec une liasse de feuilles imprimées à la main.

Le roman est fini ? demande Judith.

Brida répond par l'affirmative et laisse tomber sur le bureau le paquet de feuilles lié par un élastique. *Si vous pouviez le lire d'ici la semaine prochaine, ce serait formidable. Et surtout vous veillez juste à ce que tout soit bien exact.*

Judith acquiesce. *Et ?* demande-t-elle. *Ensuite il se passe quoi ?*

Il paraîtra dans six mois si tout va bien.

Brida Lichtblau se lève avec fougue. Elle se dirige vers la porte sur les hauts talons de ses bottes en daim, se retourne encore une fois et dit très chaleureusement : *Je vous remercie mille fois !*

Sa longue tresse est enroulée en couronne autour de sa tête. Cette coiffure démodée agit comme un camouflage, elle dissimule la violence qui se cache chez cette femme. Brida lui fait un peu penser à elle. À sa propre adaptation mimétique. À des choses vécues dans son enfance, quand elle perdait le contrôle et laissait libre cours à son énergie. À ses parents qui lui disaient qu'elle était fatigante et désagréable, et qu'elle ne facilitait pas la tâche à ceux qui voulaient l'aimer. Ce n'était pas étonnant que personne ne veuille être son ami.

Mais c'était faux. Judith avait une amie. Elle avait Paula.

Le reste de la matinée ne viennent que des malades sans intérêt.

Elle traite les cas avec un savoir-faire souverain. Rien

ne la touche ou presque. Comment peut-on faire montre d'empathie cent fois par jour, elle l'ignore. Elle regarde chaque malade dans les yeux en lui disant bonjour mais ne lui serre la main qu'au moment de dire au revoir, quand elle a évalué que la probabilité d'une maladie infectieuse était faible.

Après un déjeuner rapide au chinois du coin elle retourne au cabinet. Siegrun est à son poste à l'accueil avec une pile de journaux. Devant elle des Tupperware avec des tartines et des bâtonnets de légumes. Judith lui souhaite bon appétit et disparaît dans la salle 1. Elle s'installe devant l'ordinateur et regarde si G.H. lui a écrit.

Rien.

Elle consulte de nouveau son profil.

Sous la rubrique *Un trait positif de ma personnalité* il écrit : *C'est aux autres d'en juger*, et pour *Deux choses dont je ne pourrais jamais me séparer*, sa réponse est : *Tout objet est remplaçable, les humains ne le sont pas.*

Tandis qu'elle fait défiler la suite, arrive un message de Sven.

Pas de mail et pas d'appel de toi. Tu n'es plus intéressée ? Une réponse négative aurait été courtoise. Sven.

En réalité elle l'a oublié. Juge, 52 ans, a évincé sans aucun mal Médecin, 45.

Elle continue sa lecture, *J'aimerais pouvoir… non seulement dire le droit mais établir la justice*, puis clique pour revenir à Sven et écrit : *Cher Sven, c'est juste que j'ai eu beaucoup de travail. Si on disait ce soir ? 20h au Barcelona ?*

G.H. aimerait bien rencontrer le philosophe Robert Spaemann[1] et propose comme lieu de premier rendez-vous le grand chêne du parc de Rosental.

Il ne donne aucune prise, impossible de se moquer. Sans l'avoir rencontré, Judith croit pouvoir prendre cet homme au sérieux.

Sven envoie deux smileys et un *Bien volontiers, à tout à l'heure !*

G.H. garde toujours le silence.

Les consultations de l'après-midi commencent par une cystite de jeune mariée typique. Suivent un homme d'un certain âge présentant des troubles respiratoires et un test de la fonction pulmonaire catastrophique qu'elle envoie tout droit chez le pneumologue, une étudiante avec un syndrome du côlon irritable, une mère de quatre enfants souffrant d'une dépression carabinée, une vieille femme obèse avec une inflammation des replis cutanés, un homme ayant deux ongles de pied incarnés et une soprano aux cordes vocales enflammées.

La journée se termine et toujours pas de nouvelles de G.H.

1. Robert Spaemann (1927-2018), peu connu en France, est un philosophe et moraliste allemand d'inspiration chrétienne.

*

Sven est déjà là quand elle entre dans le bar. Il se lève et vient à sa rencontre.

Salut, dit-il, *content de te voir.*

Il n'est pas grand, mais athlétique et séduisant. Il a la démarche souple, une poignée de main ferme, mais pas trop. Il l'aide à ôter son manteau et va l'accrocher au portemanteau. Puis il lui demande si elle préfère s'asseoir à une table ou au bar, si elle veut manger ou seulement boire, si elle arrive directement de son cabinet et n'est pas trop épuisée par son travail. Lui n'a été de service aujourd'hui que jusqu'au début de l'après-midi, il a déjà couru quinze kilomètres, a fait le ménage pour rendre son appartement présentable – *on ne sait jamais qui peut passer*, ajoute-t-il avec un clin d'œil – et puis il est venu un peu en avance pour réserver une bonne table et il est vraiment très heureux de la voir.

Comment va le cheval ? demande Judith quand il fait une pause pour respirer. Elle feuillette le menu tandis que Sven lui parle de l'arthrose de son hongre, des compléments alimentaires qu'il lui donne et de ce qu'il utilise pour maîtriser plus rapidement les symptômes : huile de lin, vitamines, zinc et sélénium, du travail sur plat qu'il fait régulièrement avec lui en espérant pouvoir le monter bientôt et reprendre les balades. Là il s'arrête et rit, et son rire ne lui est pas antipathique.

Tandis que Judith opte pour des tapas et du rioja, Sven lui expose son programme sportif de la semaine. Il s'entraîne quotidiennement, participe non seulement au triathlon de Leipzig, mais aussi à ceux de Hambourg, Berlin et Munich.

Il ne boit pas de vin, elle sait déjà qu'il ne fume pas.

Ils bavardent avec décontraction et légèreté tout en mangeant. Judith commande encore du vin, Sven une autre bouteille d'eau. La conversation suit un cours sinueux, sans but, il évite habilement les sujets plus graves et il y a en lui quelque chose qui dérange Judith. Peau soignée, corps entraîné, esprit sain et positif. Pourquoi est-il seul ? Mais on pourrait lui retourner la question.

Depuis qu'elle se promène sur les sites de rencontre, la méfiance subsiste. Il peut y avoir un truc qui cloche chez des hommes qui en sont réduits à ce moyen pour trouver une femme. De même qu'il y a un truc qui cloche chez elle.

Sven sort son portable, y jette un coup d'œil et le remet dans sa poche. Il lui demande sans détour si elle a envie de venir chez lui. En règle générale cette proposition n'arrive pas dès la première rencontre. Judith voit chaque homme deux ou trois fois avant de coucher avec lui. Mais le vin produit son effet et un agréable relâchement la pousse à dire oui à la légère.

Sven est venu en vélo. Il lui donne son adresse et dit : *À tout de suite.*

Quand elle se gare il est déjà là. Devant la porte de l'immeuble, détendu, les mains dans les poches de son pantalon. Malgré l'alcool Judith gare sa voiture sans effort dans un créneau étroit et le suit au quatrième étage d'un immeuble locatif visiblement rénové depuis peu.

Sven enlève ses chaussures dès qu'il pénètre dans l'appartement et les range bien parallèles sur une étagère à chaussures noire. Judith se débarrasse elle aussi de ses ballerines et marche pieds nus sur le stratifié froid en direction de la salle de séjour. Elle découvre un immense écran plat, une chaîne hi-fi avec de grands baffles, des rayonnages de CD. Quasiment pas de livres. Quand Sven revient de la cuisine avec deux verres et une bouteille d'eau, elle a envie de partir.

Le silence règne. Un silence tel qu'elle a l'impression de faire du bruit quand elle croise les jambes l'une sur l'autre et déplace le poids de son corps. Le canapé est rouge et en cuir.

Je peux te montrer quelque chose ? demande Sven et il prend une télécommande.

Une image apparaît aussitôt sur l'écran plat. Judith sait maintenant qu'elle *doit* partir.

La femme dans le film tient un fouet dans la main droite. Sa voix est à la fois douce et ferme.

J'ai ici tout ce qu'il nous faut, susurre Sven.

Judith hoche la tête. Elle lui effleure le bras, puis pose son verre, se lève et quitte l'appartement.

Avant de démarrer la voiture, elle met *Le Clavier bien tempéré* et pousse le son à fond. Les préludes et les fugues, l'harmonie absolue, le contrepoint et la perfection polyphonique sont censés effacer les images.

Elle sort la voiture de son créneau et démarre en trombe. Elle est parfaitement réveillée. Elle file dans la nuit pendant que le *Prélude en* do *majeur* estompe le dernier regard de Sven, son expression de soumission servile. Quand la *Fugue en* do *mineur* se termine elle est arrivée chez elle. Elle aurait préféré rouler encore, parcourir toute la gamme chromatique des vingt-quatre modes et ne s'arrêter qu'au *si* mineur.

Elle monte l'escalier, referme la porte derrière elle avec soulagement, se sert un verre de vodka et se roule une cigarette. Ici, chez elle, elle est en sécurité. Il n'y a pas d'écran plat et pas de pornos, pas de laminé froid et, surtout, aucune autre présence humaine.

Judith se connecte sur la plateforme. Elle supprime le profil de Sven, ignore les nouvelles propositions de partenaires et décide de faire une pause. Elle est au lit avant minuit. Impossible de dormir.

*

Le mardi soir elle va au cinéma avec Hans, ensuite ils passent la moitié de la nuit à baiser.

Le mercredi après-midi elle a rendez-vous avec Paula dans un café, puis elle part avec Leni voir son cheval.

Le jeudi soir elle téléphone à ses parents sur le trajet du centre équestre. Elle monte son cheval sur place pendant une bonne heure puis rentre à la maison, se douche, et un peu plus tard elle est assise dans son bar habituel avec le manuscrit de Brida Lichtblau. Le barman est inconnu. Elle demande des nouvelles de Tom et apprend qu'il est parti en voyage pour assez longtemps, en Asie – Thaïlande et Birmanie. Brida a mis des post-it sur les pages à problème. Le personnage principal du roman est une urgentiste bipolaire, Judith ne se reconnaît pas dans la vie de cette femme.

Le vendredi après-midi elle charge la jument dans le van et part dans la Dahlener Heide[1]. Elle chevauche trois heures à travers champs, au milieu des bois et des prés, la plupart du temps au pas ou au trot. Elle croise deux autres cavaliers, un petit couple avec un chien et un garde forestier. Elle aurait préféré ne rencontrer personne.

La nuit elle dort d'une seule traite.

Le samedi matin, elle prend un petit déjeuner copieux avec des œufs et des fruits, s'attarde dans la salle de

1. Zone de nature préservée dans la région de Leipzig.

bains, s'accorde un second café avec une cigarette, puis se rend à pied au centre-ville.

Elle retrouve Brida dans un café. Lui explique les corrections à faire dans le roman et prête l'oreille à ses soucis. Elle est douée pour ça – disséquer les relations amoureuses des autres, analyser et clarifier. Elle sait toujours ce qu'il faut faire et Brida l'écoute avec gratitude. Ensuite elle s'achète une paire de bottillons rouges à lacets et talons hauts, un manteau de laine gris clair, une écharpe bordeaux et une flopée de sous-vêtements. Quand la vendeuse insère sa carte de crédit dans le lecteur, la sensation de vide est déjà là, et plus tard à la maison elle pose ses sacs dans le dressing et s'en désintéresse.

Elle allume son ordinateur, met le casque et consulte son courrier tandis que résonnent les premières notes de la dernière sonate pour piano de Beethoven.

Chère J.,

Je serai franc : j'ai eu un autre contact qui m'a intéressé et m'a empêché de vous répondre. Il m'a paru soudain très mesquin de communiquer avec deux femmes en parallèle, mais je ne pouvais pas non plus, ni ne voulais, vous dire clairement non, parce que j'éprouve aussi un intérêt sincère pour vous. Cette autre relation relève maintenant du passé et je vous écris à nouveau, avec l'espoir de n'avoir pas tout gâché.

Je serais très heureux de vous rencontrer, alors si vous

n'êtes pas refroidie ou peut-être même blessée par ma franchise impitoyable, faites-moi signe je vous prie. Je suis en congé la semaine prochaine et pourrais me conformer totalement à vos possibilités.

Cordialement,

G.H.

***

Judith se réveille.

Une tempête d'automne s'est abattue sur la ville pendant la nuit. Les branches fouettaient sa fenêtre et les dernières feuilles des arbres sont tombées. Elle va dans la salle de bains d'un pas lourd. Elle doit se tenir au mur en marchant. Sa tension artérielle est encore plus basse que d'habitude. Quand le jet de la douche atteint ses seins, elle tressaille, ses mamelons sont durs et sensibles.

Une sorte de douceur s'est posée sur son visage. Elle le remarque en mettant sa crème, ça la trouble. Elle applique un fluide contour des yeux en tapotant doucement, mais ce matin la fatigue lui colle à la peau. La lumière de la salle de bains lui paraît crue, elle l'éteint et se regarde à nouveau dans la glace, tourne son visage d'un côté et de l'autre, mais cette expression bizarre ne disparaît pas.

Sur le trajet du cabinet elle écoute le *Trio pour piano n°2* de Schubert. L'*Andante* lui fait monter les larmes aux yeux, elle arrête le CD, ouvre la vitre et respire l'air frais du matin.

Quelque chose cloche.

Au feu suivant, elle abaisse le pare-soleil et se regarde à nouveau dans le miroir. Elle se remémore les patients de la veille, leurs maladies et les possibilités de contamination, mais leurs symptômes étaient trop peu caractérisés pour pouvoir en tirer une conclusion.

Elle se gare, couvre d'un pas rapide les derniers mètres jusqu'au cabinet et ne se défait pas de l'impression étrange d'être reliée plus directement au monde. Elle ferme les yeux et les rouvre, mais rien n'a changé. Sa perception est toujours différente de ce qu'elle est d'habitude. Comme si l'air était plus dense et que cette densité permettait une transmission plus nette des informations émises par l'environnement.

Comme toujours la salle d'attente est déjà pleine. À la pause de midi elle a traité quarante-sept cas. Au lieu de faire preuve de son intransigeance habituelle à l'égard des patients qui ne veulent pas aller travailler à cause d'un rhume, elle a délivré généreusement les arrêts maladie. Elle se fait livrer des sushis et continue à travailler pendant sa pause. Elle examine les résultats d'un certain nombre d'analyses de sang, sort les fiches des patients à qui elle va demander de repasser au cabinet. Les mauvaises nouvelles ne se communiquent pas par téléphone. En tant que médecin consultant elle rédige deux courts rapports préconisant des psychothérapies, chaque fois avec le diagnostic F 43.2 – troubles de l'adaptation consécutifs à des changements ou des événements stressants avec perturbation émotionnelle.

Elle a une information alarmante à communiquer à une femme de son âge. L'échographie était on ne peut plus nette, les marqueurs tumoraux sont élevés, la suspicion de cancer s'est renforcée. Il faut qu'elle envoie maintenant cette mère de deux enfants passer une endoscopie et une tomodensitométrie. Si la suspicion de carcinome pancréatique se confirme, il ne lui restera pas beaucoup de temps. Elle pensera probablement à ses enfants d'abord, plus qu'à elle-même. Judith l'a vérifié souvent. C'est à cause des enfants qu'elles veulent vivre. À cause des enfants qu'elles se battent. Pourtant ce cancer-là ne laisse guère d'espoir de guérison.

Elle tend la main, prend un maki, le trempe dans la pâte de wasabi puis dans la sauce soja et l'enfourne dans sa bouche.

L'hypothèse pourrait être formulée ainsi : à diagnostic égal, même âge, même état général, les patientes ayant de jeunes enfants vivent en moyenne plus longtemps que celles qui n'ont pas d'enfants.

Et si elle-même était concernée ? La question lui vrille le crâne. Judith sort de la cuisine, traverse la salle d'attente et ouvre la fenêtre. Mais les bruits de la rue ne couvrent pas ses pensées.

Il lui reste encore trois quarts d'heure avant l'arrivée des prochains patients. Chacun voudra de nouveau qu'elle donne le meilleur, ne néglige aucun signe, ne fasse aucune erreur. Et elle n'en fait aucune, ce qui est important, ça donne du sens. C'est une chose qui fait que la vie vaut la peine.

Dès que le cabinet est fermé elle part voir son cheval.

Elle passe une demi-heure à panser la jument et lui curer les pieds, puis elle la selle, la mène sur le terrain et dresse deux obstacles de hauteur moyenne. Dix minutes d'échauffement, quelques tours au petit trot, puis au trot assis, elle passe au galop, un galop d'entraînement contrôlé, d'abord de la main gauche, puis de la main droite, ensuite quelques voltes, puis elle met la jument au pas. Pendant un demi-tour de manège le cheval évolue bride relâchée, se détend, s'ébroue, puis Judith resserre la bride, le lance au galop et saute. Du pur bonheur. Chaque fois. La fiabilité est totale.

Plus tard à la maison elle se prépare une tisane, se lave les dents, se déshabille et va se coucher en emportant la théière. Elle envoie un message à Gregor pour lui dire bonne nuit, il répond aussitôt, puis elle lit quelques pages d'une récente biographie de Beethoven, boit sa tisane, referme le livre, éteint la lumière et s'endort en quelques minutes.

Depuis qu'elle est avec Gregor, elle dort mieux.

Tout a été étrangement facile. Ils se sont donné rendez-vous, sont partis du monument à Jean-Sébastien Bach sur la place de l'église Saint-Thomas pour une longue promenade au crépuscule avant d'aller dîner dans un restaurant japonais. Ils ont parlé pendant trois bonnes heures. D'abord de leur travail, puis de leurs centres d'intérêt et pour finir de ce qu'ils attendent d'une relation amoureuse. Le ton était quasi professionnel. Comme si l'amour était l'objet d'un contrat, ils ont examiné les paragraphes un à un en quête des pièges éventuels, ont négocié et se sont mis d'accord.

Les liaisons ne l'intéressaient pas. Ce qu'il voulait, c'était une compagne, une interlocutrice intellectuelle. Il cherchait la fiabilité, associée à une proximité spirituelle et physique, ce dernier point lui paraissant moins indispensable qu'une affinité intellectuelle et émotionnelle. Habiter ensemble était envisageable, mais pas impérativement nécessaire et en tout cas pas à n'importe quel prix. Il accordait de l'importance à la fidélité, mais il était prêt à tolérer des écarts discrets en cas de baisse de sa puissance sexuelle.

Ni lors de leur première rencontre ni au cours des suivantes il n'a eu ce comportement pulsionnel de mâle dont Judith a besoin et qui en même temps lui répugne. Il l'a courtisée sans la presser. Son attitude calme et raisonnable n'a pas éveillé en elle d'émotions extrêmes. Les symptômes pathologiques de l'état amoureux n'étaient pas au rendez-vous.

Quand ils se retrouvaient, il l'embrassait sur la joue et lui demandait des nouvelles de sa journée. Ses yeux gris-vert étaient braqués sur elle, ses lèvres bien ourlées esquissaient parfois un sourire ironique, il passait de temps en temps la main dans ses cheveux courts et gris. C'était la symétrie que Judith aimait chez lui. Rien dans le visage de Gregor n'était agaçant.

Elle avait plaisir à le regarder. Plaisir à l'écouter. Elle a assisté sur son invitation à une de ses audiences. La chambre qu'il présidait statuait sur des demandes d'asile et de protection subsidiaire de gens venus des États du Maghreb, de Syrie et des Balkans. Ils requéraient contre les services administratifs qui leur avaient opposé un refus.

Je jure de traduire fidèlement et en conscience. Tandis que l'interprète répétait son serment, Gregor a adressé un dernier sourire à Judith. Puis ses regards se sont concentrés sur les visages du plaignant, de l'interprète et de l'avocat à l'air morose.

Gregor avait une connaissance approfondie de la situation actuelle, que de nouveaux dossiers remplis de rapports d'experts venaient compléter tous les jours. Lui et ses collègues étaient la première instance. On pouvait faire appel de leur décision. Pourtant, même lorsqu'elles avaient été entérinées après tous les recours, les reconduites à la frontière étaient rarement effectives.

Un travail méticuleux et fatigant restait souvent infructueux.

Il a raconté ça à Judith avec le même flegme que lorsqu'il lui a parlé de lui et de son passé. Ses deux enfants étaient adultes, sa femme avait un nouveau partenaire, lui-même vivait seul depuis son divorce trois ans plus tôt.

Ils ont fait de très longues promenades, sont allés au concert, au restaurant. Il payait, lui tenait la porte, l'aidait à ôter et remettre son manteau. Ses manières d'un autre temps étaient si naturelles que Judith se retenait de faire la moindre remarque.

Il a fallu un mois entier avant qu'ils couchent ensemble pour la première fois. Pour Gregor, la décision est tombée cette nuit-là. Quand il l'a regardée, il n'y avait plus seulement de l'intérêt dans ses yeux, mais une certitude.

Sexuellement, ça n'a rien eu d'exceptionnel. Elle a pensé à Hans à plusieurs reprises, à ses mains qui faisaient vibrer son corps. Tandis que Gregor allait et venait en elle, elle était sur le point de lui demander d'oublier sa courtoisie quand il était au lit. Mais il a sorti un préservatif de sous l'oreiller et au moment où Judith lui faisait comprendre ce qu'il devait faire pour l'amener à l'orgasme, c'était déjà fini. Plus tard il s'est occupé aussi de son plaisir à elle, après quoi il s'est dégagé, couché sur le côté il l'a attirée contre lui et embrassée tendrement dans la nuque.

Judith s'est endormie. Et au réveil elle était toujours dans ses bras. Trois heures s'étaient écoulées, trois heures pendant lesquelles il ne l'avait pas lâchée.

*

L'excitabilité persiste depuis trois jours déjà. Même le tissu moelleux de sa chemise de nuit lui fait mal quand il frôle ses seins.

Elle s'assied sur la cuvette des WC, tient le verre à dents sous elle et urine.

Deux traits bleus.

Elle vide le verre dans les toilettes, jette le test à la poubelle et se rend à son cabinet. Elle traverse la salle d'attente sans regarder personne, dit à peine bonjour, entre dans la salle 1 et claque la porte derrière elle.

À la fin des consultations de la matinée elle perd patience. Coupe le sifflet à une dame d'un certain âge qui se perd dans les détails en décrivant sa maladie. Conseille carrément une psychothérapie à l'hypocondriaque qui vient au cabinet plusieurs fois par mois.

À midi elle mange dans un snack asiatique une soupe au lait de coco épicée avec du tofu. Dans la vitrine trônent un hévéa avec une guirlande d'ampoules qui clignotent et un père Noël en plastique. Pendant qu'elle attend qu'on l'appelle pour aller chercher son plat, elle observe les autres gens. Tous sans exception tapotent sur leur téléphone. Judith sort le sien de sa poche. Elle écrit un message à Gregor mais ne l'envoie pas.

Elle sait quand c'est arrivé.

Ce jour-là, il y a trois semaines et demie environ, Gregor ne s'est pas manifesté une seule fois contrairement à son habitude. Les heures au cabinet étaient interminables. Ils avaient rendez-vous le soir mais le soir était encore loin. Vers quatorze heures elle a souhaité un bon week-end à ses collègues, a cueilli entre deux doigts la contravention coincée sous l'essuie-glace droit de sa voiture, l'a jetée parmi les autres sur le siège du passager, est rentrée chez elle et s'est changée.

Elle avait couvert les dix kilomètres du trajet en un temps record et sans un seul coup d'œil à son portable. À la maison elle a sauté dans la douche et s'est remise à consulter toutes les minutes son téléphone dont l'écran était couvert de buée. Elle l'a essuyé avec du papier-toilette, s'est maquillé les yeux et les lèvres et a senti l'odeur de sa peur.

Le silence de Gregor la torturait. Il lui rongeait les entrailles et faisait trembler ses mains. Un homme qui perturbait à ce point son système neurovégétatif était dangereux. Elle essayait en vain de se persuader qu'il n'y avait rien à craindre. Le corps est plus perspicace que l'esprit.

Gregor l'a accueillie avec une distance amicale. Le contact s'est limité à un baiser rapide sur sa joue. Il l'évitait du regard et quelque chose dans son visage avait changé. Ses cheveux paraissaient plus gris, comme si le processus du vieillissement s'était accéléré d'un coup. Elle a senti ses mains se remettre à trembler, la sueur froide couvrait ses paumes.

Elle n'a pas réussi à avaler une seule bouchée et quand Gregor s'est levé pour débarrasser les assiettes, elle les lui a prises des mains et les a reposées sur la table.

Il s'est rassis.

Et il lui a demandé s'il l'intéressait vraiment ou si elle cherchait juste à combattre sa solitude.

La baise et la culture, a poursuivi Gregor, n'étaient pas ce à quoi il aspirait. Il a répété ces deux mots dont il semblait découvrir la pertinence en les prononçant.

La baise et la culture, la baise et la culture.

Il a raconté sa journée.

Le matin il avait retrouvé sa voiture avec les pneus crevés. Pour la première fois il était arrivé en retard au travail.

L'après-midi, ses questions habiles lui avaient permis de confondre un Libyen qui faisait un récit mensonger de sa fuite. L'homme avait compris que c'était fichu. Il avait repoussé le bras de son avocat qui tentait de le calmer et s'était mis à débiter un flot de paroles. Au lieu de le rappeler à l'ordre, Gregor avait demandé à l'interprète de traduire.

C'étaient des insultes contre ce pays. Dont il prophétisait la disparition.

Et quand Gregor était retourné dans son bureau et avait ôté sa robe de magistrat, il s'était senti très las.

J'ai besoin de quelque chose de beau, a-t-il dit à Judith, *quelque chose de sain*.

Ça a dû arriver cette nuit-là.

Judith mange sa soupe à la cuillère en regardant dehors à travers la vitre du snack asiatique. Il tombe de la neige fondue, il vente, les gens courbent le dos, le visage enfoui dans leurs écharpes. Presque pas de cyclistes, rien que des colonnes de voitures et l'air à couper au couteau. La soupe épicée lui fait venir les larmes aux yeux.

Elle enfile sa doudoune, monte dans sa voiture qu'elle a garée en stationnement interdit juste devant le snack, met le *Voyage d'hiver* et se rend dans l'est de Leipzig pour une visite à domicile.

Femme, 68 ans, vivant seule.

Judith éteint la télévision et vide le cendrier plein. Elle ouvre la fenêtre et regarde les jambes de la femme. *C'est la troisième phlébite en six mois*, dit-elle sur le ton nécessaire avec certains patients pour qu'ils comprennent la gravité de la situation, *cette fois je vous fais hospitaliser, le risque de thrombose est trop élevé*.

Les infirmiers arrivés peu après empoignent la femme qui piaille et la guident pour descendre l'escalier. Pendant ce temps Judith écrit un nouveau message destiné à Gregor. *Il faut que je te voie. Je suis enceinte.* Elle sort, remonte jusqu'en haut la fermeture éclair de sa doudoune et rabat la capuche fourrée sur sa tête, relit son message et l'envoie à Paula.

*

Paula l'accueille en baskets et tenue de jogging, les joues rouges. Leni est à la table de la cuisine, une pâte à gâteaux étalée devant elle, en train de découper des biscuits à l'emporte-pièce. Depuis que Paula va régulièrement courir, l'amélioration de son état est frappante.

Je suis à toi dans une seconde, dit-elle, *je prends vite une douche*.

Judith s'assied à côté de Leni. Ensemble elles découpent des anges et des sapins de Noël, des cloches, des cœurs et des étoiles. Leni demande des nouvelles du cheval et quand elle pourra le monter à nouveau, et Judith promet de l'emmener la prochaine fois.

Quand Paula entre en peignoir de bain avec une serviette en turban autour de la tête, caresse la tête de Leni et lui dépose un baiser sur le front, Judith détourne les yeux.

Paula met la plaque de biscuits dans le four et programme le temps de cuisson, puis envoie Leni dans sa chambre.

Elle aurait dû savoir que Paula n'est pas une conseillère impartiale sur cette question. Avant la naissance de Leni, son instinct de nidification s'est déclenché exactement comme dans les livres. Après la naissance de Leni, elle s'est enfermée dans un cocon avec Ludger et le bébé. Pendant des mois elle n'a existé que dans cette symbiose à trois.

Ça va te changer, dit-elle, *tu auras des peurs que tu n'as jamais connues avant, tu éprouveras une douleur qui va plus loin que toutes les autres douleurs.*

Elle conseille pourtant à Judith de garder l'enfant.

Gregor est au courant ? demande-t-elle.

Judith secoue la tête.

Tu ne veux pas lui dire ?

Non, je ne veux pas, rétorque Judith agacée.

Elle se lève et va regarder par la fenêtre.

L'appartement d'en face baigne dans une lumière crue. Un enfant est assis sur une balançoire installée entre deux pièces. Il surgit derrière une fenêtre, disparaît une seconde et réapparaît presque aussitôt derrière l'autre. La balançoire monte si haut qu'on a l'impression qu'il va s'écraser contre le plafond. La mère est dans la pièce de gauche, le père dans celle de droite. Tous deux semblent contents qu'il se déchaîne sur sa balançoire.

Judith essaie en vain de se voir dans le rôle de mère. Elle n'a aucune image mentale d'elle-même avec un enfant. Et puisqu'il n'y a pas d'image, il n'y aura pas d'enfant.

Tu viendras me chercher après l'intervention ?

Paula acquiesce sans conviction, dehors il commence à neiger.

*

Il est un peu moins de huit heures du matin quand Judith arrive à la clinique de jour, son sac de voyage à la main. Elle n'a rien mangé depuis douze heures. Le cabinet est au rez-de-chaussée d'un immeuble d'habitation. Une infirmière l'emmène en chirurgie avec un groupe d'autres femmes. Elles sont réparties dans trois chambres. Invitées à se déshabiller, s'allonger sur les lits et attendre l'anesthésiste.

Toutes les femmes ne sont pas ici pour la même raison.

Certaines vont subir une ablation d'un polype du col de l'utérus, un prélèvement tissulaire au niveau de la muqueuse utérine, un curetage pour stopper une hémorragie. Judith et deux autres femmes sont installées à l'écart des malades, dans une pièce de passage. Ce n'est pas une idée qu'elle se fait – l'infirmière papote gentiment dans la chambre à côté alors qu'elle s'est bornée à leur donner les consignes : ne rien manger, ne rien boire, éteindre les téléphones, attendre l'anesthésiste.

Judith regarde autour d'elle. La fenêtre est ornée d'une guirlande de Noël, des étoiles en origami faites maison. Les deux autres sont silencieuses dans leurs lits. Elles sont tournées vers le mur et ont rallumé leurs téléphones en douce. Toutes les deux sont jeunes. L'une obèse, l'autre mince mais insignifiante.

Judith connaît la suite. Rester couchée, attendre. Guetter les pas dans le couloir, surveiller les portes, réfréner les pensées qui s'emballent.

Ce n'est pas la première fois.

Si elle avait tenu tête à sa mère quand elle avait dix-huit ans, elle aurait aujourd'hui un enfant adulte. Sans doute beau et sportif comme ils l'étaient à l'époque, son professeur de gymnastique et elle-même. Mais sa mère lui a brossé un tableau tellement sombre de son avenir professionnel que Judith a fini par accepter d'avorter.

Ça bouge dans la chambre à côté. C'est d'abord le tour des innocentes. Des pas énergiques traversent la pièce, une voix masculine s'adresse à la première patiente. Une dernière information, une plaisanterie qui n'est pas drôle.

Elle connaît cette voix.

Où a-t-elle entendu cette voix ?

Il y a maintenant quatorze heures qu'elle n'a rien mangé. Elle a de la peine à garder les idées claires. C'est son troisième avortement, le deuxième était dû à un homme qu'elle connaissait à peine. Tout porte à croire qu'elle est en train de laisser passer sa dernière chance d'avoir un enfant. Bientôt elle sera trop vieille ; au-delà de quarante ans le taux de grossesses spontanées n'est plus que de deux pour cent. Sur cent femmes ayant des relations sexuelles non protégées, deux tomberont enceintes. Être l'une de ces deux femmes est hautement improbable.

Elle pourrait se lever, se rhabiller et partir.

Elle pourrait appeler Paula et lui dire de venir la chercher. Elles passeraient la journée ensemble et dresseraient une liste de prénoms.

Elle sort son téléphone du sac posé à côté de son lit. Les derniers appels émanaient de Gregor et Paula. Gregor lui a téléphoné hier soir de Berlin, il doit faire une communication à un colloque et restera un jour de plus pour aller voir sa fille aînée. Le temps qu'il rentre, elle sera suffisamment rétablie pour pouvoir lui cacher l'intervention. L'interruption de grossesse elle-même ne dure pas plus d'un quart d'heure ; l'anesthésie par masque ne nécessite aucune assistance respiratoire. Elle va se réveiller, se reposer quelques heures et s'endormira ce soir dans son lit comme si de rien n'était.

Elle s'autorise une dernière fois à imaginer ce qui se passerait si elle gardait l'enfant. La première année elle pourrait organiser une suppléance au cabinet, par la suite elle embaucherait une nounou. Ils auraient l'argent nécessaire. Si elle l'appelait maintenant et qu'elle lui dise tout…

Elle a toujours le téléphone dans la main.

***

Elle est rentrée depuis dix jours d'un stage d'équitation western dans le Montana. Personne n'est venu la chercher à l'aéroport.

Depuis dix jours elle essaie en vain de prendre plaisir aux choses habituelles.

Les nuits sont interminables. Elle s'endort sans problème mais se réveille au bout de deux ou trois heures. Elle a l'impression que les limites de son corps se dissolvent. Que ses mains et ses pieds sont très loin d'elle. Les proportions se déforment. C'est comme si des créatures invisibles lui étiraient les jambes et les bras, sa tête seule restant à sa place sur l'oreiller. Elle ne ressent aucune douleur, juste un vague picotement.

Au fur et à mesure qu'elle se réveille, son corps se rassemble. Et puis il y a cette image. Toutes les nuits.

Un tas, devant elle. Il est composé de tout ce que son corps a perdu jusqu'ici : cheveux, pellicules, ongles des mains et des pieds, morve, bave, sang, sueur, excréments et urine. C'est un tas de matières organiques collantes, puantes, et l'idée terrifiante que les sept milliards d'autres êtres humains ont des tas identiques l'obsède. Elle se tourne et se retourne, inspire à fond par le nez puis expire à fond par la bouche. Attrape le verre d'eau sur la table de nuit, boit, respire et n'ose pas regarder l'heure.

Aux petites heures du jour, le sommeil revient. Les rêves qu'il apporte sont aussi sombres que les pensées qui l'ont précédé. Seule la sonnerie du réveil la délivre des tourments de la nuit.

Aujourd'hui encore elle est partie fatiguée au travail, est quand même allée faire du cheval ensuite – sans selle ni mors, rien que la corde et le licol à nœuds.

Elle se prépare une salade, puis se connecte et regarde les plus récents profils compatibles. Elle aimerait ne pas passer son prochain anniversaire toute seule.

Entrepreneur, 45 ans, deux enfants, zéro vivant au foyer, fumeur occasionnel et propriétaire de chats, a envoyé un smiley. À la question *Qui aimeriez-vous rencontrer ?* il a répondu : *Moi dans dix ans.*

Elle lit la suite. *Ce à quoi je suis allergique* : *la pilosité (sauf sur la tête).* Elle l'élimine d'un clic et fait défiler la liste.

Architecte, 48 ans, pas d'animaux domestiques, pas d'enfants, pas de désir d'enfant. Sa citation personnelle n'est pas de lui mais d'Hemingway. Au moins il ne parle pas de pilosité.

Elle a interrompu sa recherche pendant deux ans, elle comptait sur le hasard et envisageait même sérieusement une solitude durable. Elle avait son travail, son cheval et ses amies – Paula et Brida. Pas de place pour un homme. C'est seulement quand Paula l'a appelée pour lui parler de Wenzel que Judith a repris conscience de la difficulté d'être seule.

Elle va dans la cuisine, se verse du vin rouge et regarde l'heure. Il faut qu'elle soit à la librairie dans une heure. Brida fait une lecture de son nouveau livre.

Wenzel viendra aussi. Quand Paula le lui a présenté, Judith en est restée sans voix. Wenzel Goldfuss n'avait quasiment pas changé depuis ce jour, quelques années plus tôt, où étant de garde elle avait eu à traiter sa femme Maja, malade d'un cancer, et avait quitté leur bel appartement avec cet étrange sentiment de jalousie. Sa femme était morte depuis longtemps et la vie avait suivi son cours. Elle avait réuni Wenzel et Paula, éloigné l'un de l'autre Judith et Gregor.

Brida appellerait ça le destin.

Mais Judith ne croit pas au destin. Ce que les gens nomment destin n'est rien d'autre que la somme de leurs décisions.

Elle aurait envie d'une cigarette, pourtant elle a arrêté de fumer. Elle retourne à son ordinateur et ouvre le profil suivant.

Ingénieur, 42 ans, séparé, non-fumeur, deux enfants, zéro vivant au foyer, aime le rock, la pop et les tubes de variété, et cherche une femme gentille qu'il puisse rendre heureuse.

Résignée, elle referme l'ordinateur.

Elle n'a pas rencontré un autre homme comme Gregor. De temps en temps ils se croisent par hasard dans la rue. Se saluent poliment, à peine et sans s'arrêter.

L'enfant aurait deux ans et demi. À la clinique ce jour-là, peu avant l'avortement, il a eu une minuscule chance de vivre. Mais la porte s'est ouverte, l'anesthésiste est entré et Judith a su où elle avait entendu cette voix.

Alors comme ça on se retrouve, a-t-il murmuré en baissant les yeux. Et pendant qu'il remplissait la feuille d'anesthésie, elle n'a pu s'empêcher d'imaginer Médecin, 45 ans, propriétaire d'un cheval, tout nu. Enchaîné, à quatre pattes, des traces de fouet sur le dos.

Ils ne se sont pas regardés en face. Plus tard, en route vers la salle d'opération, Sven lui a souhaité bonne chance et un joyeux Noël. Puis les lumières crues se sont brouillées, les voix sont devenues lointaines, elle s'est endormie. Et quand elle s'est réveillée elle n'était plus enceinte.

À son retour de son congrès à Berlin, Gregor s'est présenté à sa porte avec un bouquet de roses blanches. Les mots sont sortis de sa bouche comme une nourriture avariée : elle les a littéralement vomis à ses pieds.

Gregor a répété lentement ce qu'elle venait de dire. Elle avait été enceinte de lui mais elle avait avorté et le problème était résolu, ils devraient faire plus attention à l'avenir.

Comme souvent chez lui, c'est en les formulant une seconde fois que les choses ont paru s'ordonner dans sa tête et déployer toute leur signification, et pendant le silence qui a suivi il a dû prendre sa décision. Judith a vu le changement sur son visage. Elle passerait Noël seule, elle l'a su avant même qu'il le dise. C'était la veille du solstice d'hiver. À peine huit heures entre le lever et le coucher du soleil. Elle est sortie de chez elle dans le noir, est rentrée dans le noir. Quand Gregor est parti, elle a su qu'il allait beaucoup lui manquer.

Les roses lui faisaient penser à lui chaque jour et, comme si ce n'était pas suffisant, elles ne fanaient pas. Elles ont tenu jusqu'aux fêtes de Noël et au-delà, le soir de la Saint-Sylvestre elles étaient encore bien droites dans leur vase. Le bord des pétales avait juste foncé un peu.

La veille de Noël, à peine levée elle a envoyé un message conciliant à Gregor mais n'a pas reçu de réponse. Alors elle est partie voir son cheval, a chevauché pendant deux bonnes heures sur les sentiers de forêt gadoueux, ensuite elle a préparé un plein seau de fourrage concentré et regardé la jument liquider avidement ce festin. Après midi elle a ouvert une bouteille de vin et s'est lancée dans un marathon de séries, et quand on a sonné en début de soirée elle n'a pu s'empêcher d'espérer.

Elle est allée lentement vers la porte, a décroché l'interphone, murmuré un timide *Oui* dans le micro et elle a attendu. Mais au lieu de la calme voix grave de

Gregor, c'est une voix claire d'enfant qui a répondu et lui a souhaité *Joyeux Noël.* La déception l'a paralysée pendant quelques secondes. Elle s'est forcée à respirer à fond, calmement, puis elle est allée à la fenêtre, s'est penchée et a vu un flot de voisins sortir de leurs maisons. Comme chaque année, il y avait dans la rue une petite délégation du Thomanerchor[1]. Une dizaine de garçons dont les voix d'une limpidité absolue ont entonné *Stille Nacht, heilige Nacht.*

Judith fumait. L'air froid s'engouffrait dans la pièce aux murs nus. Les enfants ont chanté en canon le morceau suivant, *Es ist ein Ros' entsprungen*[2].

Elle a refermé la fenêtre sans bruit et regardé la suite de sa série.

Depuis, il s'est passé si peu de choses que ces dernières années lui ont semblé des jours. Seuls les stages d'équitation sont venus interrompre l'alternance régulière du travail et du sport et étirer le temps, lui donner une dimension qui ne correspondait certes pas à son écoulement réel, mais rendait le souvenir possible.

Elle se maquille avec soin, met dans son sac le dernier livre de Brida, marche un quart d'heure à travers

1. Le Thomanerchor, ou chœur de l'église Saint-Thomas de Leipzig, de renommée mondiale, est composé d'une centaine de garçons de 9 à 18 ans.

2. « Une rose a surgi… », chant de Noël traditionnel.

une épaisse tourmente de neige et espère ne pas devoir entrer seule dans la librairie.

Elle aurait pu demander à Hans de l'accompagner, mais la situation s'est compliquée entre Hans et elle parce que la petite femme mince a découvert des choses. Depuis, Hans se fait rare.

Elle doit se dépêcher pour ne pas arriver en retard. Des flocons de neige s'accrochent à ses cils et Judith repense en marchant aux hivers de son enfance dans les monts Métallifères. Les collants de laine qui grattaient, les écharpes et les bonnets tricotés maison. Sa mère marchait loin devant au pas de l'oie, Judith et son père derrière, ils grimpaient à travers des forêts englouties sous la neige, plus haut, toujours plus haut, jusqu'à ce que les arbres deviennent plus petits et plus clairsemés, tous inclinés dans la même direction par le vent. Ils se dressaient comme des sculptures obliques entourées de glace et de neige. Venait ensuite le pique-nique dans un endroit protégé du vent – tartines, thé, chocolat et noix, et parfois les félicitations de sa mère. Car Judith ne se plaignait pas. Ni du froid, ni de ses bottes détrempées et de ses membres à moitié gelés. Ni de la longue marche et du rythme rapide et soutenu qui ne correspondait en aucun cas à celui d'un enfant.

Maintenant aussi elle trace, comme autrefois. Elle atteint la librairie à l'heure, ôte écharpe et manteau, tamponne avec un mouchoir la neige qui fond sur ses cils et regarde autour d'elle. La plupart des places sont occupées.

Paula et Wenzel au premier rang lui font signe et plus loin derrière quelqu'un se retourne vers elle.

La place à côté de Gregor est libre. Elle s'assied, le salue, puis les lumières s'éteignent et Brida commence à lire. Du coin de l'œil, Judith voit la tête de Gregor se tourner vers elle.

Brida

Un cerf sort de la forêt.

Il s'avance fièrement, regarde autour de lui et commence à brouter. Il mange avec confiance. De temps à autre il lève la tête, jette un coup d'œil alentour et se remet à brouter.

L'affût est à cent cinquante mètres du cerf à peu près. Entre les deux s'étend une friche – une prairie sauvage d'herbes hautes d'où s'envole parfois un oiseau.

Brida lâche ses jumelles et pointe un fusil imaginaire. Elle vise, tire et atteint sa cible. Puis elle se penche en avant et prend appui sur la rambarde crevassée. Le vieux bois crépite. Des insectes l'ont investi. De grandes toiles d'araignée sont tendues dans les coins de la plate-forme, garnies d'une abondance de proies.

Ses jambes tremblent quand des mains rugueuses parcourent la face interne de ses cuisses. Götz retrousse sa jupe. Elle lève la tête et voit le soleil couchant au-dessus de la prairie. Le cerf fait demi-tour et disparaît dans la forêt.

Elle ferme les yeux.

Ils suivent le chemin qui serpente à travers les collines pour retourner aux bungalows.

Les grillons stridulent, à deux reprises un orvet croise leur route. Götz la tient par la main et donne le rythme. Quand ils atteignent le panneau d'entrée de Hollershagen, il lui lâche la main. Montre le ciel. Un vol de grues passe au-dessus d'eux. Un coin du slip de Brida dépasse de la poche droite du blouson de Götz. L'idée géniale serait de le laisser là où il est, songe-t-elle un instant. Svenja le trouverait et…

Et quoi ?

Elle pense aux enfants, attrape le coin du slip et le sort.

Les filles accourent à leur rencontre. Ils ont élevé les enfants ensemble pendant quatre ans, puis Brida a quitté Götz.

Une nouvelle tentative leur a accordé une année supplémentaire de vie en famille. Hermine et Undine ont à présent onze et neuf ans, et Götz et Svenja sont en couple depuis plus de deux ans.

*

Avant l'apparition de Svenja, Brida ne ressentait la séparation que comme un changement de mode dans leur relation. Götz et elle n'habitaient plus ensemble, certes, et ne partageaient plus la vie quotidienne, mais ils faisaient encore l'amour et elle avait toujours le sentiment qu'un signal clair suffirait pour qu'ils prennent un nouveau départ.

Ils avaient opté d'un commun accord pour le « nesting » – les enfants restaient dans l'appartement et les parents se relayaient. Quand Brida habitait avec les filles, Götz dormait à l'atelier, et pour les périodes où elle était sans enfants Brida avait une chambre dans une colocation.

Ils se concertaient régulièrement et de façon extrêmement raisonnable sur tout ce qui concernait les enfants. Ils fêtaient Noël et Pâques ensemble et partaient ensemble en vacances.

Le désir d'une coupure nette n'était pas venu d'elle.

Un jour où Götz venait prendre son tour à la maison et où Brida remballait ses affaires, il lui demanda de rester un peu. Ils prirent ensemble le repas du soir. Elle se rappelle aujourd'hui encore le menu – de la mâche avec des tomates et des pignons grillés, des spaghettis à la sauce carbonara vegan et en dessert une mousse au chocolat maison. Pendant tout le dîner il évita de croiser son regard, et quand les enfants quittèrent la table et coururent dans leurs chambres, il se leva aussi et les suivit.

Plus tard seulement, une fois les filles endormies, il alla droit au but. *Il serait bientôt temps de divorcer*, dit-il, et il ajouta tout bas : *Mais pas forcément tout de suite.*

*

Peu après, elle les vit tous les deux en ville.

Ils étaient devant un café – Svenja en mini-jupe et grandes bottes, Götz avec un jean et un pull-over que Brida ne connaissait pas. Elle était petite et menue et lui arrivait tout juste à l'épaule malgré ses hauts talons. Elle avait la tête rejetée en arrière, si bien que l'extrémité de sa queue-de-cheval touchait son dos. Elle souriait et lui caressait la poitrine avec son index droit.

Brida ne pouvait plus faire un pas. La douleur la cueillit à froid, sans prévenir. Elle se cramponnait au guidon de son vélo et les regardait.

Jusque-là ils vivaient leurs liaisons ouvertement, s'en parlaient et faisaient même des comparaisons. Mais aucune autre femme et aucun autre homme n'avait de chance réelle. Si bien que ces nouveaux partenaires s'en allaient comme ils étaient venus – discrètement et sans laisser de trace. Cette fois pourtant elle n'était pas au courant.

Et même quand il saisit la tête de l'autre femme entre ses mains, se pencha vers elle et l'embrassa longuement, Brida ne put détourner les yeux. Quand il la prit par la main en souriant et entra avec elle dans le café, Brida les suivait toujours du regard. Ils disparurent dans l'obscurité du bistrot.

Quand ses jambes lui obéirent à nouveau, elle poussa son vélo jusqu'au coin de la rue et appela Judith.

Au cabinet du Dr Gabriel personne ne décrocha. C'était un mercredi après-midi. Le portable de Judith était éteint aussi. Elle devait être avec son cheval.

Brida alla chercher les enfants. Elle monta péniblement l'escalier, entra dans l'appartement, se traîna jusqu'à la salle de séjour et s'écroula sur le canapé. Sa peur était justifiée. Elle le savait. Et quand Judith la rappela enfin, elle lui dit sans hésiter : *Il a quelqu'un, et cette fois c'est sérieux.*

Si elle doit revenir un jour à Hollershagen, ce sera sans Svenja.

Götz disparaît avec les filles dans le bungalow numéro 7. Brida ouvre la porte du numéro 8. Elle passe les vacances à une cloison de distance de sa nouvelle nana, et les paroles de Judith lui reviennent en mémoire.

Tu veux qu'il revienne simplement parce qu'il n'est plus disponible.

S'il laisse tomber l'autre, tu ne voudras plus de lui.

Tu n'as pas besoin de lui.

Tu te débrouilles très bien toute seule.

Les terrasses des bungalows sont sur l'arrière, orientées à l'ouest. Séparées entre elles par des haies à hauteur d'épaule, à moins de parler à voix basse le voisin entend forcément tout ce qu'on dit.

Brida est sur la terrasse et fume. Le vent emporte la fumée de l'autre côté, là où Svenja et Götz sont assis dehors eux aussi. Ils parlent de la journée à venir, comparent les tarifs des loueurs de bateaux et planifient l'itinéraire qu'ils vont faire à la rame avec les enfants.

Une écharde de l'affût est fichée dans sa main gauche. Elle va chercher une pince à épiler dans la salle de bains, l'extirpe et la lance d'une pichenette par-dessus la haie.

*

Pendant le dîner elle observe Svenja. Son visage n'exprime pas l'ombre d'un doute. Brida considère la gagnante avec un mélange de dégoût et de fascination. Elle l'a conquis avec son corps jeune qui n'a pas porté d'enfant, n'a souffert d'aucune maladie grave, n'a vécu aucune épreuve, ne connaît que le sport et une alimentation saine. Et aussi avec son esprit tout neuf, ni trop profond, ni trop superficiel. Elle est tellement sûre d'elle qu'elle a accepté sans hésiter quand les enfants ont émis le souhait de passer les vacances avec leurs deux parents.

Brida ne peut regarder Svenja plus longtemps et concentre son attention sur Götz. Son pied droit se balance, il évite de croiser son regard.

Quand Svenja va se resservir au buffet avec les filles, il dit tout bas :

On a eu tort.

On a eu tort de quoi exactement ? demande-t-elle.

Tu le sais très bien, murmure-t-il.

Plus tard il joue au volley avec Svenja, les filles et quelques autres vacanciers. Svenja compense les centimètres qui lui manquent par sa ténacité et son goût du risque. Elle se jette dans le sable, rebondit tel un ressort, saute, court et envoie des smashs puissants par-dessus le filet. Hermine essaie de l'imiter, Undine reste plantée au milieu.

Brida non plus n'est bonne à aucun jeu de ballon. Enfant déjà elle se baissait pour esquiver quand la balle arrivait sur elle. Elle se blessait sans arrêt et personne ne voulait l'avoir dans son équipe. Elle retourne au bungalow, prend les bouteilles d'eau des filles et du spray contre les moustiques, puis elle va jusqu'au ponton et reste un moment à regarder le lac.

Elle entend des vaches meugler dans un pâturage tout proche. Ça fait des jours qu'elles meuglent.

Elle voudrait aller trouver Götz, lui raconter, lui demander d'aller avec elle en voiture parler au paysan. Mais elle ne cède pas à cette impulsion. Il n'est plus la personne à qui elle peut se référer. Il n'est plus son mari. Il faut qu'elle se le dise. Qu'elle se le répète :

Il n'est plus son mari.

***

Brida a su tout de suite que Götz serait son mari.

Elle vivait à Leipzig depuis un certain temps déjà, mais l'appartement n'était pas tout à fait installé. Quand elle est entrée dans sa boutique, une cloche a tinté. Elle est restée un moment seule avec les meubles anciens restaurés. Les prix étaient écrits à la main sur des petits bouts de papier discrets. Un lit d'enfant lui plaisait particulièrement. La tête et le pied étaient décorés de fleurs peintes, aux couleurs rafraîchies seulement par endroits. C'étaient des fleurs des champs – gentianes et edelweiss. Elle s'est assise avec précaution au bord du lit et même si elle ne voulait pas forcément un enfant elle a songé à acheter ce lit.

Elle a entendu des pas dans son dos. Il a surgi devant elle.

Il a séché ses mains sur son pantalon sale et l'a saluée en disant *Ce lit n'est malheureusement pas à vendre.*

Au même moment, tout s'est assombri. Une pluie torrentielle s'est abattue et des grêlons ont frappé la vitrine. Brida s'est levée.

Vous voyez ce qui se passe quand je suis fâchée, a dit Brida sans la moindre trace d'ironie dans la voix.

Il a tourné le regard vers la tempête au-dehors, puis de nouveau vers elle. On aurait dit qu'il croyait qu'elle avait ce pouvoir. Mais là il a commencé à sourire, à peine. D'abord ses yeux, qui se sont légèrement étrécis, puis ses lèvres.

Brida l'a ressenti dans tout son corps. Quelque chose s'est emparé d'elle. Le rythme de son cœur s'est emballé. Elle était complètement silencieuse. Les mains trempées de sueur. La grêle crépitait contre la vitrine, la porte s'est ouverte à la volée et la cloche a tinté violemment.

Deux autres clients sont entrés dans la boutique.

Le moment magique était passé.

Tandis qu'il offrait du café au petit couple trempé et leur vendait deux chaises de bistrot Thonet, elle a fureté dans la boutique. Plus tard elle l'a suivi dans son atelier.

Il y avait là une armoire posée sur un grand morceau de carton. Lasurée en blanc naturel, avec deux portes vitrées et quatre étagères, c'était exactement ce qu'elle cherchait. Götz lui a raconté d'où venait l'armoire comme si c'était la biographie d'un être humain – l'armoire avait été installée dans la salle de chimie d'une école d'un village saxon dans les années vingt, et pendant les quatre-vingt-dix années suivantes elle avait été le témoin muet de l'histoire mouvementée du bâtiment. Après la fin de la guerre l'école était devenue un camp de réfugiés, puis à nouveau une école, un centre de formation continue pour enseignants et pour finir une auberge de jeunesse.

La plupart des anciens meubles n'avaient pas pu être sauvés, ils étaient pourris ou rongés par les vers. Cette armoire était seule à l'écart dans une petite pièce chaude orientée au sud, sous une bâche et en bon état de conservation. Quand Götz l'avait trouvée, elle contenait une collection d'éprouvettes et de cornues.

Il a passé ses mains sur le bois et indiqué un prix qui était tout sauf modéré. Brida a dit *Oui* sans hésiter.

Ils étaient de retour dans la boutique pour discuter de la livraison près du comptoir quand la pluie a cessé aussi brusquement qu'elle avait commencé. Un soleil cru a illuminé la pièce. Götz lui a demandé son nom et son adresse et, entendant sa réponse, il a secoué la tête en riant. Brida a répété ce qu'elle venait de dire.

Brida Lichtblau ? a-t-il demandé avec un coup d'œil éloquent vers le bleu lumineux du ciel derrière la fenêtre.

Oui, a-t-elle dit, *Licht-blau,* comme *lumière* et *bleu.*

Il a écrit son nom sur une feuille, suivi d'un point d'exclamation.

*

Götz est venu en personne livrer l'armoire.

Il l'a transportée en pièces détachées au troisième étage. Le positionnement de chaque élément était noté dessus au crayon à papier. La paroi du fond et les parois latérales ont été assemblées, le meuble entier ne requérait ni clous ni vis. Au bout d'une demi-heure l'armoire était montée.

Tandis qu'il se lavait les mains dans la salle de bains, Brida a fait du café.

C'était l'été, ils se sont installés sur le balcon, ils voyaient la cour intérieure pleine de verdure, entendaient les voix des enfants qui jouaient. Il a voulu savoir ce qu'elle faisait et elle a répondu : *J'apprends à être écrivain.*

Il a tiré une cigarette de la petite poche de poitrine de sa chemise et un briquet de la poche de son pantalon. *Ça s'apprend ?* a-t-il demandé.

La question l'a déconcertée.

Il s'est repris. *Excusez-moi, je ne voulais pas être impoli.*

Des taches de transpiration s'étaient formées sous ses aisselles. Il la fixait droit dans les yeux. Brida avait l'impression que ce regard pénétrait à l'intérieur de sa tête, dans chaque circonvolution de son cerveau, jusqu'au centre de son moi.

Au lieu de répondre à la question, elle lui a parlé de son enfance dans le Mecklembourg, de son apprentissage de la chasse, de ses quatre semestres de sylviculture dans une petite ville près de Dresde, et de la réponse positive inattendue de l'Institut de littérature allemande. Elle avait envoyé promener les études, résilié son bail de colocataire et déménagé à Leipzig.

Le court récit qui accompagnait sa candidature était venu tout seul. Elle s'était assise et avait commencé à écrire. Un courant s'était emparé d'elle, l'avait emportée, propulsée en avant et, plusieurs jours plus tard, il l'avait rejetée sur la terre ferme, et avec elle l'histoire terminée.

C'est ce que je voulais dire, a dit Götz, *c'est exactement ce que je voulais dire.*

Quand il s'est levé pour partir, elle l'a raccompagné jusque sur le palier.

Au moment de se séparer ils se sont regardés dans les yeux. Il avait une poignée de main chaude et ferme, il l'a repoussée vers le seuil puis à l'intérieur de l'appartement, a fermé la porte et l'a embrassée.

*

Quand elle a quitté la maison de ses parents à dix-neuf ans, Brida était indemne. À présent, vingt ans plus tard, c'est comme si on lui avait brisé tous les os, décollé la peau du corps, arraché les cheveux, volé sa confiance et fracassé ses rêves. Elle n'a plus rien à voir avec la personne qu'elle a été.

L'allaitement prolongé a fait de ses seins des poches vides, les nuits de veille ont dessiné des ombres sur son visage et les larmes l'ont creusé.

Elle en sait plus qu'autrefois, mais à quoi bon ?

C'est autrefois qu'elle aurait dû savoir. À l'époque où elle a rencontré Götz. Où elle était jeune et capable d'écrire. La sagesse des anciens lui paraît vaine. Elle n'intéresse pas les jeunes et les vieux sont trop vieux pour pouvoir encore en faire quelque chose.

Elle est assise dans la salle à manger commune et regarde les familles étrangères, les petits enfants qui pleurnichent, les adolescents renfrognés. Ses enfants à elle dorment encore, pas trace de Götz et Svenja. Elle ne peut rien avaler. Seul le café arrive à passer.

Elle n'a plus écrit depuis des mois. Sa dernière tentative a produit des phrases sans ressort, sans timbre, sans charme.

Son corps aussi a perdu son ressort. C'est comme s'il avait oublié ses possibilités. En la quittant, Götz a éteint le désir en elle. À chaque rencontre il l'attise de nouveau, l'éteint chaque fois qu'ils se séparent. Elle l'aime et elle le hait pour cette raison.

Soudain elle l'aperçoit devant la machine à café. Seul. Il se tourne vers elle et sourit.

*

Vers midi ils montent dans la voiture pour aller chercher des pizzas. Les enfants sont au bord du lac en train de lire. Svenja est à un cours de yoga. Götz bifurque dans un chemin forestier juste derrière le site de vacances. Il gare la camionnette entre des arbres, bien cachée, et étend une couverture à l'arrière.

Brida pleure.

On n'est pas non plus obligés, dit-il doucement.
Mais Brida est obligée.

Plus tard, elle lui demande ce qui le retient auprès de Svenja.

Elle est inoffensive, dit-il, *elle est douée pour le bonheur. Elle a une façon simple d'être au monde, tu vois ce que je veux dire ?* Elle l'entend inspirer et expirer. *Je suis épuisé, j'ai besoin de légèreté, Brida. Le soir j'ai besoin d'entendre rire.*

Et quoi encore ? veut-elle savoir.

Il hésite. *Tu es capable de supporter les réponses à tes questions ?*

Elle acquiesce.

Il reste un long moment silencieux. Brida sait qu'il ne va pas refuser de lui répondre. Il est économe de ses mots et précis.

Svenja ne se prend pas au sérieux, dit-il enfin. *Elle me soutient et met de côté ses propres besoins.*

Ce n'est pas ce que j'ai fait ?

Si, bien sûr, mais tu avais du mal. Tu en souffrais. Et comme tu en souffrais nous n'étions pas heureux non plus, les enfants et moi.

Il ne faut pas qu'elle pleure maintenant. Elle ravale la douleur et les larmes, et aussi une récusation qui ne serait que mensonge. Tout ce que dit Götz est exact. Et comme c'est exact, ses espoirs perdent tout leur sens. Car Brida est toujours Brida, et Götz est toujours Götz.

Il la tient serrée dans ses bras quand il mentionne, presque en passant, que Svenja veut un enfant. Brida se dégage et se redresse.

Ne fais pas ça, dit-elle.

Peut-être que c'est une bonne chose, Brida, répond-il, *il faut bien qu'on continue à vivre. L'un sans l'autre.*

C'est ce que tu veux ? demande-t-elle.

Non, dit-il, *ça n'a rien à voir avec la volonté.*

Il prend sa main, la pose contre sa joue.

Est-ce que tu l'aimes ?

Je l'aime beaucoup. Si je l'aimais tout court, il n'y aurait plus de légèreté. Ce serait comme pour nous.

Brida reprend haleine. Chaque phrase est dangereuse. Chaque réponse peut être celle de trop.

Pour nous c'est comment ? demande-t-elle.

Il regarde l'heure. *On était partis chercher des pizzas*, murmure-t-il, *elles vont nous attendre.*

Götz, pour nous c'est comment ?

Il se passe la main sur le visage avant de parler.

Tu te rappelles la fois où tu as dit aux filles que tu ne savais pas ce qui t'avait prise quand tu avais décidé d'avoir des enfants plutôt que d'écrire ? Tu te souviens de leurs têtes ?

Oui, elle se souvient. Hermine avait pris sa petite sœur par la main et l'avait entraînée dans leur chambre. À l'intérieur elles avaient construit une barricade. Brida leur avait demandé pardon à travers la porte, leur avait juré qu'elle ne le pensait pas vraiment, qu'elle avait toujours désiré avoir des enfants et que chaque jour passé avec elles était un bonheur.

Et elle pensait ce qu'elle disait, même si elles avaient détruit son texte. Des mois de travail effacés, anéantis, pour toujours. Elle avait pleuré, juré et dit des choses qu'il aurait mieux valu ne jamais dire.

Elle se souvient aussi du reste de la journée. De cette symbiose agressive entre le père et les filles. Du front dressé contre elle. Elle ne savait plus quoi dire. Plus tard elle était passée à pas de loup devant la porte ouverte de leur chambre et l'avait entendu leur lire une histoire. *Bullerbü*[1] – des mots venus du monde préservé de l'enfance.

À la cuisine elle avait bu son vin trop vite et fumé une cigarette assise à la table, à l'intérieur de la maison, bravant les consignes.

Ce n'est pas la faute des enfants ! Tu n'as qu'à faire des copies de sauvegarde, Brida !

Il était passé à côté d'elle, avait ouvert la fenêtre à la volée et lui avait balancé les phrases à la figure.

Et toi, tu n'as qu'à éduquer les enfants ! Elles n'ont rien à faire devant mon ordinateur ! avait-elle hurlé avant de continuer à boire.

Bien sûr qu'elle s'en souvient.

---

1. *Uns Kinder aus Bullerbü* (*Nous les enfants de Bullerbü*), un classique de la littérature enfantine, écrit en 1947 par la Suédoise Astrid Lindgren.

Il doit quand même se souvenir d'autre chose.

Elle pose la main sur sa poitrine, descend vers le nombril, prend son pénis et referme ses doigts autour. Puis elle se laisse glisser le long de son corps et pose le visage contre son ventre chaud.

Brida et Götz portent les cartons de pizzas de la voiture à la maison et Svenja vient à leur rencontre. *Vous en avez mis un temps*, dit-elle, *ça fait une éternité qu'on vous attend.*

Brida regarde Svenja droit dans les yeux et sourit.

***

Au début de leur relation, il y avait Malika, dont Götz disait à l'époque qu'elle était la femme idéale pour fonder une famille. Son corps était un corps de mère – moelleux et chaud comme un manteau d'hiver protecteur. *Et moi je suis comment ?* lui avait-elle demandé, et Götz avait répondu : *Sauvage et râpeuse comme une langue de chat*, elle avait ri, l'avait embrassé, et elle lui avait parlé de Johann, le poète, son ami.

Penser à Johann et à Malika ne lui donnait aucun sentiment de culpabilité.

L'amour vient comme il doit venir – Brida y croyait dur comme fer –, sans raison, sans qu'on y soit pour rien, il s'impose. On ne peut ni le contrôler ni l'arrêter. Toute rébellion contre lui est un gaspillage d'énergie inutile.

Johann avait accepté la séparation en silence, de ce jour il ne lui avait plus adressé la parole. Malika, elle, était toujours là.

*

Au début, Götz et Brida se retrouvaient le plus souvent chez elle et de temps à autre dans une pièce contiguë à l'atelier. Elle l'accompagnait aussi souvent que possible dans ses virées à l'Est. La recherche de meubles anciens le menait surtout en Pologne et en Tchéquie. Ces voyages étaient les seuls moments où elle pouvait le toucher quand ça lui chantait et où elle voulait. Pendant que Malika donnait des cours de violon à domicile, Brida l'avait pour elle toute seule.

Sur les routes de campagne désertes ils se racontaient leurs fantasmes sexuels. Ils bifurquaient sur un chemin forestier, stationnaient dans des endroits discrets, et les choses qui se passaient à l'arrière de la camionnette deviendraient désormais la norme.

Ses premiers textes longs naquirent après ces voyages. Les lieux l'inspiraient.

Un domaine délabré dans la campagne polonaise

devenait le théâtre d'un drame autour de deux enfants, une ferme tchèque le point de départ d'une nouvelle.

Götz montait dans de nombreux greniers et se frayait un passage à travers le bric-à-brac des granges encombrées. Tel un chasseur, il attendait tranquillement et patiemment le bon moment. Il prenait son temps pour nouer le contact avec les gens, et si la compréhension verbale était impossible à cause de la différence de langue, il se débrouillait avec de simples gestes. Souvent il déambulait en silence, touchait les objets qu'il voyait, s'arrêtait et regardait.

Les gens lui faisaient confiance. Ils lui donnaient accès à leurs remises, leurs greniers, leurs granges, leurs garages et leurs maisons, et pareil au sculpteur qui devine déjà dans la pierre l'œuvre à venir, Götz voyait souvent dans des meubles insignifiants le bijou futur. Et toujours soucieux de ne pas escroquer les gens, il payait plutôt trop que pas assez.

Brida se sentait elle aussi complètement rassurée en sa présence. Mais dès que s'amorçait le voyage du retour et au fur et à mesure qu'ils s'approchaient de leur ville, Götz s'éloignait d'elle. Arrivés à destination, il la déposait devant chez elle et continuait en direction de l'atelier qui constituait le sas entre Malika et elle.

Puis il advint qu'elle n'eut plus de nouvelles de lui pendant des jours.

À l'institut elle faisait bande à part.

Avant Götz déjà, elle ne se donnait pas beaucoup de mal pour nouer des amitiés, mais au moins elle participait pleinement à la vie étudiante. Elle se rendait à des fêtes, allait régulièrement au cinéma avec Alma et Xandrine qui écrivaient elles aussi de la prose. Même si en règle générale elle préférait la lecture d'un bon livre. Brida évitait systématiquement les grandes manifestations telles que soirées de Nouvel An, concerts de rock, fêtes de quartier. Elle avait toujours éprouvé une joie singulière à ne pas être là où tout le monde se pressait.

La solitude était son état naturel. Enfant unique dans une maison isolée à la lisière d'une forêt, elle n'avait eu d'autre choix que d'organiser son temps elle-même. Sa mère quittait la maison tôt le matin et rentrait tard le soir. Elle avait deux heures de trajet à vélo, en train et à pied pour aller faire sa journée de travail à la caisse d'épargne de la ville la plus proche. Son père était en forêt la plupart du temps. Son secteur était vaste. Brida l'accompagnait parfois, mais restait souvent seule dans la maison avec son grand jardin et sa haute clôture tout autour.

Il était rare qu'un enfant du village s'aventure jusqu'à la maison du garde forestier. Le chemin était long et Brida passait pour une fille bizarre. Janko, un chien de chasse mâle, la suivait comme son ombre. Certes elle regrettait par moments l'absence de compagnons de jeux et réclamait à sa mère un petit frère ou une petite sœur, mais elle ne tolérait pas longtemps la présence d'un autre enfant. Au bout d'une heure ou deux au maximum, elle en avait assez. Elle s'enfermait dans le silence, ou bien devenait désagréable. Une insupportable tension intérieure l'y contraignait.

Un jour elle était carrément partie. Elle avait sifflé Janko et disparu dans la forêt avec lui, laissant tout seul dans le jardin l'enfant qui était venu la voir.

Plus tard elle avait présenté des excuses sous la pression de ses parents, mais de si mauvaise grâce qu'il n'y avait pas eu de véritable réconciliation ni d'autres visites.

Ça ne la dérangeait pas. Elle avait assez à faire avec elle-même. Tout ce dont elle avait besoin, c'était sa tête. N'importe quelle pensée suffisait à déclencher un flot d'images et de sentiments. Et quand elle arriva à l'âge où les idées n'inspirent plus de jeux, elle se mit à transcrire sur le papier les personnages et les décors de son monde intérieur. Elle avait plus que jamais besoin de solitude. Elle la cultivait et se protégeait contre l'irruption d'une réalité qui ne serait jamais aussi intense que son cosmos imaginaire.

Götz et l'écriture constituaient désormais sa vie, elle avait enfin quelque chose à raconter.

Ce qui manquait aux textes de Brida comme de beaucoup de ses camarades, c'était le vécu. La majorité des étudiants étaient jeunes et puisaient dans une enfance protégée et de banales amourettes la matière de leurs premières tentatives littéraires. Le manque de connaissance du genre humain et d'intelligence de la vie faisait naître des personnages et des intrigues artificiels, invraisemblables. Les textes ne visant que le style n'intéressaient personne en dehors de l'institut.

Être la maîtresse de Götz était un cadeau.

Brida s'enfonça le plus loin possible dans l'humiliation, la nostalgie et l'angoisse. Des dizaines de pages naquirent des nuits de veille passées à attendre en vain un signe de lui. Sa présence était la nourriture dont elle vivait pendant la période de séparation suivante.

Mais le temps passé avec lui était chaque fois trop court et les intervalles entre leurs retrouvailles trop longs.

Pendant presque un an son corps envoya des signaux d'alarme à un rythme de plus en plus rapide. Les maladies s'enchaînaient et une fois éliminées toutes les causes possibles, quand il ne resta plus que Malika, elle demanda à Götz de rompre.

Sa réponse fut *Non*. Il ne romprait avec Malika que lorsque son cœur lui inspirerait cette décision. S'il la prenait pour accéder au désir de Brida, elle n'aurait aucune valeur.

À la question, l'aimait-il, il répondit sans hésiter *Oui*.

À la question, aimait-il Malika, sa réponse fut la même.

Les semaines et les mois s'écoulaient, tous semblables. La douleur déteignait sur ce qu'elle écrivait. Elle suscitait trop de pathos, générait trop de métaphores et mettait trop d'adjectifs dans ses phrases.

Ses camarades démolissaient point par point ses textes lors des séminaires et ses professeurs ne faisaient pas mystère de ce qu'ils pensaient, à savoir que son choix d'étudier à l'Institut de littérature était une erreur. Personne, pas même ses parents, n'avait jamais pris au sérieux son idée de devenir écrivaine. Götz était le seul à croire en elle.

Des mois passèrent encore.

Des plaques squameuses apparurent autour de sa bouche, ses cheveux devinrent ternes et le moindre sourire lui demandait un effort démesuré. Le semestre d'été était presque achevé, les martinets fusaient le soir à travers les rues, les tilleuls en fleur répandaient leur parfum suave.

Un soir, Götz était assis sur le bord du lit, il avait fini de s'habiller et regardait par la fenêtre. Malika l'attendait. Son téléphone avait déjà vibré à plusieurs reprises. Chaque fois ses doigts avaient frémi. Brida se taisait, l'angoisse au cœur.

Je devrais mettre Malika au courant, dit-il enfin en baissant la tête.

Brida ne comprit pas tout de suite. Elle était allongée nue devant lui, silencieuse.

Peut-être qu'elle comprendra, ajouta-t-il tout bas.

Et moi ? Elle se redressa d'un bond.

Je ne sais pas, dit-il. Il mit le téléphone dans sa poche et partit.

Le jour suivant, sa perception se limita à la douleur au fond de ses entrailles, tout ce qui venait de l'extérieur ricochait sur elle.

Le séminaire de poésie lyrique du matin lui entra par une oreille et ressortit par l'autre. La professeure debout face au groupe ouvrait et fermait la bouche. Des sons s'échappaient des lèvres de ses camarades. Rien n'avait de sens.

Au cours d'esthétique, linguistique et civilisation, les concepts se brouillaient, enflaient et se répandaient dans le vide, dépourvus de signification.

L'après-midi elle ne tint pas jusqu'au bout de l'atelier consacré au roman. Elle se leva en plein milieu, sortit sans refermer la porte, descendit l'escalier en courant et enfourcha son vélo.

Götz était assis devant l'atelier, une bière à la main. Les trottoirs se remplissaient, la Karl-Heine-Strasse toute proche s'éveillait. Quelqu'un chantait en s'accompagnant à la guitare, des jeunes passaient sur de vieilles bicyclettes. Götz levait la main de temps à autre pour saluer.

Brida ne se défendit pas quand il l'entraîna à l'intérieur et ferma la porte de la boutique à clé. Elle ne se défendit pas non plus quand il insista, quand ils se déshabillèrent en silence. Tout cela était nécessaire.

Je ne suis pas une deuxième épouse, dit-elle en se rhabillant, *je ne peux être que la première.*

Là-dessus elle prit son sac et quitta l'atelier, monta sur son vélo et partit sans se retourner.

*

Dans le train qui l'emmenait vers le nord, elle effaça le numéro de téléphone de Götz pour ne pas être tentée. À Neustrelitz ses parents vinrent la chercher à la gare. La jeep emprunta les rues familières, les chemins pavés et sablonneux jusqu'à la maison isolée à la lisière de la forêt. Par la fenêtre de son ancienne chambre elle regardait souvent le lac à travers les arbres. Il scintillait parfois d'un éclat doré dans la lumière du soir, certains matins il était sombre et étale, puis le vent ourlait de vagues la surface de l'eau.

Sa mère avait du temps et de la patience. Il y eut des soupes déposées devant le lit de Brida, des tasses de thé apportées et remportées, des sucreries servies sur des petites assiettes de porcelaine, jusqu'à ce qu'elle soit prête à parler.

Les vacances semestrielles s'écoulèrent et Brida les vécut dans un état de paralysie psychique. Elle ne travaillait pas sur ses textes et ne voyait personne. Elle passait des demi-journées à errer à travers la campagne alentour avec le chien. Elle poussait son vélo sur des chemins sablonneux, nageait dans les lacs, s'allongeait dans les prés et regardait les jours raccourcir à nouveau.

Une fin d'après-midi où les grues se rassemblaient en plein champ, leurs cris de trompette annonçant comme chaque année la fin de l'été, elle partit chasser avec son père.

La chasse au chevreuil, au daim et au cerf s'était ouverte le premier septembre. Ils firent le trajet en silence. Brida connaissait les chemins par cœur. Enfant elle ne voulait pas croire qu'elle partirait d'ici un jour. Aujourd'hui elle savait qu'elle ne reviendrait jamais pour de bon.

Son père gara la voiture, sortit du coffre les fusils et les jumelles et partit d'un pas lourd.

Brida était accoutumée à la chasse et à l'abattage depuis sa plus tendre enfance. Son père était le garde forestier en chef du district. À la maison, les bêtes abattues restaient pendues deux ou trois jours dans la remise à gibier avant d'être dépecées et mises au congélateur. Quand le tir avait été précis et la carcasse parfaitement nettoyée, son père décidait parfois de laisser la viande rassir plus longtemps pour qu'elle devienne le plus tendre possible. Le fumet du gibier était insupportable à beaucoup de gens. Brida au contraire avait toujours aimé cette odeur.

Ils étaient silencieux sur la plateforme, observant avec leurs jumelles les champs alentour, et ils aperçurent le cerf tous les deux en même temps. Son père lui toucha le bras, désigna du doigt l'animal et hocha la tête.

Brida voyait dans la lunette de visée de son fusil le cerf qui viandait, ses bois magnifiques, son avancée confiante hors de la protection de la forêt, alors elle pensa à Götz. Elle allait bientôt mettre un terme à cette vie paisible. Le cerf s'était arrêté, elle respira posément et tira.

Il tomba aussitôt.

Peu après ils étaient agenouillés à côté de l'animal. Il n'avait pas souffert. Le tir était parfait.

*

Elle rentra à Leipzig en octobre pour le début du nouveau semestre. Dans ses bagages, une glacière avec de la viande congelée. De la gare elle alla directement chez Götz. La boutique était ouverte, la porte de l'atelier aussi. La cloche tinta quand Brida entra pour déposer la viande sur le comptoir. Une étiquette était collée sur le paquet : *Abattu et dépecé par Brida Lichtblau. À consommer aussitôt*. La cloche tinta une seconde fois quand elle ressortit de la boutique, monta dans le taxi qui attendait et s'en alla.

Il l'appela quelques minutes plus tard mais elle ne décrocha pas. Elle ignora tous ses appels ce jour-là et les suivants.

*

Peu avant Noël, un de ses professeurs, Friedhelm Kröner, lui-même écrivain reconnu, invita chez lui ses élèves de l'Institut. Un trio de jazz jouait dans le hall d'entrée. Les pièces étaient meublées sobrement mais avec goût – une vitrine Biedermeier, une table de ferme avec un tiroir de couleur et d'autres pièces uniques d'une beauté remarquable.

Cette table, Brida s'en souvenait très bien. Elle était avec Götz quand il l'avait découverte au fond d'une grange quelque part dans la campagne tchèque entre Prague et Brünn. Elle était debout derrière lui quand il avait posé ses mains dessus en disant *Celle-là, oui !* Il avait toujours été comme ça – quand les objets avaient la bonne texture sous ses doigts, quand ils dévoilaient un peu de leur histoire, il les voulait.

Sur la table il y avait des verres, du vin et de la bière.

Tout le monde était détendu. Les gens de l'édition étaient à l'affût des jeunes talents et Kröner faisait en sorte que ses élèves préférés ne repartent pas bredouilles. Tandis qu'il vantait sa chouchoute du moment auprès de l'éditrice d'une maison de littérature générale renommée, Brida sentit un regard dans son dos. Elle vit leur hôte s'avancer, passer à côté d'elle les bras ouverts en s'écriant *Götz, mon cher !* puis *Regarde : ta table est le pivot de mon petit univers.*

Quelques instants plus tard, Götz était près d'elle, prenait une bière et disait : *Il y a un bureau dans mon atelier. Il serait parfait pour toi.*

Brida avala une gorgée de son vin rouge.

Comment va Malika ? demanda-t-elle.

Nous nous sommes séparés il y a trois mois.

Il sortit des cigarettes de sa poche. Chez Kröner on avait le droit de fumer. Leur hôte s'approcha par-derrière et les prit tous les deux dans ses bras. *Buvez, fumez et amusez-vous !* dit-il et ils obéirent à son ordre, ils burent, fumèrent et firent comme s'ils s'amusaient.

Quand ils quittèrent la soirée ensemble, personne ne les retint.

La pleine lune brillait derrière la fenêtre.

Götz était couché sur elle et l'immobilisait – le poids de son corps, ses jambes enroulées autour des siennes, ses bras sur les siens et ses mains lui enserrant les poignets. Si elle tentait de se dégager, le seul résultat était qu'il serrait plus fort et que son corps l'écrasait encore un peu plus. Elle tourna la tête sur le côté pour pouvoir respirer et attendit. Il ne se passa pas grand-chose de plus cette nuit-là et, au matin, le premier jour d'une nouvelle vie commença.

***

Svenja est sur l'appontement et saute la tête la première dans le lac. Elle porte un maillot de bain de sport noir et un bonnet de bain rose. Elle émerge, se retourne, agite la main et s'éloigne en crawl avec des mouvements réguliers et parfaits.

Les enfants essaient de se mettre debout côte à côte sur leur matelas pneumatique et de plonger à leur tour. Elles rient et poussent des cris, se laissent tomber à la renverse dans l'eau, remontent sur leur îlot instable et crient : *Regarde, maman !* avant de retomber à l'eau avec un grand plouf. Hermine veut que Götz les rejoigne. D'année en année elle s'attache davantage à lui. Elle a toujours eu un rapport plus étroit avec son père qu'avec Brida. Hermine avait juste deux ans à la naissance d'Undine venue détrôner sa sœur. Dès lors ce fut Götz qui la rassurait la nuit, l'emmenait le matin chez la nourrice et l'accompagnait après le dîner sur le terrain de jeux où elle faisait du toboggan et de la balançoire jusqu'à ce qu'elle soit fatiguée et qu'il la ramène dans ses bras à la maison.

Götz ne se fait pas prier. Il entre dans l'eau et rejoint les filles en quelques brasses. Elles piaillent et jouent à ce qu'il soit un requin. Brida les regarde et elle espère que la crawleuse ne reviendra pas.

Leur chahut à trois dans le lac, leurs rires, leur façon d'être dans le moment présent ne la concernent plus. Elle n'y participe plus. Les filles et Götz sont une famille, elle et les filles en sont une autre.

Quand elles seront adultes, Hermine et Undine auront probablement oublié que Götz les attrapait par leurs petites jambes fines et les faisait tomber de leur matelas pneumatique dans un concert de hurlements, qu'il nageait et plongeait avec elles pendant que Brida, debout au bord de l'appontement, tentait de ravaler ses larmes en leur faisant signe de la main. Dans leur souvenir, ce sera peut-être Svenja qu'elles verront debout à sa place. Peut-être ne leur restera-t-il aucune image de l'époque où ils étaient une famille.

Le sol tangue sous ses pieds. Des enfants arrivent en courant et font osciller la plateforme avant de sauter dans l'eau à leur tour, Brida recule pour ne pas être éclaboussée. Le bonnet de bain rose de Svenja refait surface au large toutes les quelques secondes. Elle a changé de direction. Elle revient vers la rive avec souplesse et rapidité. Quand elle verra Götz et les filles, elle les rejoindra et chahutera avec eux, se livrera à des acrobaties devant les filles et aura droit à leur admiration. Et bientôt elle portera un enfant de Götz.

Brida est debout en plein soleil depuis trop longtemps. Ses épaules brûlent.

Elle veut rentrer au bungalow avec Götz et les filles, regarder le lac depuis la terrasse en mangeant une glace. Elle aimerait être assise sous un parasol avec ses enfants et son mari comme toutes les autres familles, indolente et lourde de chaleur, et sachant parfaitement où est sa place.

Et vers le soir, quand les filles se dirigeront vers la seule petite colline des environs comme elles le font presque chaque jour pour photographier le soleil couchant et se laisser rouler jusqu'en bas de la pente herbue, elle prendra avec Götz le chemin qui serpente à travers la friche jusqu'à l'affût. Et le soleil bas sur l'horizon projettera sur la clairière l'ombre allongée de la petite cabane. Des oiseaux s'élèveront dans les airs pour attraper les insectes qui dansent dans la lumière finissante et Götz derrière elle se pressera contre son corps. *Dis-moi de quoi tu as envie,* murmurera-t-elle et il le lui dira aussi clairement qu'il le fait toujours.

Il n'y a rien de moins érotique qu'un homme qui n'a pas d'exigences.

Et elle lui donnera ce qu'il veut, non seulement parce qu'il le réclame, mais parce qu'elle y trouve elle aussi son plaisir. Sur le chemin du retour il lui tiendra la main, ne la lâchera que lorsqu'ils seront devant leur bungalow, et Brida sortira la clé de sa poche et ouvrira. Ils entreront ensemble, prendront le vin dans le réfrigérateur, iront sur la terrasse et attendront les enfants.

Maman, regarde ce que je sais faire !

Undine est debout sur les épaules de Götz et saute dans l'eau. Elle nage quelques brasses, grimpe l'échelle qui mène à l'appontement et se plante devant elle, trempée comme une soupe. *Svenja sait faire un salto !* s'écrie-t-elle enthousiaste, *tu savais ça ?*

La tête coiffée de rose de Svenja émerge à son tour au pied de la plateforme. Elle grimpe prestement l'échelle, Götz la suit. *Si ça te va*, dit-il, *Svenja et moi on fait encore une petite virée avec les enfants. Comme ça tu pourras écrire tranquillement jusqu'à ce soir.*

Écrire tranquillement.

Elle n'a rien souhaité d'autre pendant des années.

Maintenant qu'elle n'a plus les enfants qu'à mi-temps, n'a plus droit qu'à la moitié de leurs vies d'enfants, la moitié de leurs joies, la moitié de leurs peines, les mots ne lui viennent plus. Maintenant que la garde alternée, le système le plus équitable que les juristes aient inventé pour le partage des enfants, lui procure la liberté de travailler sans être dérangée, voilà que la source est tarie.

D'ailleurs elle déteste ce système qui prive les enfants de leur ancrage, les trimballe entre la semaine du père et la semaine de la mère, la maison du père et la maison de la mère, au nom du respect de l'équité. Mais Brida non plus n'a pas voulu renoncer.

Et même maintenant, en vacances, l'équité est respectée. Götz passe la moitié de la journée avec Svenja et les filles, Brida assume l'autre moitié. Et quand par hasard ils ont tous décidé de passer la journée au bord du lac, ils ressemblent à une grande famille heureuse.

L'appontement est toujours en plein soleil. Bien qu'il n'y ait aucun danger réel, elle se sent livrée sans défense au monde. En cas de péril, elle est seule. Son visage la brûle, les pensées défilent dans sa tête.

L'amour n'est pas un sentiment.

L'amour n'est pas du romantisme.

L'amour est un acte.

Il faut considérer l'amour sous l'angle du danger.

Tout ce qu'elle a écrit autrefois sur l'amour est inepte.

Rien ne changera entre nous, avait dit Götz après leur séparation, *nous resterons liés.*

Mais tout a changé. Il n'y a plus de *nous.*

Le contact de la peau de Götz et l'odeur de son corps suffisaient autrefois à dissiper ses doutes. Sa seule présence physique maintenait ses angoisses à distance. Elle en souriait et faisait des remarques caustiques.

Je n'ai pas besoin de toi – combien de fois ne lui a-t-elle pas jeté cette phrase à la tête. Elle qui accorde plus de valeur aux mots que lui, elle les a utilisés à la légère, elle a sous-estimé leur pouvoir.

Svenja est plus futée. Son instinct fonctionne. Sa féminité animale est simple, presque grossière. Elle adore Götz, lui voue une admiration totale, sans un soupçon d'ironie. Elle se soumet, reconnaît sans détour ses propres faiblesses, s'en sert même pour le valoriser en disant : *Tu sais faire ça mieux que moi*, et lui abandonne avec le plus grand naturel les domaines classiquement masculins.

Elle est soit extrêmement rusée, soit authentiquement naïve. Brida penche pour la seconde hypothèse.

La conclusion amère est que le bonheur est antérieur à la connaissance.

***

Leurs retrouvailles ont marqué le début de leur meilleure période.

Brida qui avait entrepris de donner un nom à chaque année l'a intitulée : *L'année Götz.*

Les voyages à l'Est n'étaient plus des fuites désormais. Brida l'accompagnait chaque fois qu'elle le pouvait, de manière tout à fait officielle : elle était la femme à ses côtés.

Plus ils s'enfonçaient vers l'est, moins le monde autour d'eux était lisse, plus il ressemblait aux images qu'elle gardait de son enfance dans la campagne du nord de l'Allemagne. Les façades des maisons étaient ternes et sales, les rues défoncées, les panneaux de signalisation délavés, les arbres vénérables. Les physionomies des gens qu'ils croisaient se gravaient en elle. L'Ouest effaçait les stigmates sur les visages, l'Est les incrustait dans la chair.

Ils roulaient vitres ouvertes à travers le temps, le vent dans les cheveux, une cigarette à la main et la musique à fond. C'était merveilleux. Ils ne se disputaient pas, ne s'ennuyaient pas ensemble, et la nuit quand il tendait les mains vers elle, Brida espérait qu'il oublierait la prudence et lui ferait un enfant.

Le grand appartement à Gohlis était un coup de chance. La famille qui habitait là faisait partie des clients fidèles de Götz, et il avait été le premier à apprendre par hasard leur déménagement prochain.

Bien que située au cœur de la ville, la rue avait des airs de village. Peu de voitures y passaient à cause des pavés, il y avait des jardins et des friches autour des maisons, et l'appartement se trouvait dans un bâtiment entouré de grands arbres vénérables avec de larges balcons de bois couverts.

Ils emménagèrent par une chaude journée de mai, les martinets aussi étaient de retour dans la ville et il s'avéra que le nouveau foyer de Brida et Götz était également la résidence d'été de quelques-uns de ces oiseaux venus de si loin.

Pendant des semaines Brida ne quitta l'appartement que lorsque c'était indispensable. Le trajet pour l'Institut de littérature était plus long qu'avant mais plus agréable. Elle devait traverser un petit bout de forêt, longer la grande pelouse du parc de Rosental, emprunter quelques rues puis traverser le Johanna-Park en fleurs.

La vie avec lui était facile.

Il était content quand elle s'allongeait près de lui.

Il était content quand ils se taisaient tous les deux.

Il était content quand ils travaillaient, mangeaient, dormaient et parlaient de choses qu'ils avaient vécues avant d'être ensemble.

De temps à autre elle avait envie qu'il philosophe avec elle, qu'il psychologise et s'élance vers les hautes sphères jusqu'à ce que l'air se raréfie, laissant derrière eux tout ce qui était lié à la terre. Mais si une conversation prenait ce tour-là, Götz riait et lui disait de ne pas s'imaginer qu'elle trouverait tout chez lui. Il y en avait d'autres qui feraient mieux l'affaire.

À vingt et un ans il avait fait son périple de compagnon menuisier, beaucoup de ses opinions s'étaient forgées en ce temps-là. Il n'avait dans sa besace qu'un carnet de notes et un crayon quand un vieux maître était venu le chercher chez lui et l'avait accompagné jusqu'au panneau de sortie de Stuttgart. Il ne devait pas s'en approcher à moins de soixante kilomètres. Sa tenue de compagnon était trop chaude en été et pas assez en hiver, souvent il ne savait pas le matin où il dormirait le soir ni ce qu'il mangerait. Parfois il passait la nuit dehors. Il était allé en Autriche et en Suisse, en France et au Portugal et pour finir en Islande. Il avait vécu trois ans sans téléphone ni ordinateur, avait fait mille kilomètres à pied, avait rencontré des centaines de gens et dormi dans autant de lits différents.

Leurs dix ans de différence d'âge séparaient moins Brida et Götz que l'expérience de ces années de compagnonnage. Götz avait mûri très jeune. Rien ou presque ne le déstabilisait. Les paroles ne l'impressionnaient pas. Il jugeait les gens sur leurs actes et leurs œuvres. Quand elle lui demandait ce qu'il aimait le plus chez elle, il nommait trois choses :

Son naturel curieux, son aptitude au dévouement et son talent pour créer une histoire à partir de rien. Elle l'aimait pour cette réponse.

Leurs rythmes de vie étaient rarement synchrones.

Götz aimait les petites heures du jour, Brida écrivait jusque tard dans la nuit. Quand son horloge interne le réveillait vers six heures, il l'attirait souvent contre lui et relevait sa chemise de nuit. À moitié endormie elle l'accueillait en elle, le plus souvent mollement couchée sur le ventre.

Le sommeil qui venait ensuite était lourd et peuplé de rêves. Tandis que Götz se mettait au travail à l'atelier, Brida voyageait à travers des paysages surréalistes, chassait des animaux qui n'existaient pas, tombait du haut de rochers sans s'écraser, couchait avec des hommes qu'elle ne connaissait pas, alors elle le cherchait à côté d'elle et sa main se refermait sur le vide.

Elle petit-déjeunait toujours seule.

Le soir elle allait souvent le chercher à l'atelier. Ensuite ils sortaient.

Dans les bistros les femmes le regardaient, il n'avait pas l'air de s'en rendre compte car il ne répondait jamais à leurs œillades. Brida oscillait entre crainte et fierté. C'était un bel homme, un homme en accord avec lui-même, qui suivait sa propre boussole morale, qui dégageait une aura de sécurité et de supériorité.

Quand ils restaient à la maison ils regardaient des films, lisaient ou s'aimaient. Vers onze heures Götz allait se coucher et Brida s'asseyait à son bureau. C'est là qu'elle était le plus heureuse, avec un verre de vin et tranquillisée de savoir Götz endormi dans la pièce à côté.

Alors ses personnages s'éveillaient. Une fois levés, ils bougeaient, parlaient et agissaient, et Brida n'avait rien d'autre à faire que mettre par écrit les images qui s'animaient dans sa tête. Quand une idée lui venait, rien n'était plus important que de la suivre.

Vers deux heures, deux heures et demie au plus tard, ses yeux se fermaient et elle s'endormait au côté de Götz en espérant que les protagonistes de ses histoires seraient au rendez-vous le lendemain soir. Une partie de leurs corps restait toujours en contact – son pied contre la jambe de Götz, sa main contre son dos, le bout des doigts de Götz contre sa hanche.

Jamais, ni avant ni après, elle ne connut d'année aussi productive que ces douze premiers mois de leur vie commune. Deux longues nouvelles, une flopée de textes courts et la moitié de son premier roman virent le jour à cette époque.

***

Des nuages noirs s'accumulent au-dessus du lac de Hollershagen. Une rafale de vent soulève les coins des serviettes de bain où sont allongés Svenja et Götz. Götz se lève d'un mouvement puissant et appelle les filles. Un premier éclair zèbre l'horizon, suivi du tonnerre, soudain il fait très sombre et tout le monde s'active dans tous les sens. Les enfants rassemblent elles-mêmes leurs affaires, Götz emballe le reste, mais il pose d'abord une serviette sur les épaules de Svenja.

La sollicitude – voilà la différence.

Et la protection.

Il n'en protégera qu'une. Il peut coucher avec deux femmes mais pas s'occuper des deux.

Brida rentre au bungalow pieds nus et les épaules brûlées. Plus que deux cents mètres, plus que cent cinquante, elle distingue déjà les maisons entre les arbres. Le vent tourne à la tempête et elle se sent vidée, sans force. Des aiguilles de pin s'enfoncent dans ses plantes de pied et quand un groupe d'enfants la croise et que l'un d'eux la bouscule, elle titube au point qu'elle doit s'asseoir.

Autour d'elle la tempête se déchaîne. Des branches tourbillonnent dans le vent. Elle se traîne sur les derniers mètres jusqu'à la maison, à l'intérieur elle ferme les rideaux et s'allonge sur le lit.

Des pensées lui viennent qu'elle ne veut pas oublier. Plus tard, quand elle aura repris des forces, elle les mettra par écrit.

L'amour n'est pas le commerce de deux individus indépendants, capables de retourner à tout moment à leur autonomie initiale. L'espace protégé d'un monde paisible où homme et femme décident jour après jour ce que signifie être un homme ou une femme lui a fait oublier qu'il y a autre chose là-dessous. Un ordre ancien dont la nécessité n'est invalidée qu'à titre temporaire. Il se rétablirait de lui-même au premier danger.

Une cloison la sépare de Götz et Svenja dont elle entend maintenant les petits rires.

La porte s'ouvre à la volée et les enfants surgissent devant elle. *On veut être avec toi*, crient-elles, *papa et Svenja se sont enfermés, ils F-O-N-T L'A-M-O-U-R*. Elles épellent le mot en se tordant de rire. Et Brida se tord elle aussi.

Undine la rejoint sur le lit à quatre pattes et commence à la chatouiller. Les rires se mêlent aux larmes. Elle ne peut plus se maîtriser. Tous les barrages intérieurs cèdent.

Maman ! s'écrie Hermine affolée.

L'enfant referme ses bras autour d'elle.

***

Douze ans plus tôt environ, par une froide journée de décembre, elle traversait la ville à toute allure sur son vélo.

Jamais elle n'avait mis aussi peu de temps pour aller de la maison à l'atelier. Le froid lui faisait mal aux oreilles et aux mains car dans son excitation elle avait oublié son bonnet et ses gants.

Götz était dans la boutique avec des clients. Brida passa dans l'atelier, sortit le champagne du sac, l'ouvrit et prit deux verres dans le petit vaisselier à côté du lavabo. Elle essuya la table et posa le test avec les deux barres bleues bien en vue entre les verres pleins.

Götz s'approcha, s'arrêta, regarda la table, le test, les barres. Elle lut sur son visage qu'il comprenait. La curiosité céda la place à une expression de surprise mêlée de gravité.

Hermine, dit-il, *si c'est une fille elle s'appellera Hermine.*

Le mariage civil eut lieu en juin. Les parents de Götz cachèrent mal leur déception. Un mariage qui n'était pas contracté devant Dieu n'avait aucune signification à leurs yeux. Les parents de Brida s'en fichaient. Les tensions entre les couples de grands-parents perturbèrent passablement la fête modeste en petit comité, mais Brida était persuadée que la différence de modes de vie et de pensée entre Götz et elle ne tirerait pas à conséquence.

*

L'accouchement avait été au-delà du supportable. Brida n'avait pas d'autres mots. Les vagues de douleur qui lui traversaient le corps échappaient à tout contrôle. Des forces élémentaires se déchaînaient en elle. Il n'y avait aucun moyen d'esquiver cette violence archaïque qui lui déchirait presque le bas-ventre.

Et puis l'enfant était arrivé.

Suivi d'un nouveau déferlement. Des vagues d'amour cette fois, chaudes et douces. Et avec elles le pressentiment d'une autre forme de douleur.

Götz était endormi à côté d'elle. Le bébé était dans son lit en plexiglas, on lui avait attaché autour du bras gauche une bandelette de plastique rose avec son nom. Il dormait en émettant des petits bruits. Brida s'assit péniblement et sortit le petit paquet de son lit roulant. Elle le posa entre Götz et elle et le regarda. *Hermine*, dit-elle à voix basse en caressant la surface interne des petites mains. Les doigts du bébé se refermèrent sur les siens et s'y cramponnèrent.

Maintenant l'enfant était là. Il était venu pour rester. Il aurait besoin d'eux. Chaque jour, chaque heure.

L'année Hermine commençait.

Hermine pleurait.

Elle pleurait avant la tétée et après la tétée, elle pleurait pendant les promenades et la nuit.

Ses hurlements dilacéraient la moindre pensée de Brida. Quand elle avait réussi non sans mal à l'endormir et qu'elle se glissait sans bruit jusqu'à sa table de travail, elle pouvait être sûre que la petite voix stridente ne tarderait pas à retentir à travers la maison, l'obligeant à interrompre le travail à peine commencé.

Au début elle arrivait encore à écrire des passages assez courts, mais bientôt ses personnages cessèrent de parler et de bouger.

Le bébé la réclamait entièrement. Toutes ses ressources étaient pour lui. Quand ses besoins étaient satisfaits pour un temps trop court, Brida se sentait vidée au point qu'elle n'avait plus qu'une envie, se reposer, dormir. Elle réalisait un peu plus chaque jour à quel point sa vie avait changé.

Sa liberté n'avait jamais été qu'apparente, provisoire. Comme une friandise qu'elle aurait juste eu le droit de goûter avant qu'on la lui enlève définitivement. Pour des générations de femmes avant elle, la voie était encore plus nettement tracée et plus étroite. Soudain elles lui paraissaient plus heureuses. Elles au moins n'avaient jamais vécu dans l'illusion qu'elles pourraient déterminer leur vie, jamais éprouvé la déception de voir des portes ouvertes se refermer toutes d'un seul coup. Aucune des restrictions qu'elles subissaient ne relevait de leur responsabilité. C'étaient les circonstances qui ne permettaient rien d'autre.

Brida, par contre, avait choisi. Elle avait voulu ce mari et cet enfant, et au lieu d'être satisfaite elle voulait écrire. Plus que jamais, elle voulait écrire.

Götz reprit seul ses voyages dans l'Est. Certes il ne s'absentait jamais plus de deux ou trois jours et il essayait désormais de trouver des meubles à sa convenance dans les vide-greniers des alentours, mais même lorsque son entrepôt était plein et qu'il travaillait à l'atelier, il n'était jamais à la maison avant le début de la soirée. Quand il rentrait, Hermine dormait déjà et Brida était souvent couchée près de l'enfant, endormie elle aussi. Leurs rythmes de vie étaient rarement synchrones.

Ils refirent l'amour pour la première fois trois mois environ après la naissance. C'était bien, rien n'avait changé. Le besoin sexuel de Götz était le plus fort en fin de soirée, quand Hermine dormait. Brida avait envie de lui le matin, pendant les seules heures de la journée où son désir n'était pas encore vaincu par l'épuisement.

Les pleurs incessants d'Hermine se calmèrent avec le temps et au bout de six mois environ Brida commença à élargir un peu son rayon d'action. Ils tentèrent quelquefois d'aller dans un café avec l'enfant. Mais Hermine hurlait dès qu'ils s'arrêtaient. Götz avait beau remuer la poussette pour essayer de lui faire croire qu'elle roulait, rien n'y faisait. Il s'amusait de la sagacité de sa fille. Interrompre la sortie et rentrer à la maison avec l'enfant dans les bras ne le dérangeait pas du tout. Brida, elle, était chaque fois déçue.

Elle reprit ses études quand Hermine eut neuf mois ; elle passait dorénavant ses matinées chez une nourrice.

Götz était contre. Jamais encore ils ne s'étaient disputés de la sorte.

Lui-même n'avait jamais connu le jardin d'enfants. Sa mère était restée à la maison avec lui et ses frères et sœurs jusqu'à ce qu'ils aillent à l'école. Selon Götz, tout son être futur s'était construit sur ces années d'enfance protégée. Il allait jusqu'à prétendre qu'il dépendait de Brida qu'Hermine devienne une personne heureuse ou malheureuse.

Est et ouest étaient soudain beaucoup plus que des notions géographiques.

Est et ouest étaient les indicateurs de deux modes de vie, un bon et un mauvais.

Brida resta avec Hermine pendant la semaine d'adaptation chez la nourrice, mais dès la deuxième semaine elle dut se contenter de la déshabiller en arrivant et de la confier aux bons soins de Miriam – une grande et opulente femme de pasteur. Tous les matins en déposant Hermine elle se disait qu'elle faisait ce qu'il fallait. Et tous les matins en quittant l'appartement son corps lui disait le contraire. Hermine la suivait à quatre pattes ; elle s'asseyait et tendait ses petits bras vers elle. Elle pleurait et criait.

Brida restait parfois quelques instants à épier derrière la porte. Jusqu'à ce qu'elle n'entende plus son enfant.

Pendant ce temps si chèrement acquis elle ne s'accordait aucune pause. Elle restait vissée à son bureau, préparait son examen de fin d'études et écrivait son roman pour le diplôme. Certains jours elle y arrivait, d'autres fois elle passait des heures à s'épiler les jambes avec une pince.

Après ce genre de dérapage elle avait plus que jamais le sentiment d'être une mauvaise mère. Pour apaiser sa conscience elle allait chercher Hermine dès après le déjeuner, batifolait avec elle, s'allongeait près d'elle pour la sieste et l'emmenait ensuite voir Götz à l'atelier, afin de ne pas rater une occasion de lui prouver que l'enfant allait très bien.

Il s'était accommodé de sa décision mais ne faisait pas mystère de ce qu'il en pensait.

Chaque fois que l'enfant était grognon, un tant soit peu malade ou passait une mauvaise nuit, il expliquait ça par le fait que Brida ne s'occupait pas complètement de sa fille. Et même quand tout se passait au mieux pendant des jours, ce reproche informulé était toujours dans l'air.

Sa désapprobation avait des effets destructeurs. Plus Brida essayait de tout faire comme il fallait, plus les petits accidents se multipliaient, qui semblaient donner raison à Götz. Elle oubliait des rendez-vous, laissait tomber la vaisselle par terre et lavait le linge à trop haute température, mais il fallut un accident de vélo avec Hermine sur le siège enfant pour déclencher la conversation qui s'imposait depuis longtemps.

Ce soir-là Götz mit l'enfant au lit. Hermine avait eu de la chance – à part quelques petites écorchures elle était indemne. Elle tirait vigoureusement sur sa tétine et Götz attendit que cessent les petits bruits de succion pour quitter la chambre et refermer doucement la porte.

Brida était dans la cuisine. Les conversations les plus sérieuses avaient toujours lieu à la table de la cuisine. À l'exception d'une contusion à la cuisse et de deux petites écorchures au coude et à l'épaule, elle non plus n'avait pas eu de mal. Le vin rouge calmait la légère douleur et lui donnait confiance. Avec de l'honnêteté et de la patience, Götz et elle finissaient toujours par trouver une solution. Ils étaient bons dans la résolution des conflits. La fin de cette soirée les trouva pourtant assis face à face et désemparés.

Plus tard, debout devant le lit de leur fille, ils s'étreignirent en silence. La respiration d'Hermine était calme et régulière, et cette vision paisible agit sur eux. Leurs cœurs s'ouvrirent. Leurs corps se réclamèrent.

*

Dans les semaines qui suivirent, Brida termina son roman. C'était la dernière pièce qui manquait pour parachever ses études. Elle fit corriger son manuscrit par le Dr Gabriel, son médecin de famille, car une bonne partie de l'action se situait dans le service des urgences d'une clinique. Elles se virent à deux reprises dans un café et dès la première fois le Dr Gabriel la tutoya. *Moi c'est Judith*, dit-elle sobrement en arborant son sourire parfait. Puis elle énonça à une vitesse étourdissante ses remarques qu'elle avait déjà notées avec soin dans le texte, et son débit laissait imaginer la rapidité de sa pensée. Brida fut fascinée par Judith. Pour la première fois de sa vie elle éprouva l'envie de nouer une amitié plus profonde.

Elle travailla en même temps sur les modifications proposées par son éditrice, car contre toute attente elle avait trouvé sans peine une maison d'édition. Ce n'était pas une des petites maisons chics et littéraires qui publiaient ses camarades, ni aucune des grandes maisons réputées. C'était un éditeur qui suscitait le dédain de ses professeurs parce qu'il inondait de produits grand public un marché âprement disputé.

Jamais elle n'avait utilisé ses journées avec une telle efficacité. Elle se sentait dans une forme olympique malgré son manque de sommeil. Après de longues tergiversations, Götz s'était déclaré prêt à ne travailler à l'atelier que le matin pendant un certain temps. Il passait les après-midi avec Hermine, s'occupait du ménage, faisait les courses.

Tout se déroula sans anicroche et un matin le facteur apporta un lourd paquet contenant les livres fraîchement imprimés.

Brida ouvrit le carton, en sortit un et le soupesa longuement avant de l'ouvrir. Son roman ne lui avait pas valu la meilleure note à l'examen. C'était du bon boulot, sérieux, avaient estimé ses professeurs, mais de facture trop conventionnelle. Il y manquait ce style personnel clairement identifiable qui est la marque d'une haute exigence artistique. Pour ce qui était du contenu, en revanche, ce texte témoignait d'une connaissance approfondie des mécanismes psychologiques. Par endroits on aurait pu le croire écrit par une personne à la fin de sa vie et non pas au début. Mais quelle importance ? Elle tenait son livre dans ses mains, son livre fini. Seule la naissance d'Hermine avait déclenché en elle un sentiment comparable – une satisfaction profonde mêlée à une grande angoisse.

Elle avait pu dire son mot sur le choix de la couverture. Des figurines de Playmobil sur fond blanc. Leur disposition reflétait le rapport entre les protagonistes. *Modèles de vie*, lisait-on en lettres noires et sobres sur la couverture et, au-dessus, son nom :

Brida Lichtblau.

*

Le jour de la présentation du livre, Hermine était malade.

Elle avait beaucoup de fièvre et Götz décommanda la baby-sitter prévue pour la soirée. Il voulait rester auprès de son enfant.

Il avait accepté aussitôt la nouvelle situation. Comme à son habitude il n'avait pas exprimé le moindre regret. C'était une chose que Brida admirait en lui d'ordinaire. Les choses changeaient et au lieu de s'en plaindre il s'adaptait. On aurait dit que la résistance n'existait pas chez lui.

Ce soir-là pourtant n'était pas un soir ordinaire. Des gens inconnus viendraient pour entendre Brida lire. C'était la naissance d'une personne publique, elle allait devoir se présenter et s'exposer sans aucune protection.

Ce soir-là elle aurait eu besoin de Götz.

Mais même sans lui tout se passa magnifiquement. La librairie était pleine, les sièges tous occupés, et quand Brida commença à lire et que les murmures et les chuchotements dans le public se turent, elle se sentit parfaitement à son affaire. Le micro soulignait les qualités de sa voix grave, un peu rauque, et pas une seule fois elle ne buta sur un mot. Ensuite elle signa des livres, répondit à des questions et constata avec surprise que l'attention des autres lui plaisait.

Sa déception que Götz ne soit pas là s'était muée depuis longtemps en soulagement. Son silence et ses airs supérieurs ne l'avaient que trop souvent empêchée de s'extérioriser.

Plus tard dans la soirée ils déambulèrent à travers la ville : la libraire Paula Krohn, l'éditrice, le représentant pour la région Allemagne Centre, Judith et ses anciennes camarades d'université Alma et Xandrine. Ils mangèrent dans un excellent restaurant et au moment de se séparer ce fut Judith qui proposa de prolonger la soirée.

Elles écumèrent les bars toutes les deux. Flirtèrent, se firent offrir des verres et quand Judith choisit un homme dans l'intention de le ramener chez elle, Brida regretta l'absence de Götz.

Elle passa la journée suivante dans une brume de fatigue nauséeuse et constata deux jours plus tard qu'elle était enceinte.

***

À Hollershagen la tempête s'est calmée. Les enfants sont ressorties dehors, le soleil réchauffe les prés détrempés et des myriades d'insectes batifolent dans la vapeur qui monte alentour.

Il faut qu'il se passe quelque chose. Brida a encore huit jours de vacances devant elle. Huit longues journées où elle va devoir entendre et voir Svenja, sentir son odeur. Où elle va devoir supporter que Svenja promène ses petites mains vigoureuses de physiothérapeute sur le corps de Götz.

Elle va sur la terrasse et tend l'oreille. Bien que ce ne soit que le début de l'après-midi, elle boit du vin et fume. Elle croit sentir les toxines pénétrer dans son corps, ses poumons s'efforcer d'éliminer le goudron, son foie lutter contre l'alcool, sa peau se flétrir et ses cheveux grisonner. Une envie bizarre s'empare d'elle. Une envie de dégradation, de destruction.

La porte du bungalow voisin s'ouvre. Svenja sort sur la terrasse. Ses cheveux sont mouillés, un parfum fruité parvient aux narines de Brida. Elle tend les bras, s'étire. Son expression satisfaite témoigne d'une bonne baise.

Brida n'a pas honte de cette pensée grossière.

Le temps de la honte est révolu. Le temps des mensonges aussi.

Il faut qu'il se passe quelque chose.

***

L'année Undine ne lui a presque pas laissé de souvenirs.

Elle n'a rien écrit.

Elle a beaucoup allaité et cuisiné et mangé.

Et encore allaité et cuisiné et mangé.

Elle s'est assise sur les bancs des terrains de jeux, a poussé Hermine sur la balançoire, l'a aidée à grimper sur le toboggan tout en portant Undine sur son dos.

Elle n'a rien lu.

Elle a beaucoup dormi mais toujours trop brièvement.

Et puis elle s'est beaucoup disputée parce que Götz était placide et elle pas. Parce qu'il était patient et elle pas.

Undine était venue au mauvais moment. Brida avait à peine eu le temps de respirer que son arrivée lui avait replongé la tête sous la surface d'une eau sombre, telle une grosse et lourde patte.

*

Puis ce fut *L'année Judith*.

Leur amitié ressemblait à un tendre amour.

Brida se faisait belle avant leurs rendez-vous comme elle l'avait fait pour Götz au début, et son émoi au moment de la revoir ressemblait à l'excitation qu'elle ressentait les premiers temps avec lui.

Si Judith décommandait un rendez-vous, elle était déçue.

L'énergie qui émanait de Judith était communicative. Après l'avoir vue, Brida était capable d'écrire malgré les enfants. Elle résistait aux distractions habituelles, était plus concentrée et plus efficace, et cette influence positive la poussait à voir son amie de plus en plus souvent.

L'aptitude de Judith à comprendre une situation en quelques secondes, à l'analyser et à proposer une solution, incitait Brida à s'en remettre entièrement à son jugement dans les moments d'épuisement total.

D'après Judith, c'était Götz le problème. Il limitait Brida, bridait sa personnalité et sous-estimait son travail artistique. Il voulait la rabaisser au rang de ménagère et faisait passer ses intérêts avant ceux de sa femme. Brida avait beau sentir que ce n'était pas exact, que la vérité était ailleurs, elle ne la contredisait pas, elle décrivit même Götz comme jaloux, possessif et mesquin. Quand Judith ouvrit des yeux ronds avec sur le visage une expression glaciale, elle ne défendit pas Götz, et quand Judith déclara : *Quitte cet homme. Il ne te fait pas de bien*, elle se tut.

Götz sentit le danger. Il n'avait rencontré Judith qu'à deux ou trois reprises et s'abstenait en général de porter des jugements, mais il employa des mots très clairs. Elle était une créature égocentrique, incapable d'aimer, destructrice et froide. Sa dureté ne fit que renforcer l'attirance de Brida. Et quand il lui demanda de ne plus voir son amie aussi souvent parce qu'elle revenait de ces rendez-vous transformée, les doutes que nourrissait Judith semblèrent se confirmer.

Hermine avait quatre ans, Undine tout juste deux quand Brida accueillit Götz un soir en déclarant qu'elle ne supportait plus cette vie étriquée.

Ils ne s'étaient pas vus pendant presque trois jours. Un ami de ses années de compagnonnage avait appris à Götz la liquidation d'un important commerce d'antiquités non loin de Stuttgart, sa ville natale. Il était parti pour le sud de l'Allemagne avec son nouveau collaborateur embauché depuis peu, avait rempli son camion et rendu visite à ses parents dans la foulée.

Brida s'était pliée à la nécessité, bien que le moment fût mal choisi. Elle avait une nouvelle à terminer pour une anthologie, Hermine souffrait d'une conjonctivite purulente et Undine disait *Non !* à tout. Judith était venue la voir le soir précédant le retour de Götz, et il fut informé du résultat de cette conversation alcoolisée avant même d'avoir enlevé ses chaussures et accroché sa veste au portemanteau.

Il écouta Brida sans l'interrompre. La suivit dans la cuisine, s'assit à la table et la laissa parler. Plus elle en disait, plus elle avait l'impression que les mots de Judith perçaient sous les siens, et au moment où elle s'apprêtait à retirer une partie de ce qu'elle venait de dire et atténuer ses reproches, il l'arrêta d'un geste.

N'avait-elle jamais songé qu'elle en demandait trop ? demanda-t-il, et sa voix tremblait. Croyait-elle qu'on pouvait tout obtenir sans limites, sans renoncement ?

Pensait-elle sérieusement qu'elle aurait tout, les enfants et l'art et la culture et les amis et le mari et l'amour et le sexe et du temps pour lire et du temps pour ne rien faire et la possibilité de s'échapper à sa guise et Dieu sait quoi encore, sans devoir en payer le prix ?

Je n'arrête pas de tenir compte des autres ! hurla-t-elle.

Il y a un temps pour tout, Brida, dit-il.

Après ça il n'ouvrit plus la bouche pendant des jours.

*

Dans un premier temps elle se fit héberger par Judith. Elle voyait les enfants l'après-midi, les emmenait au terrain de jeux ou à la piscine, à la patinoire ou au cinéma, les ramenait à la maison pour le dîner et rentrait dormir dans l'appartement de son amie.

Le vide et la froideur de ces lieux étrangers avaient un effet thérapeutique. Elle dormait bien. Aucune obligation, aucune restriction. Pas de douleur à surmonter, pas de lessive à faire. Personne n'exigeait rien d'elle.

Elle passait les soirées à côté de Judith sur le canapé. Elles buvaient du vin, mangeaient des olives, du fromage et des crackers et regardaient ce qu'il y avait de neuf sur les portails en ligne fréquentés par Judith. Sur les sites des marchés équestres, Judith s'intéressait à la taille au garrot des chevaux, à leur race, leur âge et leur facilité sous la selle, sur les sites de rencontre elle regardait la taille, l'âge, la profession et les hobbys des hommes.

Aux yeux de Brida, la différence était marginale.

Parfois elle oubliait un temps les enfants.

Elle flânait en ville, écrivait quelques mots dans un café, se promenait, voyait des expositions, chinait chez les antiquaires, allait au cinéma en pleine journée et visitait des appartements. Mais les rendez-vous avec des agents immobiliers mirent un terme à la légèreté. Les questions sur ses revenus et son nombre d'enfants l'obligèrent à voir la réalité en face. La bourse qui l'avait libérée pour six mois de tout souci d'argent se terminerait bientôt. Il n'y en avait pas d'autre en perspective. Le projet de livre actuel était à un stade qui ne méritait pas qu'on en parle.

Mais Götz ne la laisserait pas tomber. Si elle écrivait de temps à autre pour le journal, terminait vite son livre, négociait un bon à-valoir, elle aurait un ou deux ans devant elle.

Elle alla trouver Götz à l'atelier pour parler des questions les plus urgentes. Il avait des cernes noirs sous les yeux et ne fit pas le moindre effort pour être aimable. Il écouta en silence ses explications volubiles. Ne fit aucune objection, ne posa aucune question, attendit qu'elle ait terminé, hocha la tête et la raccompagna à la porte.

Les enfants, elles, demandaient tous les jours quand elle reviendrait. La question n'était jamais *si*, mais seulement *quand*, et Brida éludait, parlait d'habiter dans un nouvel endroit, d'une belle aventure et d'une vie complètement différente. Hermine disait aussitôt *Non !* sur un ton sans réplique.

La nouveauté, elle n'en voulait pas. Et elle répétait la question habituelle : *Tu reviens quand ?*

Brida envisagea plus d'une fois la possibilité d'abandonner les enfants, de disparaître et de repartir à zéro. Avec un autre homme, dans une autre ville, en tant qu'écrivaine et non pas de mère qui écrit.

Mais l'idée restait floue. Elle perdait son pouvoir d'attraction dès que les fillettes accouraient vers elle au jardin d'enfants.

Quand Judith ne travaillait pas, elle était avec son cheval ou faisait du sport.

Ce que Brida voyait du quotidien de son amie la désillusionna. La liberté de Judith lui parut soudain vide de sens. Rien dans son appartement ne réclamait sa présence – pas de plante, pas d'animal, aucun autre humain ; ce n'était qu'une base, un lieu de départ et d'atterrissage, un entrepôt. Il n'y avait pas de fêtes ici, pas d'enfants qui jouaient.

Le piano Bechstein noir dans le salon restait fermé. Pas une seule fois elle n'entendit Judith jouer. Un canapé lilas trônait dans la pièce presque vide par ailleurs. Ce canapé était à la fois l'endroit où s'asseoir, où manger, où travailler. Pourtant Judith était souvent assise en tailleur sur le parquet rutilant.

Elle consacrait beaucoup de temps à son apparence physique. Les produits de beauté dans la salle de bains étaient chers, et le résultat était là. Avec sa peau lisse, impeccable et ses cheveux brillants, Judith était toujours pimpante. À côté d'elle, Brida qui était pourtant plus jeune se sentait lessivée et marquée par la vie. Elle avait les yeux cernés en permanence.

Elle prit quelques fois l'Audi noire de Judith. Elle fonçait sur l'autoroute à plus de deux cents kilomètres-heure en écoutant toute la collection de musique classique. Le but était de rouler. Parfois elle prenait une sortie au hasard, marchait un peu le long d'une rivière, à travers un village, une forêt. Elle se demandait alors si elle avait tout envoyé promener pour rien, si elle avait juste besoin d'une pause, et cette question douloureuse lui vrillait les tempes à chaque pas.

Au bout de trois semaines environ, l'atmosphère entre elles deux se tendit. Judith rentrait chaque jour un peu plus tard et parfois pas du tout. Il était temps de partir.

Au début de la cinquième semaine Brida réintégra le foyer.

Elle était allée chercher les enfants dès midi.

Ensemble elles s'étaient baladées à travers le marché, avaient acheté de la pastèque, des fraises et du pain frais, de l'omble fumé, du beurre de baratte et des pommes de terre nouvelles. Sur le chemin du retour elles chantèrent des chansons et les enfants ne la lâchèrent pas une seconde.

Götz ne fit d'abord aucun commentaire sur sa présence. Il mangea le gâteau à la rhubarbe qu'elle avait préparé pour lui, fit le pitre avec les enfants et plus tard, comme Hermine et Undine jouaient dans le jardin, il écouta les explications et les excuses de Brida. Quand elle promit de ne plus jamais quitter la famille, il secoua la tête et dit : *Arrête !*

Les jours qui suivirent elle n'arrêtait pas de fondre en larmes. Quand ils étaient assis tous ensemble à la table du déjeuner, quand les enfants étaient contentes et que Götz lui touchait le bras au passage, elle comprenait à quoi elle avait failli renoncer. C'était maintenant, a posteriori, que venait la peur.

Ils faisaient l'amour tous les jours et Brida n'était jamais rassasiée de ses caresses. Elle passait à l'atelier à midi lui apporter le repas qu'elle avait préparé, elle tenait la maison propre, entretenait le jardin, jouait et bricolait avec les enfants, même si ça l'ennuyait affreusement.

Il ne voulait pas l'entendre mais elle lui répétait

encore et encore à quel point elle regrettait et à quel point elle l'aimait.

Et c'était vrai. Elle l'aimait.

Les semaines de séparation lui apparaissaient comme un mauvais rêve, et elle donna à l'année qui s'ouvrait devant eux le nom de Götz.

Elle sort d'une nuit d'enfer. Ce qui se passe ici n'a plus rien à voir avec des vacances.

Elle n'a toujours pas appris à tenir en respect l'angoisse et le désespoir. Penser à la mort se révèle utile pendant la journée, mais y penser la nuit l'amène seulement à désirer que la mort vienne la chercher.

Hermine et Undine dorment à poings fermés sans se douter de rien. Comme elles n'ont pas réussi à se mettre d'accord sur l'attribution des deux lits superposés, elles sont toutes les deux dans le lit du haut. La tête de l'une près des pieds de l'autre. Leur respiration est paisible et synchronisée.

Brida quitte la chambre sur la pointe des pieds et va se recoucher. Elle a froid et son cœur bat trop vite.

Combien de temps peut-il battre ainsi ? Combien de temps tiendra-t-il à ce rythme ? Ce cœur va la tuer. Il va s'arrêter. Comme ça, d'un coup. Dans un instant de prétendue sécurité.

Ce n'est pas un bon cœur. C'est un cœur corrompu et stupide. Il a suivi les mauvaises pistes et s'est laissé charmer par les mauvaises voix. Il va s'arrêter parce qu'il a mérité de s'arrêter.

Et les enfants dorment sans se douter de rien.

Et Götz dort sans se douter de rien.

Et personne ne vient la délivrer de son angoisse.

Le jour se lève. Un chien aboie dans la forêt et les dernières chauves-souris au terme de leur vol nocturne regagnent leurs pénates obscurs derrière le bardage en bois du bungalow. Leur présence fantomatique et silencieuse lui paraît plus agréable que le chant des oiseaux et son injonction au bonheur.

Il faut qu'elle parle à Götz. Qu'elle fasse une dernière tentative.

Elle a plus à mettre dans la balance que Svenja. Deux enfants communs et la meilleure entente sexuelle qu'il ait connue. Ne lui a-t-il pas dit qu'il ne pourra plus jamais être avec aucune femme comme avec elle ? Qu'elle est la seule avec qui il peut franchir les limites ? Elle va le lui rappeler.

Elle va lui rappeler son sacrifice au début de leur relation et le sacrifice qu'elle fait aujourd'hui. Pour lui elle a supporté et supporte à nouveau d'être la seconde, celle dont il ne parle pas. Alors que sa place légitime est auprès de lui.

Elle lui rappellera les bons moments et présentera des excuses pour les mauvais.

Elle ne promettra rien. Elle n'a que trop souvent rompu ses promesses. Mais cette absence de promesse lui prouvera son sérieux. Le non-dit lui dira tout. Il est attentif. Il comprendra.

Son cœur se calme. Le chant des oiseaux n'est plus comme une insulte à sa douleur.

D'innombrables crapauds avancent dans l'herbe détrempée du pré derrière la maison. Pieds nus elle se place au milieu du cortège des petites bêtes brunes et froides. Elle se penche, en ramasse une et l'emprisonne entre ses mains. La bestiole sécrète un liquide. Les petites pattes essaient de sauter mais le logis du crapaud est trop exigu. Elle le réduit encore en resserrant les doigts autour de la petite créature terrifiée.

Quelqu'un va venir et l'emprisonner de la sorte.

Elle se retourne et regarde les fenêtres du bungalow voisin. Les volets roulants sont baissés, la porte fermée.

Dorment-ils ? Ou sont-ils en train de faire cet enfant dont il a parlé ? Se répand-il à cet instant même dans son ventre offert ? Cet instant est-il celui où le destin bascule ? Ou bien est-elle en mesure d'en détourner le cours ? Il suffit qu'elle sonne, il faut qu'elle les dérange, qu'elle interrompe cet acte d'amour qui les lierait à vie.

Maintenant elle a envie d'arracher les pattes de la bestiole. Une envie si forte qu'elle lâche le crapaud et rentre à la maison.

Elle ne veut pas vivre sans lui.

Elle a désappris la solitude.

Les mains tremblantes elle remplit la bouilloire et met du café en poudre dans une tasse. Mais s'en va sans avoir versé l'eau sur le café et sort dehors en chemise de nuit. Elle fait les quelques pas jusqu'à l'autre bungalow et pose le doigt sur la sonnette.

***

Brida était certaine de ne pas répéter ses erreurs.

Götz et elle s'étaient retrouvés depuis une bonne année déjà.

Elle ne voyait que rarement Judith. Elles étaient allées une fois au Gewandhaus pour un concert, deux ou trois fois dans un bar, mais l'impression étrange de devoir se justifier face à Judith, de se sentir lâche, la poussait à garder ses distances.

Elle travaillait pendant que les filles étaient au jardin d'enfants, mais quand ses personnages commençaient à s'animer, qu'elle aurait pu leur emboîter le pas, l'heure était déjà venue d'aller les chercher.

Comme la plupart des jeunes couples avec enfants, Götz et elle ne pouvaient compter que sur eux-mêmes. Cinq heures d'autoroute à peu près les séparaient des parents de Götz, presque quatre heures de la maison de ses parents à elle. Les vacances d'hiver dans le sud de l'Allemagne, les vacances d'été dans le Mecklembourg, deux visites des parents à Leipzig, c'étaient les seuls moments de l'année que Hermine et Undine passaient avec leurs grands-parents.

Les jours précédant la séparation définitive, Brida vécut dans une sorte de brouillard.

Deux tentatives pour se remettre à écrire pendant quelques jours avaient échoué. Deux fois Götz lui avait promis ces périodes de répit. Les deux fois, des commandes étaient venues se mettre en travers. Des commandes que Götz ne pouvait pas refuser parce qu'ils avaient besoin de cette rentrée financière et qu'il ne voulait pas perdre des clients de longue date.

C'était lui qui gagnait l'argent. Depuis l'à-valoir obtenu pour son premier roman et la rémunération de ses lectures publiques, Brida n'avait apporté aucune contribution notable aux revenus de la famille.

L'aide financière reçue de ses parents à la naissance de chacune des filles était dépensée depuis longtemps. Götz assumait seul la charge. Il ne s'en plaignait pas.

Qu'il soit aussi facile à satisfaire irritait Brida. Son flegme la mettait en colère. Sa frugalité la poussait à en vouloir plus.

*

Brida avait rencontré dans un bar le premier homme à considérer comme des qualités les traits de caractère que Götz critiquait chez elle. Judith avait noué le contact. Elle n'avait aucun mal – un sourire, incliner légèrement la tête, rejeter ses cheveux en arrière, balancer ses pieds chaussés de talons hauts. Brida fut seule à voir le mépris dans ses yeux parce que ç'avait été trop facile une fois de plus. Judith se consacra ensuite au second des deux hommes, laissant le premier à Brida.

Cet homme, dont elle a oublié le nom, fut impressionné. Des enfants, un mari, et puis l'écriture, comment y arrivait-elle. Lui-même écrivait, mais il ne pouvait pas imaginer faire quoi que ce soit d'autre en plus. Non seulement il avait dit comprendre l'impatience et la colère qui bouillaient parfois en elle, mais il y voyait le signe d'une forte personnalité artistique. Brida ne l'avait pas revu mais avait souvent repensé à cette conversation.

M. fut le second homme.

Le jour de la fête d'été au jardin d'enfants, elle n'aurait pas dû être là. Elle avait l'intention d'écrire, dans un lieu très éloigné de Götz et des enfants, mais cette fois encore il y avait eu un imprévu.

Elle avait déjà croisé M. assez souvent, généralement l'après-midi en allant chercher les enfants. À présent il était assis à côté d'elle au bord du bac à sable et pianotait sur son téléphone.

Son fils était debout jambes écartées et indécis devant le château-fort que Undine avait construit. Il se mordait la lèvre inférieure, tenait sa pelle dans la main et semblait ruminer de sombres pensées. Puis tout à coup il prit son élan, sauta et atterrit en plein milieu du château.

Au lieu de se mettre en colère, Undine le regarda d'un air perplexe. Elle soupira, quitta le bac à sable et alla s'asseoir sur une balançoire. De là elle observerait la suite des événements.

Elle ressemblait tellement à Götz à cet instant que Brida la contemplait fascinée. Sa supériorité se lisait avant tout dans l'expression de son visage. Le plaisir du petit garçon à détruire son œuvre provoquait tout au plus sa curiosité et sa pitié. Elle n'éprouvait pas le besoin de riposter. Sa force était dans son acceptation immédiate de la réalité et son choix de se tourner vers un autre jeu. Brida sentit la colère monter. Ce n'était pas le petit garçon qui la mettait hors d'elle, c'était son propre enfant.

M. présenta des excuses. *Qu'est-ce qui t'a pris, Linus ?* dit-il à son fils en lui tenant les deux mains.

Je ne sais pas pourquoi il a fait ça, dit-il quand Linus se fut dégagé et éloigné en courant.

Leurs pieds nus se touchaient presque dans le bac à sable. Il portait un pantalon de lin bleu et une chemise blanche légère. Il avait quitté ses tongs de cuir fin.

C'était une de ces journées d'été que Brida adorait – pas un souffle de vent et une chaleur telle qu'on portait des vêtements par décence et non par nécessité.

Ses regards étaient directs sans être dérangeants.

Je sais comment je peux réparer ça, dit-il en sortant de

son portefeuille une carte qu'il lui tendit. *Nous inaugurons une exposition la semaine prochaine. Venez. On boira un verre ensemble.*

On verra, dit-elle et il hocha la tête en souriant.

La femme remarquablement insignifiante qui venait de s'asseoir à côté de lui dans le bac à sable portait la même alliance que lui – simple, en or blanc mat. *Ravie de vous rencontrer*, dit-elle à Brida, *j'ai lu votre roman, il me plaît énormément.*

Aucune trace de gêne dans les yeux de M., aucune dérobade. Elle comprit ce que disaient ses yeux.

Dans les jours qui suivirent elle se mit à douter. M. s'était-il juste montré aimable ? Souriait-il à tout le monde de cette façon ?

Le soir du vernissage elle put quitter la maison sans difficulté. Götz était content de passer du temps avec les enfants et de se coucher tôt. Il était épuisé après les journées de douze heures qu'il venait de faire à l'atelier.

Quand Brida entra dans la galerie, elle était persuadée que la scène du jardin d'enfants était un malentendu. M. était entouré de gens. Il avait une allure folle et tenait par l'épaule une jeune femme dont il s'avéra peu après qu'elle était l'artiste dont les photos étaient exposées sur les murs. Tandis qu'elle examinait les images grand format, Brida se sentit bête. Elle ne comprenait pas le message de ces photos qui avaient toutes pour sujet la même table et elle se demanda ce qu'elle était venue faire là.

Elle se dirigea lentement et le plus discrètement possible vers la sortie, se fraya un chemin à travers le flot de visiteurs qui entraient, dehors elle alluma une cigarette et, fatiguée, s'adossa au mur de l'ancien bâtiment d'usine. Elle ferma les yeux un instant. Quand elle les rouvrit, M. était devant elle. À quelques centimètres, les mains dans les poches de son pantalon, visiblement réjoui.

La première fois ils firent l'amour avec fougue. C'était un lundi, M. avait quartier libre, la galerie était fermée.

Ils avaient pris l'ascenseur sans un mot, étaient entrés dans la chambre d'hôtel, s'étaient déshabillés et jetés l'un sur l'autre.

Elle ne pouvait pas le regarder ; c'était trop d'intimité. Il lui saisit la tête et la tourna vers lui, presque avec violence. Elle pleura et se dégagea.

Tu regrettes ? demanda-t-il. Elle répondit *Non, ce n'est pas ça*, en appuyant le dos contre son ventre et en lui prenant le bras qu'elle mit autour de sa taille.

Elle lui raconta à lui aussi que vivre avec les enfants l'empêchait d'écrire et qu'élever les petites ne lui suffisait pas, qu'elle avait autre chose à faire de sa vie. Il eut un rire amer. Il aurait bien aimé, dit-il, que sa propre femme ait en elle ne fût-ce qu'un milligramme de ce désir. Depuis que leur fils était né, plus rien n'existait pour elle que cet enfant.

Brida se serra plus étroitement contre lui, ce qu'il venait de dire sonnait comme une invitation à une vie meilleure.

Ses paroles trouvèrent en elle un terrain fertile lors de ce premier après-midi partagé et de tous ceux qui suivirent. La conscience de Brida restait étonnamment pure.

Toi et moi, déclara M., *nous sommes des êtres libres. Si on nous lâche la bride nous restons, si on veut nous posséder nous partons.*

Il les compara à des plantes dans un sol aride et à des animaux derrière des grilles. En parlant il lui tenait la main et examinait l'alliance à son doigt. *L'art et le mariage bourgeois ne font pas bon ménage*, dit-il. Brida devait vivre et faire des expériences. Elle ne pouvait pas décrire de manière vivante ce qu'elle n'avait ni vu ni ressenti.

Ils constatèrent qu'ils se comprenaient à merveille et se faisaient beaucoup de bien. Ils se sentaient chaque fois un peu moins étrangers et avaient davantage de mal à se quitter.

Les rendez-vous avec M. avaient lieu exclusivement pendant la journée, quand les filles étaient au jardin d'enfants et que Götz travaillait à l'atelier. Quand il rentrait le soir à la maison, Brida avait fait disparaître toutes les traces. Ses cheveux nattés étaient à nouveau enroulés en couronne autour de sa tête, ses mains occupées à trancher des légumes et ses pensées apparemment concentrées sur les enfants.

Götz ne se rendait compte de rien. Il était gentil et attentionné, et c'était justement cette attitude irréprochable qu'elle trouvait insupportable. Et quand, un soir d'été, il lui rapporta un bouquet de fleurs des champs cueillies sur la friche du Jahrtausendfeld, elle éprouva une sensation d'oppression qui lui déchira presque la poitrine. C'était comme s'il mettait la barre de plus en plus haut. Alors qu'elle tombait de plus en plus bas.

Elle mit les fleurs dans un vase, sortit sur le balcon et pleura en silence. Les enfants jouaient en bas sur le petit bout de pelouse entre les rosiers que Brida avait plantés le premier été. Hermine déroulait le tuyau d'arrosage et aspergeait sa sœur assise nue dans l'herbe qui cueillait des pâquerettes. Toutes les deux poussaient des cris de plaisir.

Brida rentra dans la cuisine sans leur laisser le temps de lever la tête et de la voir. Toutes les portes et les fenêtres de la maison étaient ouvertes ; Götz avait voulu faire un courant d'air mais il n'y avait pas un souffle de vent. Des petites mouches tournaient autour de la pastèque entamée sur la table, plusieurs hannetons égarés se cognaient aux meubles et aux vitres dans leur vol malhabile et vrombissant. Elle entendit Götz qui prenait sa douche dans la salle de bains et comprit que le bonheur s'offrait à elle à cet instant précis dans toute sa plénitude.

Le lendemain matin Götz emmena les filles au jardin d'enfants. Brida laissa la vaisselle sur la table de la cuisine, ignora la montagne de linge dans la salle de bains et s'assit sur le balcon avec son ordinateur et un pot de café. Elle fuma une cigarette, prit la résolution de ne pas revoir M. et ouvrit un nouveau document.

Elle choisit comme titre de travail *Chasseurs et chassés* et se mit à écrire.

La première phrase en entraîna une deuxième et ainsi de suite sans le moindre accroc jusqu'à ce que le téléphone sonne. Undine avait vomi, Hermine était pâle et se plaignait d'avoir mal au ventre, déclara la directrice du jardin d'enfants. Il fallait venir les chercher séance tenante et elles ne seraient autorisées à revenir dans l'établissement qu'une fois guéries, avec un certificat médical. Il s'agissait sans doute d'une gastroentérite virale.

Il était un peu plus de dix heures du matin. Ils avaient aussi dans leur dossier le numéro de téléphone de Götz. Si tout avait bien fonctionné, Brida aurait pu travailler encore quatre heures et demie. Ce jour-là et les deux suivants elle eut à peine conscience de ce qui se passait autour d'elle. Telle une somnambule elle soigna les enfants, lava leurs draps et chemises de nuit après chaque accès de diarrhée trop soudain pour leur laisser le temps d'aller aux toilettes. Les personnages du roman qui venait juste de naître l'accompagnaient et les filles étaient trop malades et trop faibles pour s'étonner d'entendre leur mère parler à des interlocuteurs invisibles.

Le quatrième jour, Hermine et Undine étaient rétablies, le week-end commençait, et le virus la frappa à son tour. Elle passa deux jours à vomir, à avoir la diarrhée et de la fièvre et à faire des allers et retours titubants entre la chambre et la salle de bains. Götz lui apportait de la tisane et désinfectait tous les objets qu'elle avait touchés. De fait, il fut épargné.

Elle passa encore le lundi au lit et le mardi, quand elle eut approché sa chaise du bureau, ouvert son ordinateur et jeté comme toujours un coup d'œil au portrait encadré de Carson McCullers, elle posa les doigts sur le clavier et attendit.

Rien ne se passa.

Elle regarda fixement l'écran et lut les dernières pages écrites.

Rien.

Elle se mit à transpirer, à trembler, avec la sensation brutale et dérangeante de n'être plus elle-même. Son environnement familier, balcon, appartement, jardin, lui était devenu étranger et c'est dans ce climat de perception modifiée que M. lui envoya un message obscène sur son portable.

Elle rit, puis elle pleura, ses pensées devinrent confuses et pour finir sans queue ni tête. Son crâne menaçait d'éclater. Elle voulut crier mais n'émit qu'un gémissement qui n'avait aucun rapport avec sa voix. Elle tremblait au point qu'elle dut se cramponner des deux mains à la table et pensa : je suis en train de craquer.

Plus tard elle fut incapable de dire combien avaient duré ces pleurs et ces tremblements, car elle avait aussi perdu la notion du temps. Elle resta au lit jusque dans l'après-midi, elle avait fermé les rideaux, et quand vint l'heure d'aller chercher les enfants, elle appela Götz et lui dit de s'en charger.

Elle ne se releva qu'à l'heure du dîner. Elle était assise à la table avec Götz et les filles, incapable d'avaler une bouchée.

Dès le repas terminé, Götz emmena les filles au lit, leur mit un livre audio et revint à la cuisine où Brida n'avait pas bougé. Il remplit deux verres de vin blanc, ajouta quelques glaçons dans chacun, remit les chaises en place sur le balcon et approcha un cendrier pour Brida.

Puis il l'écouta en hochant la tête de temps en temps, murmura à plusieurs reprises : *Je comprends*, mais cessa après que Brida eut crié *Comprendre, mais tu en es absolument incapable, bon Dieu !*

Elle aurait dû se rendre compte qu'il n'y avait que deux issues possibles à cette conversation, dont l'une signifierait forcément la fin, mais Götz – elle en était sûre – ne le permettrait pas.

Il lui parla avec son flegme habituel. Sa supériorité n'était pas d'ordre intellectuel, sur ce terrain elle le battait sans difficulté. Elle reposait bien plutôt sur une solidité émotionnelle fondamentale. Il n'avait aucune difficulté à faire ce qui était bon pour lui. Il connaissait ses limites et ne les dépassait pas.

Il ne voulait évidemment pas son malheur, déclara-t-il, il était tout à fait conscient que pour elle les enfants ne pouvaient pas être la seule mission dans la vie. Elle n'était pas ce genre de femme. La déception perçait sous chacune de ses paroles.

Mais ? demanda-t-elle.

Il croisa les mains et les posa sur la table entre eux. Il évita son regard mais sa voix était ferme. *Comment veux-tu qu'on fasse ? Je ne peux pas m'occuper des enfants la moitié du temps. C'est impossible.*

Il avança la mâchoire inférieure et ses muscles tremblaient.

L'atelier et la boutique sont notre moyen de subsistance. Il faut que tu acceptes de laisser tomber l'écriture un certain temps, et si tu ne peux pas t'y résoudre, eh bien nous devons nous séparer.

*

Y aurait-il eu une autre solution ?

C'est une question qu'elle s'est souvent posée par la suite.

Ils revinrent sur le sujet au cours de plusieurs conversations infructueuses et une nouvelle facette du caractère de Götz apparut. Il déclara avec amertume qu'il avait jadis quitté Malika à cause d'elle. Parce qu'il ne pouvait penser qu'à elle. Parce qu'elle lui avait déposé cette foutue viande à l'atelier. Parce qu'elle avait déboulé à nouveau dans sa vie avec cette foutue viande au moment où il commençait à l'oublier. Alors que Malika était précisément la femme qui désirait tout ce que Brida rejetait.

*

La solution sur laquelle ils se mirent d'accord fut la garde alternée au domicile des enfants.

Ils se séparaient, les enfants restaient dans l'appartement et les parents se relayaient. Quand Brida habiterait avec les filles, Götz dormirait à l'atelier, et pour les périodes où elle serait sans enfants Brida aurait une chambre dans une colocation.

Au moment où l'accord fut conclu il se passa une chose étrange. La fierté d'avoir négocié en adultes raisonnables et abouti à un compromis comme celui-là les poussa à ouvrir une bouteille de champagne et à coucher ensemble.

Ils firent l'amour plus intensément que jamais auparavant. Il l'emmena vers des sommets inconnus.

Tout semblait à nouveau possible.

Elle ne revit M. qu'une seule fois. Elle n'avait plus besoin de lui.

Cette année-là fut facile à baptiser. Elle lui donna son propre nom.

***

Son doigt est posé sur la sonnette. Son reflet dans la porte vitrée la regarde. Une folle en chemise de nuit. Dans cet accoutrement, Götz ne la prendrait pas au sérieux quoi qu'elle dise.

Elle fait demi-tour et rentre.

Les enfants sont réveillées. Elle entend venant de leur chambre une chanson de Rihanna. *Like diamonds in the sky*, Hermine déclame les paroles en même temps que la chanteuse, mais quand Undine veut en faire autant elle la rabroue et la petite voix fluette se tait aussitôt. Brida ouvre la porte. *Bonjour mes chéries*, dit-elle et, se tournant vers Undine : *Tu as naturellement le droit de chanter aussi.*

Sa cadette se comporte comme si elle essayait de réparer sa présence intempestive en ne réclamant jamais rien tandis que Hermine, l'enfant désirée, impose à la vie ses exigences. Brida trouve le rôle de mère plus facile avec Hermine. Elle ne lui donne pas mauvaise conscience parce qu'elle peut se montrer aussi lunatique et coléreuse que Brida elle-même. *Vous voulez petit-déjeuner ?* leur crie-t-elle. *Plus tard*, répond Hermine.

Elle prend une serviette propre dans le placard, rassemble ses cheveux en chignon, enfile son maillot de bain et une robe par-dessus.

Je suis de retour dans vingt minutes, lance-t-elle.

Elle fait le trajet jusqu'au lac pieds nus dans l'herbe fraîche couverte de rosée. Elle espère être la seule à aller nager ce matin. Les feuilles de nénuphar sont comme des îlots verts à la surface de l'eau. Le lac obscur se tait.

Elle va jusqu'au bout de l'appontement, pose ses affaires sur le banc de bois et descend lentement la petite échelle. Elle s'enfonce peu à peu dans l'eau froide, se sent plus vivante à chaque centimètre, et quand elle s'immerge enfin et fait les premières brasses, elle éprouve une impression de vigueur et de bien-être qu'elle n'a plus connue depuis longtemps. Chaque fois qu'elle remonte à la surface, c'est comme si elle reprenait espoir, chaque fois qu'elle inspire, comme si elle inhalait la vie. Elle avait complètement oublié comment c'était.

Elle nage d'une traite et sans se retourner jusqu'au milieu du lac. Puis fait la planche et regarde le ciel. Le soleil n'a pas encore franchi le sommet des arbres. Deux cygnes passent au-dessus d'elle. Brida frissonne.

Elle revient jusqu'à la rive en brasses puissantes.

En grimpant l'échelle de l'appontement elle tremble

tellement qu'elle claque des dents. Elle enlève son maillot de bain et se sèche avec des mouvements énergiques et rapides jusqu'à ce que sa peau soit rouge et chaude. La plateforme vibre sous des pas étrangers. Elle est debout, parfaitement immobile. La serviette bien serrée autour du corps.

Ses bras se referment sur elle, ses mains attrapent la serviette et la font tomber. *Il faut qu'on arrête*, dit Götz, *mais je ne sais pas comment*.

Götz saute la tête la première dans le lac et nage jusqu'à la rive opposée. Brida le regarde depuis le banc. Elle ne veut pas que l'eau efface ses traces sur elle. Elle se lève, prend ses affaires et rentre à la maison. Maintenant la perspective du petit déjeuner la réjouit. Götz, elle et les enfants seront assis à table sans Svenja. Ils seront une famille.

Cette nuit Svenja a chopé une cystite. Elle est restée jusqu'au matin dans les toilettes avec de la fièvre et des douleurs. À l'heure qu'il est, elle attend d'être vue par un médecin dans le bourg le plus proche.

Brida est certaine que c'est à elle que Svenja doit son mal. À l'époque où Götz était encore avec Malika et couchait tantôt avec Malika, tantôt avec elle, il lui est arrivé la même chose.

Götz s'assied à côté d'elle à table avec un café fumant. Quand elle croise son regard coupable, Brida sait que les heures sans Svenja ne sont que l'illusion d'une possibilité.

Autrefois elle croyait que son existence était faite de possibilités. Elle n'avait qu'à choisir. Mais quand les enfants sont venues se greffer, des normes se sont imposées. Des règles à respecter. Pas besoin de juge pour punir les infractions. La vie s'en chargeait.

Elle regarde les enfants, puis Götz. Il a pris sa décision – elle le voit.

Hermine jacasse avec entrain, parle des cours de photo qu'elle voudrait suivre, des chauves-souris qu'ils iront voir ce soir. Undine mâche posément sa tartine de confiture.

Götz n'a pas l'air d'avoir faim. Il jette de temps à autre un coup d'œil sur son téléphone.

Brida lève les yeux vers le ciel d'un bleu étincelant derrière les grandes fenêtres.

Une journée idéale commence.

*

Avant midi elle a déjà fourré ses affaires dans la voiture et rendu la clé à la réception. Elle va une dernière fois au lac avec les enfants. Undine lui prend la main et la serre très fort. Hermine marche devant. Brida a laissé le choix aux filles et toutes les deux ont préféré rester.

Elle nage avec elles une fois encore, s'émerveille des

prouesses de plongeuse d'Hermine et félicite Undine pour ses petits sauts prudents depuis l'appontement.

Elle abrège les adieux. Embrasse les enfants et les prend dans ses bras, se retourne vers Götz et Svenja, lève la main en souriant, monte dans la voiture et démarre.

Elle les voit dans le rétroviseur. Alignés comme une famille devant le portail du village de vacances, en train d'agiter frénétiquement la main. Elle klaxonne et accélère, c'est tout juste si elle voit la route à travers l'écran de ses larmes. Elle roule en cette journée d'été comme à travers un épais brouillard.

*

En début de soirée elle gare la voiture devant chez elle, laisse les sacs lourds dans le coffre, vide la boîte aux lettres qui déborde et monte l'escalier jusqu'à son appartement.

Le silence et une odeur d'air chaud et vicié l'accueillent. Elle ouvre la porte du balcon, sort, jette un coup d'œil aux plantes desséchées dans leurs jardinières en bois, puis scrute le ciel à la recherche des martinets. C'est le début du mois d'août. Elle arrive trop tard – ils sont déjà partis.

Elle fait du café, prend le lait longue conservation dans le garde-manger et collecte les pièges à mites remplis. Hermine appelle ça des *cimetières à bestioles*. Elle se rend compte qu'elle a cessé de donner des noms aux années. *L'année Brida* a été la dernière, et beaucoup de temps s'est écoulé depuis.

Elle ferme les portes des chambres des enfants pour ne pas être obligée de voir le désordre, va à son bureau, allume son ordinateur et ouvre un nouveau document.

L'histoire qu'elle va raconter aura un début heureux et une fin heureuse.

Un été, écrit-elle, et elle ajoute sur la ligne en dessous, *par Brida Lichtblau.*

Malika

Malika tend l'archet.

Elle passe la colophane sur la longueur des crins, positionne le violon et s'échauffe en jouant quelques gammes. Ses pieds sont nus et parallèles dans l'alignement des hanches. Sa longue jupe fleurie ondule au rythme de ses gestes.

La proposition de sa sœur lui trotte dans la tête depuis des jours. Une de ces propositions dont seule Jorinde est capable. Comme si tout était possible. Comme s'il n'y avait pas de limites. Comme si l'être humain était une feuille blanche sur laquelle on peut écrire à volonté.

Elle a refusé. Évidemment. Pourtant l'idée la poursuit.

Le front de nuages s'est éloigné et la lumière du soleil tombe sur les larmes de cristal qui décorent la fenêtre. Felicitas est couchée entre deux pots de fleurs. Elle s'allonge, s'étire et sa patte heurte le cristal. Des petits points couleur d'arc-en-ciel se mettent à danser sur l'étagère de livres en face.

Malika pose son violon, détend l'archet et remet l'instrument dans son étui. Vouloir travailler aujourd'hui n'a pas de sens.

Elle passe le doigt sur le dos des livres. Les couleurs du spectre tremblent sur sa main au rythme du cristal qui oscille. Son index s'arrête sur un mince volume. Elle le sort et l'ouvre. De nombreuses pages sont signalées par des post-it jaunes. Malika connaît des passages entiers par cœur.

Quand elle a entendu parler récemment de la parution du roman, elle a pris son vélo et s'est rendue aussitôt à la librairie du centre-ville. Elle est montée au premier étage par l'escalier roulant et a vu les boucles rousses de la libraire surgir derrière une table de livres. Sa grossesse sautait aux yeux et Malika a eu un pincement au cœur.

Dès qu'elle l'a aperçue, la libraire l'a saluée en levant la main et a dit sans préambule : *Vous tombez bien ! Il y a un nouveau livre de votre auteure préférée.* Elle s'est dandinée avec son gros ventre jusqu'à la table des nouveautés, a pris un livre à la jaquette bleu foncé et l'a tendu à Malika en précisant : *Une grande histoire d'amour.*

Malika est sortie de la librairie quelques instants plus tard avec un exemplaire de *Un été* signé par l'auteur.

Avant d'enfourcher son vélo elle a passé l'index sur le nom écrit à l'encre bleue.

Brida Lichtblau.

Elle ne sait pas combien de fois elle a relu *Un été.*

Dans les trois premiers livres de Brida, les personnages masculins avaient parfois certains traits de Götz, mais ils étaient encore trop différents de l'homme que Malika cherche derrière chaque ligne. Cette fois-ci il est parfaitement rendu.

Elle ouvre *Un été* au hasard.

Une fois encore Oda pleure sur son sort en s'endormant. Elle retient ses sanglots pour que Hans et Lydia ne l'entendent pas à travers la fine cloison qui les sépare.

Malika sourit. Elle espère que la fiction recoupe la réalité, que Brida est Oda et qu'elle a autant souffert que Malika.

Même après tant d'années ça fait encore mal.

Felicitas a des antennes. Elle saute du rebord de la fenêtre, accourt et se presse contre la jambe de Malika. Sa queue se dresse à la verticale et son ronronnement appelle les caresses.

Malika se baisse et gratouille la fourrure du chat.

Il lui reste une bonne heure avant de se retrouver à l'école de musique en train d'écouter une fillette de neuf ans, sympathique mais peu douée malgré les ambitions de ses parents, jouer les cordes à vide, très éloignée encore d'avoir un coup d'archet précis. La fillette pleure parfois. Alors Malika sort un sachet de bonbons fondants et lui joue quelque chose.

Ensuite ce sera le tour d'un garçon de sept ans talentueux mais dont la capacité d'attention n'excède pas cinq minutes et qu'elle doit ramener au travail en inventant toujours de nouveaux jeux et subterfuges.

La récompense de sa patience s'appelle Lola – son élève dotée du plus gros potentiel. Douze ans, petite et d'une application peu commune. Ses lèvres obstinément pincées sourient peu, mais son visage se détend quand elle joue.

Et puis ce soir il y a la fête chez les parents. Depuis qu'elle est en âge de penser, on joue de la musique à la maison pour l'anniversaire de sa mère. Son père rameute des collègues et un quatuor à cordes est formé à l'arrache. Aujourd'hui ils interpréteront un quintette pour piano de Brahms.

Sa sœur et elle feront aussi leur numéro. Jorinde chantera un poème mis en musique de Else Lasker-Schüler, Malika l'accompagnera au violon, son père sera au piano.

*

Jusqu'à la réunification, l'appartement de ses parents était un lieu de rencontre, un lieu de culture au centre duquel trônaient Helmut et Viktoria. *La Belle et la Bête*, ainsi que les amis désignaient le couple, et il y a eu des périodes dans sa vie où Malika était absolument certaine de n'être pas la fille de ces parents éblouissants.

La silhouette menue de sa mère contrastait fortement avec celle de son père – un phoque essoufflé au rire communicatif. Dans l'orchestre il jouait du violoncelle, mais même au piano son jeu était au-dessus de la moyenne. Viktoria avait rêvé elle aussi de devenir musicienne. Mais sa voix était insuffisante pour une chanteuse classique et ses mains minuscules couvraient à peine une octave, si bien que l'étude du piano était exclue également.

Elle était devenue musicologue, elle recensait les nouveautés en musique classique pour une station de radio et enseignait à l'université.

Chez eux les allées et venues étaient incessantes – musiciens, peintres, poètes, gens de radio et de télévision, médecins et professeurs d'université. Malika et Jorinde étaient là mais personne ne s'occupait d'elles. Jorinde évoluait avec désinvolture parmi les nombreux adultes. Elle dansait, chantait et sirotait çà et là dans les verres. Tout le monde l'aimait, tout le monde riait de ses singeries. Elle imitait très bien les particularités des invités et personne ne doutait que la scène serait un jour son domaine.

Malika cherchait au contraire les endroits tranquilles où feuilleter en paix les grands livres illustrés qu'on ne sortait en principe que sous la surveillance de la mère par peur des doigts gras des enfants. Sa préférence allait aux peintres de la Renaissance et du baroque.

Ces soirs-là, les parents oubliaient souvent de mettre les fillettes au lit. Elles s'endormaient là où elles étaient et se réveillaient le lendemain tout habillées dans des pièces enfumées. Personne ne leur avait jamais demandé leur avis.

Après la chute du Mur, les rencontres entre amis se firent plus rares. Après l'union monétaire, elles cessèrent tout à fait pendant un temps.

La réorganisation de la vie de tous exigeait du temps, les priorités étaient ailleurs.

Helmut sembla prendre avec philosophie la perte d'influence de la famille Noth, mais Viktoria en souffrait visiblement.

La vie bruyante, l'attention et l'admiration des amis des parents manquaient aussi à Jorinde. La seule qui savourait ce calme inhabituel était Malika.

*

Le soleil brille maintenant de tout son éclat.

Malika baisse les stores des fenêtres au sud. L'été n'est un délice que pour les gens minces.

Elle règle la température de la douche et se rince à

l'eau froide. Elle traverse l'appartement nue et ouvre la porte de la penderie dans la chambre. La plupart de ses robes sont longues et amples et ses quelques pantalons ont une ceinture élastique. Elle opte pour une robe de soie noire avec de grosses roses, prend des sous-vêtements propres dans un tiroir et un long collier de perles dans son écrin à bijoux.

Ce qu'elle aime l'été, c'est que les gens fuient. Les rues, les magasins, les musées sont agréablement vides. Il arrive qu'on ne voie pas une seule voiture dans une rue d'ordinaire très passante. Alors Malika s'arrête parfois et reste un moment sans bouger.

Demain elle sera malade, elle le sait déjà. La soirée va épuiser toute son énergie. Son corps déclenchera comme d'habitude une crise de migraine avec scotome scintillant et vomissements.

Elle échapperait peut-être aux troubles psychosomatiques si Jorinde ne venait pas. Mais sa sœur viendra. Elle amènera ses enfants et voudra reparler de sa proposition. Malika aura Ada et Jonne sous les yeux comme des promesses.

Elle rassemble les partitions pour ses élèves, met dans son sac une bouteille d'eau et un déodorant et prend son violon. Elle est déjà dans l'escalier quand le téléphone sonne dans l'appartement. Elle s'arrête un instant, secoue la tête et continue à descendre. Sur le palier du premier étage son portable sonne. Elle fouille à l'aveugle dans son sac et sort l'appareil. C'est Viktoria. Qu'elle vienne plus tôt, elle aidera à préparer les canapés.

*

Malika avait seize ans et Jorinde quatorze quand leurs parents décidèrent que les filles aussi les appelleraient désormais Helmut et Viktoria. Comme on pouvait s'y attendre, Jorinde n'eut aucune difficulté à ne plus dire papa et maman ; Malika au contraire adopta de mauvais gré ce registre quasi amical.

Aujourd'hui encore elle fait bande à part en refusant d'abréger Viktoria en Vicky.

Elle redoute l'instant où Jorinde et Torben vont débarquer ce soir avec les enfants et hurler *Vicky* en ouvrant grand les bras. Parfois, seule chez elle, elle déforme Vicky en *Ficki*, qu'elle répète à voix haute des dizaines de fois.

À un moment de son adolescence, Malika a soudain compris pourquoi Viktoria s'absentait presque chaque soir quand Helmut était en tournée avec l'orchestre. Elle rentrait souvent tard dans la nuit ou parfois même le lendemain matin. L'idée que sa mère ait des besoins sexuels la dégoûtait. Mais que son père ne soit pas le seul à devoir les satisfaire lui paraissait encore pire.

Le comble fut un incident qui survint un soir glacé de novembre, après l'ouverture de la frontière.

Les parents donnaient une fête. *Une mesure réjouissante et qui va dans le sens du collectif* avait gribouillé Helmut sur une banderole accrochée au mur au-dessus de la porte à double battant de la salle de séjour. L'atmosphère était survoltée. Viktoria avait commencé à boire dès le matin et avant même le dîner plus un seul invité n'était à jeun.

Rüdiger arriva l'un des derniers. Ils l'appelaient Carton-Bitumé parce que, au temps de la RDA et malgré la pénurie, il avait procuré du carton bitumé à quelques amis pour leurs maisons individuelles. Malika l'aimait bien. Elle était flattée qu'un philosophe et poète discute avec elle. Il la traitait comme une adulte bien qu'elle n'eût que seize ans.

Quand il arriva, tout le monde était dans la cuisine, une vingtaine de personnes en tout. Il se mêla aussitôt à la conversation qui tournait autour des anciens partisans de la construction du Mur. Il évoqua aussitôt le nom de Peter Hacks[1] et chercha fébrilement une citation précise.

Où est le Hacks, Helmut ? cria-t-il, et le père de Malika répondit : *À côté de la hache !*

Le Hacks à côté de la hache ! Rudi éclata d'un rire dément. Viktoria riait avec lui en pressant la tête contre son bras, on aurait dit qu'elle allait tomber si elle ne

1. Peter Hacks (1928-2003), écrivain et dramaturge de RDA, aux prises de position parfois provocatrices.

s'appuyait pas sur lui. Rudi alla chercher le Hacks dans la pièce où se trouvait le bois de chauffage avec le billot et la hache, et des rayonnages de livres sur tous les murs.

Puis ils discutèrent de ce que serait l'avenir.

De la fin de la RDA. De la fin d'une grande idée. De la fin en général, et puis du commencement et de la liberté.

Malika observait son père qui essayait de dire quelque chose sans réussir à placer un mot. Une vague de pitié la submergea. Il était beaucoup moins euphorique que les autres et moitié moins saoul. Ruth, la meilleurs amie de Viktoria, ne cessait de l'interrompre. Elle levait les yeux au ciel, le singeait et se moquait de lui. L'atmosphère était de plus en plus électrique. Certains étaient d'accord avec son père qui répétait stoïquement que le pays devait trouver sa propre voie, une troisième voie, s'il ne voulait pas se faire dévorer. Le petit groupe se sépara et on passa dans la salle de musique. Malika suivit le mouvement.

Quand elle revint, Rüdiger et Viktoria avaient disparu. Helmut regardait autour de lui. Il sortit de la cuisine et s'arrêta un moment dans le couloir. Puis soudain il s'élança. Malika le suivit à son insu.

Il ouvrit la porte du salon à la hache et regarda à l'intérieur.

Rüdiger était debout, pantalon baissé, derrière Viktoria. Elle était penchée sur le billot, la robe remontée sur le dos et les jambes écartées, elle haletait. Sa culotte gisait sur la parquet usé, juste à côté de la hache.

Helmut referma la porte sans bruit, se retourna et sursauta car Malika était là. Elle avait vu ce qu'il avait vu.

Les jours qui suivirent, elle attendit en vain une explication. Chaque fois qu'elle croisait son père, elle balançait entre la peur et la curiosité. Elle cherchait son regard mais il se dérobait, il était ronchon, taciturne et très peu à la maison.

Viktoria semblait ne pas établir de rapport entre la mauvaise humeur de Helmut et ce qui s'était passé dans le salon à la hache. Elle le traitait en riant de Père grincheux et d'ours mal léché.

Pour la première et unique fois, Malika mit Jorinde dans la confidence. Elle raconta de façon circonstanciée à sa sœur la scène choquante dont elle avait été témoin, mais quand Jorinde comprit enfin, elle se contenta de faire la moue et dit : *Tu as l'esprit mal tourné. Vicky ne ferait jamais une chose pareille.*

Malika décida qu'elle ne ferait rien comme ses parents. Le soir dans son lit elle imaginait sa future famille. Qui n'aurait rien d'extraordinaire, mais serait aimante et sans tache. Tous les enfants seraient aimés pareillement, aucun n'aurait la préférence, aucun ne serait moqué.

Elle se vit des dizaines de fois avec son bébé dans les bras, en train de l'allaiter, et plus elle s'aventurait loin dans l'avenir, plus il y avait d'enfants autour d'elle. Elle s'endormait en général au moment où l'homme surgissait dans le tableau.

*

Elle ferme la porte de sa salle de classe et fourre le lourd trousseau de clés dans sa poche. Lola a été un vrai plaisir comme toujours. Elle ne se plaint même pas quand elle repart avec des études ennuyeuses à travailler à la maison. Aujourd'hui Malika a prolongé le cours de vingt minutes parce que la fillette voulait lui montrer un morceau de sa composition. Malika se hâte maintenant vers la sortie et prend le chemin de la maison de ses parents.

Si l'on regarde le plan de la ville, l'essentiel de sa vie se joue dans un triangle étroit. La plus grande distance est celle qui sépare la maison de ses parents de l'école de musique, la plus courte relie son domicile à celui de ses parents.

Il fut un temps où Malika maintenait un écart plus sain avec ses parents, l'époque où elle appartenait elle aussi à un homme et semblait en passe de fonder sa propre famille. Mais depuis qu'aucun amoureux ne revendique plus de droit sur elle, Helmut et Viktoria le font, aussi souvent qu'ils le veulent.

*

Jorinde partit un beau jour comme on pouvait s'y attendre.

Ç'aurait pu être New York plutôt que Berlin – la différence n'aurait été qu'intellectuelle.

Quand leur mère déclara un cancer du sein, Jorinde était en France pour un tournage. Malika accompagna Viktoria tout au long de cette épreuve. Quand leur père se fit remplacer une valvule aortique défaillante par une prothèse en tissu animal, Jorinde accouchait de son fils Jonne. Ce fut Malika qui alla voir son père tous les jours et calma les angoisses de sa mère. Quand l'appartement des parents fut cambriolé, Jorinde resta à Berlin à cause du Festival international du film, et Helmut et Viktoria le comprirent tout à fait.

Rien n'avait changé.

Jorinde avait toujours été la préférée, la fierté et la joie des parents.

Autrefois déjà, quand elles rentraient ensemble de l'école, Jorinde se lançait dans un bavardage éhonté dès le vestibule. La plupart du temps, c'était pour expliquer qu'elle voulait absolument quelque chose. *J'en ai toujours eu tellement envie*, disait-elle et elle se pendait au cou de sa mère, chantait, babillait, battait des cils. Personne n'avait jamais entendu parler de cette envie irrésistible mais elle était aussitôt satisfaite sous prétexte que mademoiselle attendait depuis *si longtemps*.

Quand Malika arrivait à placer un mot, l'attention de sa mère était depuis longtemps épuisée.

Plus tard aussi, pendant cette horrible période de transformation physique et psychique radicale qu'est l'adolescence, Jorinde surtout maintint les parents sous pression. Elle se fichait pas mal des accords conclus, et encore plus des interdictions. Elle fumait, buvait et se fit tatouer en secret. Avec ses amis d'extrême gauche elle couvrait de tags et de graffitis les murs des maisons rénovées. Les *Tabassons les flics* ou *Mort à l'Allemagne* étaient souvent son œuvre.

Et pourtant l'événement qui a laissé aux parents un souvenir particulièrement négatif concerne Malika.

Malika qui a détruit son archet le matin d'un concours régional des Jeunesses musicales. Elle avait dix-sept ans. Les évaluations des solos d'instruments à cordes commençaient à dix heures à l'école de musique Johann-Sebastian-Bach. Une première place au niveau régional signifierait la participation au concours national et Malika avait ses chances.

Viktoria la réveilla à cinq heures trente pour qu'elle puisse prendre tranquillement son petit déjeuner et s'exercer pendant une heure ou deux. À six heures elle revint dans la chambre de sa fille, à six heures et demie elle arracha la couverture du lit. Comme Malika était encore en train de déjeuner vers huit heures, Viktoria sortit le violon de son étui, tendit l'archet et se mit à accorder l'instrument.

Je ne vais pas travailler maintenant, dit Malika, *j'en ai assez fait.*

Cette phrase fut suivie du silence menaçant que Malika connaissait bien. Elle rentra la tête dans les épaules, prit sa cuiller et mangea son muesli au chocolat les yeux baissés.

Viktoria explosa. *Tu es vraiment une imbécile ! C'est la chance de ta vie ! La plupart des gens seraient trop heureux d'avoir une occasion pareille et ils se prépareraient au lieu de s'empiffrer de muesli et de faire du lard. Tu pourrais devenir une star, Malika ! Une star !*

Sur ces mots elle lui tendit le violon et l'archet, Malika se leva, saisit l'archet et l'abattit de toutes ses forces contre le bord de la table.

Son geste la surprit elle-même. Elle resta plantée là, l'archet brisé à la main, sans bouger. Les traits de sa mère s'étaient figés. L'incrédulité déformait son joli visage légèrement asymétrique, mais au lieu de sortir une nouvelle bordée d'insultes elle exécuta froidement son plan.

Il fallait trouver un nouvel archet. Seule comptait l'audition.

À cet instant Malika vit la solution. Gagner le concours ne ferait qu'empirer les choses.

Pendant que Viktoria téléphonait elle retourna dans sa chambre, ferma la porte et tourna la clé. Elle mit dans le lecteur une cassette de rock et de heavy metal que ses deux parents détestaient et s'affala sur son lit. *This is not a love song* hurlait Public Image Ltd dans les baffles, couvrant les cris de Viktoria qui se déchaînait derrière la porte et secouait violemment la poignée.

Dans l'histoire de la famille Noth, ce jour fut désigné comme *Le jour où Malika a ruiné sa vie.*

Ce fut Jorinde qui combla les rêves de Viktoria. En sortant diplômée de l'école de théâtre Ernst-Busch, elle lui fit oublier toutes les nuits sans sommeil et les soucis endurés par sa faute.

***

À la fin de ses études de violon, Malika fit une pause d'un an, enchaîna avec une formation de professeur de musique et, son diplôme en main, fonça droit chez ses parents. Elle avait les meilleures notes dans toutes les matières.

En route elle réalisa que Helmut était en tournée en Asie avec l'orchestre. Elle envisagea un instant de reporter sa visite. Depuis que Viktoria était en pleine ménopause, son humeur était encore plus changeante que d'habitude. Sans Helmut pour faire tampon, le risque de dispute était plus grand. Mais un diplôme obtenu avec des notes pareilles, même sa mère ne pourrait que s'en réjouir.

Elle accéléra le pas, donna trois brefs coups de sonnette, prit l'escalier plutôt que l'ascenseur et bouscula presque sa mère pour entrer dans l'appartement. Au lieu de lui dire bonjour, Viktoria la fixait d'un air ahuri. Elle n'était pas maquillée et avait la tête enturbannée d'une serviette.

Je dérange ? demanda Malika.

Non, non, marmonna Viktoria en refermant la porte.

Malika posa son sac, sortit son diplôme et le tendit à sa mère. *Oui, une seconde.* Viktoria alla dans la salle de bains au fond du couloir et revint peu après, coiffée et le visage un peu arrangé. *Voilà, c'est bon*, dit-elle.

Elle attrapa la feuille, chercha fébrilement ses lunettes qu'elle avait autour du cou. Elle les chaussa, les réajusta à plusieurs reprises, lissa avec un soin exagéré un léger pli dans le coin supérieur droit de la feuille. Alors seulement elle parut comprendre de quoi il s'agissait. Ses yeux parcoururent lentement le document de haut en bas et de gauche à droite. Elle hocha la tête, et dit : *Professeur de musique… quand on pense à ce que tu aurais pu devenir.*

La migraine qui se déclencha dès son retour chez elle fut plus violente que d'habitude. Le rétrécissement extrême de son champ visuel l'obligea à se traîner aux toilettes à tâtons. Elle vomit trois fois, réussit à regagner sa chambre, se hissa dans son lit et y demeura inerte.

Elle avait espéré qu'un sentiment aussi puissant que la haine lui dicterait les bons mots. Mais face à sa mère elle n'avait rien éprouvé d'autre qu'une profonde et paralysante déception.

*

Dans les semaines qui suivirent, Malika ne sortit de la maison que pour aller faire des courses. Le premier appel téléphonique de sa mère commença par *Ne sois donc pas si susceptible !* et se termina par de tièdes excuses. Pas un mot sur tout le reste.

Elle regarda toutes les saisons d'une série médicale américaine, mangea ce qui lui faisait envie, cessa de se laver les cheveux et laissa le violon dans son étui. Quand elle rencontrait au supermarché une connaissance qui lorgnait son ventre avec curiosité, Malika prenait les devants, *Je ne suis pas enceinte, je suis juste grosse,* disait-elle.

Elle tomba peu à peu dans un état de déchéance visible. Les crises de larmes alternaient avec les accès de boulimie, parfois elle s'accroupissait dans un coin de l'appartement et s'imaginait qu'on ne trouvait son cadavre que lorsque des voisins se plaignaient de la puanteur. Malgré sa fatigue elle dormait à peine, ce qui l'incita finalement à consulter un médecin. Les médicaments en vente libre étaient inopérants et elle espérait obtenir une ordonnance pour un remède plus fort.

À son grand regret il n'y avait pas le moindre magazine people dans la salle d'attente du Dr Judith Gabriel. Un exemplaire de *Cicero*[1] était entre les mains d'une dame âgée et *Rondo Magazin für Klassik und Jazz* ne la tentait pas.

Deux haut-parleurs diffusaient en sourdine de la musique pour piano – Bach, les *Suites françaises*. La pièce était remplie de photos d'un cheval au regard hautain. Même sur le bureau de l'assistante médicale trônait un portrait du canasson. Tantôt sa robe brillait d'un éclat brun doré dans la lumière du soir, tantôt il semblait presque noir.

L'antipathie de Malika pour le Dr Gabriel s'accrut. Elle n'aimait ni les chevaux ni les amateurs de chevaux.

Après le départ à la retraite du vieux Dr Uhlenbrock, toute la famille s'était rabattue sur la jeune femme médecin. Malika avait songé bien des fois à changer. Le regard de Judith Gabriel était empreint de ce mépris habituel chez les gens disciplinés et sportifs qui considèrent le surpoids comme l'expression d'une faiblesse et d'un

---

1. Magazine mensuel axé sur la politique et la culture, d'inspiration plutôt conservatrice.

manque de modération, d'une pathologie dans le meilleur des cas. Le Dr Gabriel avait eu le toupet de lui conseiller un jour un studio de fitness qui venait d'ouvrir.

Mais l'organisation visiblement rigoureuse du cabinet réduisait le temps d'attente et le Dr Gabriel semblait compétente.

Un homme entra. Il avait une serviette enroulée autour de la main gauche. Le sang filtrait au travers et coulait le long de son bras. Il attendit patiemment que la secrétaire ait terminé sa conversation au téléphone et lui expliqua qu'il était menuisier, que sa scie à bois avait dérapé, il demanda s'il pouvait s'asseoir dans la salle d'attente. Quand l'assistante vit le sang, elle alla aussitôt trouver sa patronne. Il n'était pas assis depuis deux minutes à côté de Malika que le Dr Gabriel l'appelait déjà. Il se leva, sourit, haussa les épaules en signe d'excuse et disparut dans la salle d'examen.

Malika était sonnée. Incapable de détacher les yeux de l'endroit où il s'était assis. Il y avait un petit creux dans le rembourrage de la banquette et son odeur flottait encore dans l'air.

La porte se rouvrit à la volée et la voix énergique de Judith Gabriel cria : *Siegrun !* L'assistante médicale laissa tout en plan et se précipita dans la salle.

Malika aurait trop aimé les suivre.

La proximité physique de cet homme avait suscité en

elle une forte émotion. Des picotements dans le bas-ventre si brûlants qu'elle pressa ses deux mains contre son nombril. Elle se figura qu'elle était sa femme, imagina le Dr Gabriel leur parlant à tous les deux et donnant à Malika des instructions pour soigner la main blessée.

La porte de la salle d'examen s'ouvrit, et il sortit. Sans la regarder il prit son ordonnance à l'accueil et quitta le cabinet.

*

Une semaine plus tard environ, il était devant elle à la caisse du cinéma. Malika profitait du délai d'attente dans la queue pour informer ses élèves qu'il n'y aurait pas de cours de violon pendant les deux semaines à venir. On lui avait proposé de remplacer un violoniste dans un orchestre assez important. Son père y était sans doute pour quelque chose.

Elle tapait une explication circonstanciée sur son smartphone avec sa lenteur coutumière quand elle perçut une faible odeur.

C'était lui. Elle le sut sans même lever les yeux.

Il était juste devant elle et il était venu seul, comme elle.

Malika se livra à un compte à rebours des personnes qui les précédaient. Peu avant qu'il arrive à la caisse, elle décida qu'elle le suivrait quel que soit le film.

Enfin ce fut à lui, et la déception paralysa quelques secondes le cerveau de Malika. Il achetait un bon-cadeau équivalant à deux entrées. Il sortit un porte-monnaie en cuir tout fripé de la poche de son pantalon et paya.

Elle ne le rencontrerait pas une troisième fois par hasard.

Comment va votre main ? demanda-t-elle précipitamment comme il faisait demi-tour. Surpris, il s'arrêta. *Vous étiez assis à côté de moi chez le médecin.*

Ainsi commença ce qui aurait dû commencer autrement, car rien n'était plus étranger à Malika que la conquête.

*

Elle se mit sans aucun effort à manger moins et à bouger davantage. Des collègues la complimentèrent et pour la première fois elle prit au sérieux les nombreuses réactions positives de ses élèves et de leurs parents. Elle se voyait à travers les yeux des autres et ce qu'elle voyait lui plaisait.

Il lui sembla qu'il y avait davantage de lumière, davantage de beauté, davantage de gentillesse. Elle avait beau savoir que l'admiration d'un profane ne signifiait pas grand-chose, l'enthousiasme de Götz lui faisait du bien. Il était toujours impressionné quand elle jouait. Il l'écoutait travailler son violon, considérait les feuillets couverts de notes sur le pupitre et secouait la tête. *Je me demande comment tu peux t'y retrouver dans ce fouillis.*

Le temps de la solitude était fini. La force de son amour la menait sans peine vers l'épanouissement de ses plus grandes qualités.

Elle dut s'avouer plus tard qu'elle avait oublié la prudence. Au moment de lui faire rencontrer ses parents, la dernière humiliation infligée par sa mère avait pâli à côté du bonheur entré dans sa vie.

De fait, elle croyait pour une fois avoir l'avantage sur sa sœur. Ni Viktoria ni Helmut ne prenaient particulièrement au sérieux Torben, le petit ami de Jorinde. Lors de sa première visite officielle chez les Noth, Malika était venue aussi. Tout avait commencé par une déclaration de mauvais augure : Torben était issu d'une famille anti-autoritaire. Helmut et Viktoria s'étaient tournés l'un vers l'autre en haussant les sourcils avec des sourires simultanés, comme dans une chorégraphie.

Après le repas, que Torben avait mis à profit pour leur faire à tous un topo sur les critères d'une vie écologiquement responsable, ce qui aurait déjà suffi à lui faire perdre la sympathie de Helmut, il poussa encore plus loin le bouchon. Il prétendit que dans un régime inique comme celui de la RDA il serait entré en résistance.

Helmut eut un rire sonore. Il se leva, secoua la tête et se dirigea d'un pas lourd vers la salle de musique où il se mit sans plus d'explication à travailler la partie violoncelle du trio de Schubert en *mi* bémol majeur qu'il envisageait de jouer dans le cadre d'un concert de musique de chambre.

Il ne reparut plus de la soirée et Viktoria tâcha d'oublier sa colère en sifflant du vin rouge.

Quand elle repensait à cette scène, Malika était sûre qu'avec Götz elle ne pouvait commettre aucune erreur.

L'après-midi il lui téléphona en chemin.

Il demanda quelles étaient les fleurs préférées de Viktoria, les goûts de Helmut en matière d'alcool, et surgit peu après avec un bouquet d'hortensias et un lourd vin rouge espagnol. Elle le voyait pour la première fois en chemise blanche et veston et elle se demanda une fois de plus comment ce bel homme avait pu s'intéresser à elle.

Ils traversèrent le parc à vélo et parlèrent avec flamme pendant tout le trajet d'un livre qu'ils avaient lu tous les deux. Il s'appelait *La Force de la pensée positive*. Tandis qu'elle expliquait à Götz quels passages l'avaient le plus impressionnée, elle se surprit à penser qu'il vaudrait mieux ne pas aborder ce sujet devant les parents.

La voix de Helmut résonna dans l'interphone.

Oui ? dit-il et Malika répondit : *C'est nous.*

Qui ça, nous ? demanda Helmut.

Götz et moi, papa.

Oh ! C'est aujourd'hui ?

Avant qu'elle ait pu répondre, elle l'entendit crier dans l'appartement : *Vicky ! Malika est là. Elle a amené son ami*. Puis ce fut le silence.

Quelques secondes après il y eut un bourdonnement et la porte s'ouvrit.

Helmut se tenait sur le seuil. *Bon eh bien entrez*, marmonna-t-il.

Il passa devant et dit sans se retourner : *Restaurateur de meubles, donc. Nous en aurions bien deux ou trois qui ont des petits défauts…*

Je jetterai volontiers un coup d'œil, répondit Götz.

Viktoria surgit de la cuisine en trombe, les bras grands ouverts. *Bienvenue !* s'écria-t-elle. D'ordinaire elle effectuait n'importe quels travaux ménagers dans ses plus beaux vêtements, mais ce jour-là elle portait un tablier. Il était immaculé, les angles des plis bien marqués. Elle venait manifestement de le sortir de son emballage.

Le dîner improvisé consistait en une salade de tomates avec trop d'oignons, du pain grillé et des œufs brouillés. *Sensationnels, ces œufs !* déclara Helmut en mâchant bruyamment.

Götz ne laissait rien paraître. Elle vit la lassitude dans les yeux de ses parents, regarda les fleurs magnifiques et le vin hors de prix et se sentit envahie par la déception et la pitié.

*

Malika et Götz étaient ensemble depuis près d'un an quand eut lieu la première et dernière rencontre entre les deux couples parentaux. La date avait été repoussée à trois reprises, chaque fois du fait de Viktoria et Helmut.

Götz et Malika allèrent chercher les parents de Götz à l'hôtel et ils se rendirent au restaurant à pied. Quelques jours plus tôt, Helmut avait plaisanté, menaçant de pouffer de rire dès que les Souabes prononceraient les mots *argent* ou *épargne*. Forte de cet avertissement, Malika avait jugé plus prudent d'organiser une rencontre en terrain neutre.

Le trajet à pied entre l'hôtel et le restaurant les faisait passer à côté de l'église Saint-Nicolas et de l'église Saint-Thomas. Malika parla de Felix Mendelssohn qui avait joué un rôle déterminant dans la redécouverte de Bach, tombé temporairement dans l'oubli, et qui avait été le premier à lui offrir un mémorial. La visite de ce plus vieux monument à la gloire du musicien ne demandait qu'un bref détour, mais le père de Götz regarda sa montre et dit : *Bon, maintenant j'ai faim.* Sa femme acquiesça en passant son bras sous le sien. Le sujet était clos.

Ils en étaient encore aux présentations quand le père de Götz tint à préciser que c'était lui qui invitait et, une fois les boissons commandées et les plats choisis, il dit avec une étrange fierté dans la voix que sa femme et lui n'étaient venus que deux fois dans les nouveaux Länder. La deuxième fois, c'était aujourd'hui.

Une fois tous les dix ans depuis la réunification, répliqua Helmut et, se tournant vers sa femme : *Combien de fois avions-nous déjà été à l'Ouest, Vicky ? Soixante-dix, quatre-vingts ?*

Viktoria rejeta ses cheveux en arrière avec un geste affecté et se mit à compter tout haut. *Ça doit bien faire dans les cent vingt fois*, constata-t-elle. Elle sourit et ses fossettes et les infimes ridules autour de ses yeux verts étaient si charmantes que Malika eut un pincement au cœur. *Nous avons un tout petit retard à rattraper*, répondit très vite la mère de Götz.

Le reste de la soirée fut un dialogue de sourds.

Tandis que Viktoria s'acharnait à trouver des sujets censés donner une certaine profondeur à la conversation, les parents de Götz racontaient le parcours de leurs trois autres enfants. Ils parlèrent de leur petite-fille née il y a peu, des transformations de leur maison, des avantages et inconvénients des voitures d'occasion de moins d'un an. Helmut s'ennuya dès le hors-d'œuvre. Il trépignait sous la table, sortit plusieurs fois fumer sur le trottoir, et il entraîna Götz dans un échange bizarre à propos des vers du bois.

Viktoria se vit contrainte à parler elle aussi de ses filles. C'est-à-dire à évoquer principalement les succès de Jorinde. Sa délicieuse petite-fille Ada, le tout dernier rôle de Jorinde dans un téléfilm pour la chaîne ARD et les nombreuses autres propositions entre lesquelles elle n'avait que l'embarras du choix. La mère de Götz dressa l'oreille en entendant mentionner le téléfilm. Elle l'avait vu, et son attitude se teinta aussitôt d'obséquiosité.

Helmut et Viktoria échangèrent des regards entendus.

Malika n'avait aucun doute : la vie de femme au foyer de la mère de Götz, sa vénération pour une actrice de télévision et sa méconnaissance de l'Est offriraient à ses parents matière à gloser la moitié de la nuit. Et de fait, le père de Götz avait malheureusement trop souvent le mot *argent* à la bouche. La moquerie et le sarcasme avaient toujours rapproché Helmut et Viktoria.

Götz semblait avoir perçu la tension de Malika. Il posa la main sur sa nuque, et un délicieux frisson lui parcourut le dos.

Avec lui rien ne pouvait lui arriver. L'emprise de ses parents s'arrêtait là où commençait l'amour de Götz.

***

Elle fait un détour par la boutique de fleurs préférée de sa mère. Le violon sur le dos, son sac en bandoulière et les bras chargés de somptueux hortensias elle poursuit son chemin en cet après-midi de fin d'été. La sueur ruisselle entre ses seins et le long de son dos. Elle déteste la chaleur poussiéreuse de l'été moribond, elle déteste la sécheresse et les feuilles flétries, l'herbe grillée et la lassitude qui s'abat sur tout ce qui vit. Les platanes qui bordent son chemin perdent massivement leur vieille écorce. Leurs troncs se dressent, blancs et vulnérables, et un vent brûlant fait tourbillonner les feuilles déjà tombées. Malika plisse les yeux et oblique vers le quartier de Musikviertel.

Vicky sera resplendissante, même si elle n'est plus aussi belle qu'autrefois. Personne ne la désigne plus par son surnom. Elle a depuis longtemps noyé dans les cigarettes et la boisson le droit d'être appelée *la Belle*. Son désespoir face au flétrissement s'exprime dans la salle de bains.

Il y a là une crème pour chaque partie du corps, complétée par un sérum pour les zones particulièrement délicates comme le contour des yeux. Extraits d'algues, acide hyaluronique, aloe vera et vitamine A sont censés capitonner et nourrir la peau fine, presque transparente de Viktoria. Le soin et le temps qu'elle accorde à son corps qui se fane émeuvent Malika. La peur est tapie derrière les pots et les tubes de produits cosmétiques coûteux. Même sa mère est fragile.

Helmut ne semble pas se soucier de vieillir.

Sur l'étagère de son lavabo il n'y a qu'un verre avec une brosse à dents, une coupelle de savon à raser, un blaireau et un rasoir. Son visage empâté est pratiquement sans rides.

Malika ouvre la porte de l'immeuble.

Depuis que ses parents ont été malades, elle a sa clé. Elle appuie sur le bouton pour appeler l'ascenseur qu'elle voit arriver derrière sa grille en fer forgé Jugendstil. En haut, les espaces ne sont plus les mêmes que ceux dans lesquels elle a grandi. Avec la rénovation de la maison, les immenses appartements ont été divisés. Ses parents ont vécu pendant trois ans à quelques rues de là, puis réintégré leur appartement rapetissé mais avec un loyer multiplié par dix.

Dans l'ascenseur elle se raidit et pense à l'image que son psychothérapeute lors de la dernière séance lui a conseillé de garder toujours à l'esprit. Elle porte une combinaison de protection invisible qui intercepte tout ce qui pourrait blesser et laisse passer tout ce qui fait du bien.

Elle met la clé dans la serrure, ouvre la porte et entre dans l'appartement.

***

Quoi de plus beau que ce moment-là ?

Elle était dans la cuisine en train de préparer le repas.

La lumière du couchant qui entrait par la fenêtre à l'ouest inondait la table où le couvert était mis. Des serviettes en tissu étaient posées sur les assiettes, la carafe à eau incrustée de pierres fines était remplie.

Et puis sa clé dans la serrure, ses pas dans le couloir. Elle ne se retournait pas. Elle attendait qu'il pose les mains sur ses épaules, écarte ses cheveux et embrasse sa nuque.

Rien de plus beau que ce moment-là.

Ils étaient en couple depuis plus de deux ans. Depuis un an et demi environ, ils habitaient ensemble dans le trois pièces ensoleillé pas très loin de la boutique et de l'atelier.

Le déséquilibre de leur amour ne dérangeait pas Malika. Son sentiment pour Götz avait été inentamable dès la première seconde.

Elle était l'élément moteur de leurs premières rencontres.

C'est elle qui avait décidé de la date où ils s'étaient installés ensemble.

Cependant ils ne partageaient pas tout.

La musique classique ne touchait Götz qu'au niveau émotionnel. Il lisait des récits de voyage et des ouvrages sur des modes de vie alternatifs mais ne connaissait pas un seul des grands romans de l'histoire littéraire. Son intelligence était d'une nature différente de ce que Malika avait connu dans sa famille. Elle se fondait sur l'expérience, sur la perception et sur le vécu de ses années de compagnonnage.

Au lit, il voulait des choses qu'elle n'aimait pas. Et il les voulait souvent et avec force. Même ses saignements menstruels ne le retenaient pas d'explorer son corps dans la pleine clarté du jour. Sa curiosité la pétrifiait, ses désirs exprimés sans détour lui faisaient honte.

Ce qu'elle préférait, c'était l'accueillir en elle dans la lumière douce du crépuscule, en silence et les yeux fermés. Quand la respiration de Götz s'accélérait et que tout son corps se tendait, elle émettait elle aussi quelques sons de plaisir.

Avec Götz son désir d'enfant devint une pulsion impérieuse et le fait que Jorinde l'ait devancée le renforçait encore.

Elle découvrit le lit d'enfant dans la boutique. Il venait d'une vieille ferme bavaroise. Elle caressa des deux mains la courbure de la tête de lit, les gentianes et les edelweiss délicatement peints, et quand Götz s'approcha derrière elle, l'entoura de ses bras et demanda *À quoi tu penses, là ?* elle dit : *Ce lit doit accueillir notre enfant*. Au lieu de répondre il rit, la prit par la main et l'entraîna vers l'atelier au fond.

*

Deux ans plus tard, le lit était toujours à la même place. Chacun pouvait le voir du trottoir à travers la vitrine. Des clients avaient demandé son prix à plusieurs

Ça va ? demanda-t-il en se frottant les cheveux pour les sécher.

Malika vint tout près de lui et à sa propre surprise elle dit : *Je suis enceinte.*

***

Bertram pose la main au-dessus de son verre. Ses doigts sont longs et fins.

Oh, allez ! insiste Viktoria. Les gens qui ne boivent pas lui sont suspects. Avec un regard contrarié et un geste machinal en direction de ses lunettes, Bertram murmure : *Bon, mais alors juste une goutte.*

Satisfaite, Viktoria remplit à moitié son verre de vin et Bertram poursuit son exposé sur le calcul simpliste du gouvernement fédéral selon lequel les masses d'immigrants mal formés, souvent insuffisamment alphabétisés dans leur propre langue, seraient censés générer nos futures retraites.

Il a une connaissance étendue des faits, même Helmut n'arrive pas à suivre. Malika voit le stress de son père aux coins de sa bouche qui s'abaissent et tremblotent, elle se détourne et concentre son attention sur Bertram.

Contrairement à Götz, il n'éveille chez elle qu'un intérêt abstrait mâtiné d'un léger scepticisme. Les nouveaux amis de son père ont un point commun : ils tiennent des discours et posent rarement des questions. Leur vision du monde est fermée, ils semblent avoir des réponses univoques sur presque tout. Elle ne sait pas comment son père y trouve son compte. Il s'est toujours méfié des gens trop convaincus.

Elle écoute un moment puis repasse dans sa tête son propre discours, celui qu'elle a l'intention de tenir à Jorinde un peu plus tard. D'abord ce sera *Non !* pour l'enfant. Partant de là, elle lui énumérera toutes les injustices qu'elle a eu à subir de la part des parents à cause d'elle. Et tout à la fin elle dira : *Pourquoi ne demandes-tu pas à Viktoria ? Se débarrasser des enfants, ça la connaît.*

C'est une souffrance qui ne passera jamais.

Trois semaines à peine après sa naissance, Viktoria et Helmut ont emmené Malika chez la mère de Viktoria dans les monts Métallifères avec une valise de vêtements et des couches. Elle a passé la première année de sa vie chez sa grand-mère. Viktoria poursuivait ses études et allait voir son bébé aussi souvent que possible, soi-disant. C'est-à-dire tous les trois mois à peu près si l'on en croit la grand-mère, autrement dit quatre fois en tout. Quand elle a été de retour au foyer familial, ses parents la déposaient tous les matins vers six heures à la crèche et la récupéraient le soir vers dix-huit heures.

Tandis que Jorinde, la petite prématurée, a été nourrie au sein pendant six mois, et pas une seule fois durant cette période on ne l'a confiée à la garde de quiconque.

Le *Non !* de Malika sera nourri de tout ça et de bien d'autres choses encore.

Excusez-moi un instant, Helmut se lève et se dirige de son pas traînant vers la salle de bains. Malika le suit des yeux. Elle espère qu'il reviendra vite.

J'admire les artistes comme ton père et toi, dit Bertram, *moi je suis économiste, je me sens plus à l'aise dans le monde des faits et des chiffres.*

Je ne suis pas une artiste, réplique Malika, *je pratique mon instrument en artisan.*

Du temps de Götz déjà elle tenait beaucoup à cette distinction. Elle réduisait l'écart et mettait leurs métiers sur le même plan.

C'est intéressant, dit Bertram, et il se lance dans un exposé sur la fonction éducatrice de l'art, son discours se ramifie jusqu'au moment où Malika n'a plus envie de suivre. Elle hoche la tête, sourit et pense à Götz. Revoit son beau visage. Avec lui aucun effort n'était nécessaire. Elle pouvait l'aimer simplement.

***

Une fois prononcé le mot magique, Malika continua à l'entendre résonner. Il était sorti tout seul, sans qu'elle y soit pour rien.

Enceinte ? demanda Götz.

Oui, dit-elle.

Mais on s'est protégés.

Oui, dit-elle, *mais parfois ça arrive quand même.*

Il acquiesça en silence, la prit dans ses bras et la serra contre lui.

*

Pendant quelque temps il rentra à la maison à l'heure. Il se montrait gentil et attentionné, même s'il était silencieux et songeur.

La grossesse offrait un bon prétexte aux fréquents accès de larmes de Malika. Sa dépendance même trouvait une explication hormonale.

L'enfant semblait être le salut.

Seulement voilà, il n'y avait pas d'enfant, et elle faisait l'amour avec Götz presque tous les jours dans l'espoir de transformer le mensonge en réalité.

Le jour où ses règles se déclenchèrent, Götz avait quitté la maison de bonne heure. Il avait une penderie à livrer et à monter. Pendant le petit déjeuner, il avait décrit avec enthousiasme le système d'assemblage à l'ancienne. Ce meuble du dix-neuvième siècle se montait sans la moindre vis. Malika l'écoutait d'une oreille, l'entendait s'emballer à propos de *tenons*, de *mortaises* et de *coins*, tandis qu'elle sentait dans son ventre les premiers tiraillements caractéristiques.

Quand la porte d'entrée se fut refermée, elle retourna se coucher et ferma les yeux. Elle sentait le sang s'écouler d'elle par petites saccades, le liquide chaud descendre le long de ses fesses et s'infiltrer dans le drap.

Plus tard elle prit le tram pour aller au cabinet de sa gynécologue. Arrivée devant l'immeuble elle s'arrêta sur le trottoir, appela Götz et lui demanda de venir la chercher.

À la maison il changea les draps, lui apporta une tisane et s'assit à côté d'elle. *Ça marchera la prochaine fois*, dit-il, *les fausses couches, ce sont des choses qui arrivent.*

*

Les soirées où il rentrait tard redevinrent plus fréquentes. Ses voyages se prolongèrent à nouveau. Une ou deux fois Malika fut sur le point de le questionner, mais le salut de leur amour reposait sur sa capacité à fermer les yeux. Exactement comme Helmut avait fait. Il avait regardé ailleurs et s'était tu.

Tout le temps que dura l'infidélité de Götz, Malika ne cessa de grossir et chaque fois qu'elle se voyait dans la glace sa haine de l'autre femme augmentait. Elle enchaîna les maladies. La souffrance devint quotidienne.

Une nuit, elle fut réveillée par un bruit. Götz gisait ivre mort dans le couloir. Il s'était cogné au meuble à chaussures et gémissait.

Il passa le reste de la nuit sur le carrelage des toilettes. De temps à autre il se soulevait et penchait la tête au-dessus de la cuvette jusqu'à ce qu'il n'ait plus rien à vomir. Malika nettoya la lunette et essuya les souillures sur son visage avec un gant de toilette mouillé.

Le lendemain il n'entendit pas le réveil et le soir elle eut l'impression de s'éveiller d'un rêve. Elle était debout dans la chambre à coucher, dos à la fenêtre ouverte. Tout lui paraissait proche et vrai. Le brouillard qui l'avait enveloppée pendant longtemps s'était dissipé.

Götz la regarda. Il tendit le bras vers elle. La gratitude se lisait dans ses yeux.

*

Les semaines suivantes furent beaucoup trop heureuses.

C'était les vacances d'été et il n'ouvrait la boutique que quelques heures par jour. Il laissa tomber le travail à l'atelier. Le matin ils dormaient tout leur saoul et petit-déjeunaient ensemble, les après-midi ils allaient en vélo au lac de Kulkwitzer qu'ils traversaient à la nage. Ils s'étendaient nus sur une prairie en pente plantée de pommiers et dans le soleil déclinant se remettaient enfin à parler de choses concernant l'avenir.

Sa liaison était terminée.

Elle en était sûre.

Le dernier soir qu'ils passèrent ensemble, Götz avait posé un gros morceau de viande sur la table.

Peux-tu préparer ça ? dit-il. *C'est du gibier. Fraîchement abattu.*

Tu as eu ça où ? demanda Malika en sortant la viande de son emballage plastifié.

Un client, répondit-il en se dirigeant vers la salle de bains.

C'est du chevreuil ou du cerf ? lui cria-t-elle.

Je crois que c'est du cerf, répondit-il.

Tu ne sais pas ?

Non.

Elle resta sans voix. Le Götz qu'elle connaissait aurait posé des questions au client. Il aurait écouté le récit complet de la chasse et réclamé des détails.

Elle prit la pièce de viande dans ses mains et sentit qu'elle était encore congelée à l'intérieur. Il ne pouvait pas s'agir d'une bête fraîchement abattue comme il le prétendait.

Son pouls s'accéléra.

La seule façon de préparer le gibier qu'elle connaissait était une recette de rôti avec une sauce au vin rouge et aux airelles. Elle demanda à Götz de ressortir acheter les ingrédients. Il enfila sa parka vert foncé, mit son porte-monnaie dans la poche arrière de son pantalon et sortit sur le palier. Là il s'arrêta, fit demi-tour et attrapa son téléphone posé sur la table du dressing.

La raison n'établissait pas de lien logique entre la viande et le téléphone. Mais son instinct sonna l'alarme et elle sentit son estomac se nouer comme l'autre fois, quand tout avait commencé. Elle plaça ses mains chaudes autour du bloc de viande. L'intérieur se dégela peu à peu. Un filet rouge gouttait du bord de la table sur sa jupe. Toutes ses pensées convergeaient. Toutes ses pensées butaient sur la même image.

Cette fois elle n'arriverait pas à regarder ailleurs.

Son regard tomba sur la pendule murale. Il aurait dû être rentré depuis longtemps. Le magasin était à moins de cinq cent mètres. Elle se leva, s'essuya les mains sur sa jupe, détacha un couteau du bloc et enfonça la lame dans la viande. Encore et encore.

Quand il arriva, il faisait nuit.

Malika était assise sur sa chaise en silence.

Je suis désolé, dit-il, *mais je ne peux pas continuer comme ça.*

***

Bertram parle à son père sur un ton pressant. Son visage qu'elle trouvait tellement inexpressif au début lui paraît maintenant dur et résolu.

Depuis que Helmut est revenu des toilettes, Bertram ne manifeste plus d'intérêt pour elle.

Elle tourne la tête vers Viktoria debout dans l'encadrement de la porte à côté de Ruth. Malika saisit quelques mots, des noms de chanteurs et de musiciens classiques. Il est probablement question du dernier festival Haendel, Viktoria a assisté à la quasi-totalité des concerts.

Demandons à ma fille, dit soudain Helmut en tapant du plat de la main sur la table. *L'homme et la femme ont-ils une vocation naturelle ? Dans une réorganisation de la société, c'est une question à éclaircir.*

Malika sourit. Même Bertram n'échappe pas au thème favori de son père.

Quelle réorganisation de la société ? demande-t-elle pour gagner du temps.

Celle qui s'annonce, dit Bertram, venant au secours de Helmut. *La dictature des moralistes ne tiendra pas éternellement. Le monde redevient plus conservateur et les hommes et les femmes doivent redéfinir plus clairement leurs rôles respectifs.*

Si tout s'était passé comme elle le souhaitait…

Mais ce n'est pas le cas.

Se tournant vers Helmut, elle dit avec un peu trop d'agressivité : *C'est débile ! Quelle vocation naturelle auraient-ils ?*

Du temps de ton artisan souabe, tu tenais un autre discours, riposte Helmut.

Et alors ? demande-t-elle. *Les femmes sans enfants*

comme moi, vous voulez en faire quoi ? Les fourrer au couvent ? Les marier de force ?

Son père rit. *Pourquoi pas*, répond-il et il avale une grande gorgée de vin. Bertram secoue énergiquement la tête. *Non*, dit-il, *ce n'est pas ce qu'on voulait dire. Il s'agit des différences que nous devrions accepter comme telles, et des limites de notre autodétermination.* Malika répugne elle aussi à penser que l'être humain peut modeler le monde et lui-même à sa guise, elle cherche les mots adéquats lorsqu'un téléphone sonne. Bertram fouille dans la poche intérieure de son veston. Il rejette l'appel et pose le téléphone sur la table. L'image en fond d'écran montre un doberman au pelage luisant.

À cet instant Jorinde entre dans la cuisine.

Malika sent tout son corps se ramollir.

Helmut se lève. Il tend les bras et attend que Jorinde vienne se blottir contre lui. *Mon chaton*, dit-il d'une voix douce en jetant un coup d'œil vers le couloir par-dessus l'épaule de sa fille. Mais ni Torben, ni les enfants ne sont là. Jorinde est venue seule.

Malika ferme les yeux quelques secondes et s'en remet au conseil du thérapeute. Au lieu de se comparer à Jorinde, elle se connecte à son ancien moi. Elle voit tout le chemin qu'elle a fait, ce à quoi elle est arrivée, la violoniste appréciée qu'elle est devenue.

Alors seulement elle se lève, redresse la tête et va vers sa sœur.

*

Jorinde est assise sur le balcon. Seule. Malika aurait pu la suivre, mais la conversation avec Bertram devenait intéressante. Tandis que les invités se pressent autour de la table et des assiettes de canapés, elle sort de la cuisine. Dans la salle de bains elle ferme la porte à clé et s'assied au bord de la baignoire. Comme elle se frayait un passage entre les affamés, Bertram lui a adressé un sourire explicite. Il semble plus proche d'elle intellectuellement qu'elle ne le supposait. Une convergence de vues qu'elle a résumée avec un clin d'œil : *Tout ce qui est nouveau n'est pas bon. Tout étranger ne vient pas avec des intentions pacifiques. Toute frontière n'est pas restrictive.* Il a hoché la tête, soulagé, puis elle s'est levée.

Malgré tout, il ne fait pas le poids comparé à Götz.

Le jour où elle avait quitté la clinique psychiatrique par un matin clair et froid de novembre, elle voyait clairement son avenir.

Vicky et Helmut attendaient à côté d'un piano à queue bâché et d'une oasis de plantes vertes tropicales. Des patients étaient vautrés dans les fauteuils de skaï jaunes disséminés dans la pièce, les yeux braqués sur l'écran de leur téléphone portable. Malika avait descendu les marches une à une en songeant que sa vie serait dorénavant une quête impossible. Elle ne pourrait pas aimer de nouveau à ce point. Et elle ne voulait pas aimer moins.

Après son déménagement, elle fut aidée par un rythme de vie régulier alternant travail, thérapie et loisirs soigneusement planifiés. Les deux étés qui suivirent, elle retourna même au lac de temps en temps, sur la prairie en pente plantée de pommiers. Elle nageait jusqu'à la rive opposée et retour. Pas une seule fois elle ne vit Götz.

Les souvenirs cessèrent de venir plomber la moindre parcelle de bonheur présent, et un jour elle vit le présentoir devant sa librairie habituelle. La femme sur la photo était Brida Lichtblau. Le livre s'appelait *Modèles de vie*.

Le soir du lancement du livre, Malika était sûre de voir Götz. Au premier rang. Fier de sa femme assise derrière une table et qui s'apprêtait à lire. Elle passa en revue les chaises. Reconnut le Dr Gabriel, devant à droite. À côté d'elle la libraire aux boucles rousses. Pas de Götz.

Son regard fit à nouveau le tour de la salle. Il n'était pas là.

Elle ne retint pas grand-chose du contenu du livre. Les pensées tournaient dans sa tête. Son absence pouvait signifier tout et n'importe quoi, et dans ce *tout* il y avait aussi la possibilité d'une nouvelle tentative. Mais les paroles de Brida à la fin de sa lecture anéantirent ses espoirs. Elle remerciait son mari Götz, qui ne pouvait malheureusement pas être là parce que leur petite fille était malade.

Le lendemain matin, Malika se rendit en vélo à la boutique et regarda à travers la vitrine. Le lit n'y était plus. Elle retourna à la librairie et acheta un exemplaire de *Modèles de vie*.

Depuis, elle lit tout ce qu'écrit Brida Lichtblau. Chaque personnage masculin a des traits de Götz. C'est le seul moyen qu'elle a de se rapprocher un peu de lui.

Aux dires de la libraire, Malika est la plus grande fan de Brida.

Devant le miroir elle remonte ses cheveux en un haut chignon un peu lâche et se met du rouge à lèvres. Il faut en finir. Elle le sait.

À travers le verre dépoli de la porte de la salle de bains elle voit une silhouette. Un dernier regard de contrôle et elle sort dans le couloir.

Allons dans la chambre, dit-elle à Jorinde, *on ne sera pas dérangées.*

Elles s'arrêtent devant le reliquaire-Jorinde. Il est plein à craquer : ses petites brassières de bébé en tricot et ses grenouillères, sa première paire de chaussures, Lilli sa poupée préférée, divers animaux en peluche, un petit sac de billes en tissu, un carton rempli de cahiers, d'images et de rédactions de ses années de collège.

Viktoria a éliminé systématiquement les souvenirs de l'enfance de Malika. Ne subsistent ni vêtements d'enfant, ni jouets, seulement quelques dessins et lettres datant de l'école primaire et deux documents attestant sa participation à des concours de violon sans importance.

Alors, tu as réfléchi ? Jorinde la regarde d'un air anxieux.

Comme sa sœur est petite. Sa présence sur scène et à l'écran n'a rien à voir avec des attributs physiques. C'est plutôt une assurance qui agit de l'intérieur vers l'extérieur.

Et oui. Elle a réfléchi.

Malika a passé des nuits entières à envisager des situations concrètes. S'est demandé ce qu'elle ferait si Jorinde voulait récupérer son enfant. S'est imaginé ce que ferait l'enfant quand il apprendrait plus tard que sa mère est en réalité sa tante. S'est figuré également les réactions des parents, des collègues et amis. Et chaque image, chaque réponse était un argument décisif contre le projet de Jorinde.

Pourtant elle a ressenti l'envie douloureuse d'élever cet enfant comme le sien.

Jorinde s'assied sur le bord du lit parental, enfouit son visage dans ses mains et pleure. Ses sanglots viennent de très loin ; son corps tremble.

Malika la regarde froidement et se tait. Elle ne tombera pas dans le panneau. Elle a trop souvent assisté aux scènes de larmes de sa sœur. Jorinde frotte ses yeux gonflés et essuie sa morve sur la manche de sa robe.

Viens au moins t'asseoir à côté de moi, dit-elle.

Elles restent quelques secondes assises côte à côte en silence.

Mon couple est au bout du rouleau, dit Jorinde d'une voix blanche, *et tu continues à être fâchée contre moi.* Elle regarde Malika. *C'est aux parents qu'il faut en vouloir, pas à moi. Je n'étais qu'une enfant. Ta petite sœur.*

Elle pose la tête sur les genoux de Malika et lui prend la main.

Des larmes coulent sur le visage de Malika. Elle regarde la porte. Elles n'ont pas beaucoup de temps. Viktoria ne va pas tarder à se demander où elles sont.

Ce qui se passe est un début, mais elle ne sait pas encore de quoi. *Donne-moi quelques jours*, dit-elle. *Je viendrai à Berlin. Et on parlera.*

Jorinde

Jorinde pose le doigt sur la sonnette.

Elle étire les commissures des lèvres et ouvre grand les yeux. Elle sait se donner l'air radieux. Le tout est de tenir jusqu'au troisième étage.

Le bourdonnement retentit, elle se rue dans l'escalier et monte les marches deux par deux. La porte de l'appartement est entrouverte. Sa mère vient à sa rencontre dans le vestibule, Jorinde écarte les bras, court vers elle et crie de sa voix la plus profonde et la plus ferme : *Bon anniversaire, Vicky !*

Il y a trois heures à peine, elle était face à Torben, il lui hurlait à la figure qu'elle était complètement folle. Malade, siphonnée, à la masse. Il fallait venir d'une famille de tarés pour avoir une idée pareille. Il s'est bien défoulé puis, à bout de souffle, lui a sorti qu'elle pouvait aller seule chez sa foutue mère et son nazi de père, les enfants et lui resteraient à Berlin.

Jorinde est partie.

L'esprit absent, elle a pris le tram jusqu'à la gare centrale, traversé le hall en pilotage automatique, descendu l'escalier roulant menant aux quais 1 et 2. Pendant tout le trajet Berlin-Leipzig elle a regardé par la vitre d'un œil vide au lieu d'apprendre son texte pour le tournage imminent. Un rôle secondaire, mais dans un épisode de *Tatort*[1].

Tandis que le paysage familier défilait sous ses yeux, elle a décidé qu'elle prétexterait une maladie pour expliquer l'absence de la famille. Puis ses pensées ont tourné autour de la question dont elle doit discuter avec Malika.

Où sont mes petits chéris ?

Viktoria recule d'un pas. Son regard est mi-sceptique, mi-réprobateur. Jorinde évoque sans hésiter un virus qui sévit à l'école. Elle agrémente l'histoire de détails répugnants qui comme prévu éteignent aussitôt l'intérêt de Viktoria.

Malika est assise à la table de la cuisine avec leur père et un autre homme. Jorinde ne le connaît pas mais un seul regard lui suffit. Insipide. Helmut se lève. *Mon chaton*, dit-il et elle se blottit dans ses bras. L'histoire du virus revient camoufler une vérité déplaisante, à

1. *Tatort* (*Sur le lieu du crime*) est la plus vieille série télévisée policière du monde (créée en 1970), très célèbre en Allemagne et en Autriche.

savoir que son couple est au bout du rouleau et qu'elle est enceinte pour la troisième fois.

Quand les bras tendres de sa sœur se referment sur elle peu après, Jorinde n'a qu'une envie : pleurer.

Depuis qu'elle est en âge de penser, elle se bat pour conquérir l'amour de Malika.

Combien de fois s'est-elle retrouvée, enfant, devant la porte fermée de la chambre de sa sœur. À frapper, supplier et donner des coups de pied furieux quand Malika lui lançait une fois encore d'une voix sifflante *Fiche le camp, il faut que je travaille !* Elle courait trouver sa mère, se faisait consoler et disait du mal de Malika.

Elle lit dans le regard de sa sœur qu'elle n'a pas changé d'avis. Bon. Elle fera une dernière tentative malgré tout.

Les trois personnes autour de la table reprennent leur conversation. Jorinde se met à la fenêtre avec une bouteille de limonade et fait comme s'il y avait quelque chose à voir dehors.

Seule une société qui place la collectivité au-dessus de l'individu demeure capable de résistance, dit l'homme terne à côté de Malika.

Il n'y a qu'à voir la RDA, lance Malika ironique.

L'échec de la RDA a d'autres causes, rétorque-t-il, *la révolution pacifique…*

Ce n'était pas une révolution pacifique, l'interrompt Helmut, *c'était une restauration capitaliste. Le peuple a vendu son âme au consumérisme, et personne ne l'en a préservé.*

Toujours les grands sujets. Helmut ne changera jamais. Elle regarde le parc de l'autre côté de la rue. Autrefois elles y allaient nourrir les écureuils. Certains étaient si familiers qu'ils venaient lui manger dans la main. Un jour, pendant un de ces moments privilégiés, Malika a frappé dans ses mains et fait fuir l'animal. Jorinde a pleuré toutes les larmes de son corps et Malika a été privée de piscine une semaine entière alors que la natation était à l'époque son activité favorite.

À la table il est maintenant question de l'immigration. Une chance que Torben soit loin. Il dirait des choses dont elle aurait honte et Helmut sourirait gentiment. Torben est dépourvu de tout sens politique et la bonté de Helmut ne fait qu'aggraver les choses. Les différences idéologiques entre elle et sa famille se sont réduites. Elle n'est plus une militante antifasciste. C'est pourquoi Torben lui reproche son *opportunisme*, son *manque de caractère* et sa *lâcheté*.

Vicky virevolte et remplit les verres d'alcool sans qu'on lui ait rien demandé. Elle n'est pas satisfaite tant que la plupart des invités ne sont pas aussi ivres qu'elle. Son nez est rouge et luisant malgré le maquillage. Sa mère boit trop depuis des années. Les conséquences sont visibles, elle en souffre et continue à boire pour oublier.

Tu es seul dans ton camp, dit-elle à Helmut, et du coup elle s'en prend à lui. Jorinde ne veut pas s'en mêler. Les discussions politiques ne la tentent pas.

Les nouvelles positions de Helmut, généralement approuvées par Vicky, l'ont déconcertée elle aussi au début. La tolérance de leurs amis et collègues s'arrête au centre de l'échiquier politique. Ils sont libéraux de gauche et cosmopolites, ce qui entraîne nécessairement le mépris du nationalisme et des frontières. Répéter leur point de vue hautement moral tel un mantra étouffe en eux les doutes qui pourtant germent.

Au début elle n'a pas pris au sérieux le nouveau conservatisme de ses parents. Un conflit de générations. Ni plus ni moins. Mais à y regarder de plus près, le revirement de Helmut et Vicky lui paraît maintenant moins paradoxal. Ils n'ont jamais partagé cette foi dans le progrès qui faisait florès dans les années quatre-vingt-dix après le rattachement inconditionnel à l'Ouest. Peut-être Jorinde était-elle à l'époque plus proche de ses parents qu'elle ne le supposait. Aujourd'hui elle ne saurait plus dire où elle se situe. Alors que Torben se sent chez lui à l'extrême gauche, elle se cherche en vain une appartenance.

Jorinde n'épouserait pas Torben si c'était à refaire. Elle l'a rencontré en travaillant dans un des théâtres libres de Berlin. Ç'a été le coup de foudre. L'inquiétude intime qui l'agitait la tourmentait aussi. La peur de rater quelque chose d'important les poussait à être toujours parmi les premiers à sombrer dans l'ivresse, et toujours parmi les derniers à quitter une fête. Pourtant leur appétit de vivre n'était jamais rassasié.

Ils buvaient comme des trous, baisaient, fumaient les cigarettes par paquets entiers et arrivaient souvent en retard à la répétition. Le contact avec la maison se limitait aux appels occasionnels de Vicky. Jorinde parlait alors à une vitesse qui ne laissait place à aucune question, décrivait la vie tellement géniale des comédiens, sa percée imminente et le talent exceptionnel de son ami. C'était ce que Vicky voulait entendre et qu'elle pourrait ensuite répéter autour d'elle. Le rôle de l'enfant à problèmes était déjà pris par Malika.

Helmut s'est moqué de Torben dès la première rencontre, mais Jorinde ne l'a pas quitté. La raison principale était le petit asticot dans son ventre, qui ne faisait même pas un millimètre le jour de la première visite officielle de Torben chez les parents et dont tout le monde ignorait encore l'existence.

Ada a été un signal d'alarme. Jorinde a cessé de fumer du jour au lendemain. Elle n'a plus bu une goutte d'alcool et s'est employée à aplanir les vagues qu'elle avait soulevées autrefois. La rencontre avec Vera aux « cours de halètements », ainsi que Torben désignait avec mépris la préparation à l'accouchement, a signifié la fin de la débauche, y compris pour l'avenir. Son agence de casting a été le tremplin de Jorinde vers le cinéma.

Torben a continué comme avant. Seule la présence visible, audible, palpable de la petite Ada l'a maintenu sur les rails quelque temps et c'est dans cette phase de confiance qu'ils se sont mariés.

Mais plus tard, quand les années et les enfants ont exigé d'adapter ses désirs à la réalité, il a refusé. Il n'acceptait quasiment aucun compromis, pas même sur le plan professionnel. Son indélicatesse camouflée en franchise lui a fait perdre nombre d'amis et d'opportunités.

Face aux parents, elle continue à défendre Torben. Personne n'admet volontiers s'être trompé à ce point-là. *Quel frimeur !* avait dit Helmut après la première rencontre et son jugement n'a fait que se confirmer par la suite.

Son mari est un enfant de près d'un mètre quatre-vingt-dix qui veut être aimé sans condition malgré toutes ses erreurs. Seulement voilà, elle n'est pas sa mère.

À sa sœur non plus elle n'a pas dit jusque-là toute la vérité sur l'état de son couple.

Elle observe du coin de l'œil Malika et l'homme aux yeux froids. L'arrondi délicat de ses lèvres forme un contraste étrange avec la partie supérieure de son visage.

Plus elle le regarde, plus elle le trouve frappant. Elle pourrait attirer son attention si elle voulait, mais elle n'en a même pas envie.

Il faut qu'elle parle à Malika. Le temps presse, et leur dernière conversation téléphonique s'est mal terminée. *Pourquoi Torben ne s'occupe-t-il pas de sa progéniture ?* a demandé Malika.

Parce que l'enfant n'est pas de lui.

Comment ça a pu arriver ? a répondu Malika d'un ton sec. *Il y a des moyens de se protéger.*

Alors Jorinde lui a demandé effrontément s'il ne lui était jamais arrivé d'être submergée par le désir. Malika a raccroché sans un mot.

Les fumeurs du balcon rentrent, Rudi Carton-Pâte en tête.

Jamais elle n'oubliera ce que Malika lui a raconté sur Vicky et Rüdiger. À l'époque elle a tenu cette histoire pour une invention de sa sœur, aujourd'hui elle n'en est plus si sûre.

Jorinde sort sur le balcon. Les plantations sont extravagantes. Sa mère dédaigne les géraniums et autres plantes à floraison longue. À la place, des boules blanches d'agapanthes côtoient des plumes du Kansas couleur lilas et des tournesols. Elle s'assied sur une chaise en rotin. À travers les barreaux de la rambarde, elle voit en bas sur le trottoir une femme avec quatre enfants.

Dans trois semaines il sera trop tard. Le délai légal

d'avortement sera dépassé. Le père de l'enfant n'est pas au courant. Sa femme et sa petite fille continueront à sourire béatement à son côté sur les photos des tabloïds. Il est un cliché vivant. Son seul nom pousse des femmes sensées à jeter leur dignité aux orties. Son talent d'acteur excuse tout. Humainement il est nul. Mais quelle présence. C'est pour ça qu'elle a voulu l'avoir et plus tard dans la chambre d'hôtel a répondu *Oui !* quand il a demandé si elle se protégeait. Elle ne voulait tout simplement pas qu'il s'interrompe.

Avorter serait le plus simple. Mais qui ne désire pas avoir un enfant de cet homme ?

Si le tournage du film qui lui offre son premier rôle principal au cinéma ne débutait pas quelques semaines seulement après la naissance, ce serait moitié moins grave. Elle ne pourra pas emmener la petite créature avec elle. La qualité de son jeu s'en ressentirait. Il faut qu'elle soit libre. Et même si elle n'a pas de scènes de nu, elle doit être en pleine possession de son corps.

Torben lui a bien fait comprendre qu'il ne s'occuperait que de Ada et de Jonne. Et il ne sait même pas qu'un autre homme est le père de l'enfant.

Elle se retourne et à travers la porte fermée du balcon voit les invités se rassembler lentement dans la cuisine. Elle voudrait n'avoir jamais à rentrer.

Elle a tout de suite rejeté l'idée de confier le bébé à Vicky. Elle se souvient trop bien de ce qui s'est passé après la naissance de Ada.

Vicky avait fait le voyage avec une montagne de cadeaux et s'était ruée avec enthousiasme sur le nouveau-né. Tout en se lamentant sur les difficultés qu'elle-même avait dû affronter, sans les outils techniques dont on dispose de nos jours, sans une main secourable, avec un mari toujours par monts et par vaux avec son orchestre et qui se serait senti déshonoré de devoir changer la couche d'un bébé. Avec Malika tout le temps malade par-dessus le marché, et si dépourvue de charme. Alors que Jorinde avait été un amour dès le début et n'avait fait que rire jusqu'à l'âge d'un an.

Elle parlait avec la minuscule Ada dans les bras, allait et venait en la berçant frénétiquement et s'étonnait que le bébé hurle sans discontinuer.

Tu es bien mieux lotie, criait-elle à Jorinde par-dessus la tête de Ada, *je t'aiderai, je te la prendrai pour que tu aies du temps à toi.*

Mais Jorinde ne voulait pas avoir du temps à elle. Elle voulait être avec Ada. À l'époque ça marchait encore entre Torben et elle, sa mère était le seul élément perturbateur.

Plus tard, quand Ada est devenue vraiment fatigante et a développé un esprit de contradiction et de rébellion encouragé par Torben, Vicky ne voulait plus entendre parler de sa proposition.

Jorinde l'a appelée à l'aide exactement deux fois.

La première fois, elle était enceinte de Jonne et Vicky était venue à Berlin pour une journée. Elles étaient allées manger des glaces. Comme la boule de glace de Ada commençait à couler, Jorinde l'avait enfoncée un peu à l'intérieur du cornet avec les doigts. *Je veux que la glace revienne en haut !* criait la fillette de trois ans, totalement imperméable aux explications de Jorinde lui répétant qu'ainsi la glace ne pourrait plus dégouliner. *Je veux que la glace revienne en haut !* continuait-elle à brailler alors que la glace avait depuis longtemps fondu et atterri dans une poubelle. *Tu peux l'emmener quelques jours à Leipzig ?* demanda Jorinde. Vicky jeta un regard dubitatif sur Ada qui s'était abandonnée à sa colère hystérique. *Non,* dit-elle d'un ton ferme. Les nerfs de Helmut ne le supporteraient pas. Il avait eu récemment des acouphènes et le Dr Gabriel avait prescrit du repos.

La seconde fois, Ada allait déjà à l'école. Elle était partie le matin en skateboard, avait fait une chute et s'était cassé le bras gauche. Helmut et Vicky se trouvaient par hasard à Berlin ce jour-là pour écouter un concert à la Philharmonie. Jorinde appela Vicky sur son portable vers quatorze heures et lui demanda si Helmut et elle pouvaient passer pour une ou deux heures. Torben était absent, Ada se plaignait du plâtre et de la douleur, et le réfrigérateur était vide.

Jorinde avait entendu distinctement Vicky dire à Helmut : *Fracture de l'avant-bras, quatre semaines de plâtre. Et en plus avec le caractère qu'elle a.*

À Jorinde elle déclara : *Ce serait volontiers, mais aujourd'hui ça va faire trop juste pour nous.*

La première à être au courant de sa grossesse a été Kira. Jorinde a fait le test dans les toilettes d'un studio de cinéma, et plus tard elle a fondu en larmes pendant le maquillage. Kira a dû recommencer à zéro. Tout en traitant les yeux gonflés de Jorinde, elle l'a écoutée avec attention, et quand les lèvres de Jorinde se sont remises à trembler elle a dit : *Stop !*

Elle a scruté son visage puis allumé une cigarette. *Pourquoi tu ne demandes pas à ta sœur ? Elle a toujours voulu des enfants.*

Kira ignore la notion de limite. Accepter ses conseils revient à s'assoir sur les normes en vigueur. Et plus Jorinde y a réfléchi, moins sa suggestion lui a paru aberrante.

Qu'avait-elle à perdre ? Sa relation avec Malika était complexe, mais pas irrémédiablement cassée. Les rencontres pour les anniversaires des parents et les grandes fêtes du calendrier se déroulaient en général de manière pacifique, et dans le meilleur des cas sa sœur considérerait cet enfant comme la réalisation d'un rêve.

Le point faible du plan était le moment où Jorinde récupérerait son enfant. C'est ainsi que l'hypothèse d'un placement temporaire a évolué vers l'idée de laisser l'enfant à Malika pour de bon.

La porte du balcon s'ouvre à la volée. *Venez, venez, mes petits, la bouillie est servie*, s'écrie Vicky en riant de sa plaisanterie.

Dans *L'Histoire du petit Muck*[1], c'est cette phrase que prononce Mme Ahavzi pour faire venir ses chats vers leurs gamelles, et la mère de Malika et Jorinde les appelait souvent à table de cette façon. Jorinde accourait en sautant et gambadant et prenait parfois Malika par la main pour l'entraîner avec elle. *Laisse-moi*, disait Malika.

À l'intérieur, les invités se pressent autour de la table où sont servis les canapés et les salades. Malika a disparu. Elle n'est pas non plus dans le salon de musique ni dans la salle de séjour. Tandis que les invités se dispersent dans tout l'appartement avec leurs assiettes pleines, Jorinde s'arrête dans le couloir, elle regarde la porte de la salle de bains.

La porte s'ouvre. Malika a rassemblé ses longs cheveux noirs en un haut chignon lâche. Elle a mis le rouge à lèvres coquelicot qu'elle réserve d'habitude aux

1. *Der kleine Muck* est un conte de Wilhelm Hauff (1802-1827) porté au cinéma en 1953 par le cinéaste est-allemand Wolfgang Staudte.

grandes occasions. *Allons dans la chambre*, dit-elle, *on ne sera pas dérangées.*

***

Tu vas ouvrir, Ada ?

Jorinde se lave les mains dans l'évier, se sèche au torchon à vaisselle et se hâte de rejoindre sa fille dans le vestibule.

Il y a quoi à manger, mère ? demande Ada en pressant le bouton d'ouverture de la porte.

Arrête de m'appeler mère. Si tu veux m'énerver…

Mais non, mère.

Jorinde inspire un grand coup. Elle pourrait avoir besoin du soutien de Ada tout à l'heure. *Ce n'est pas ton plat préféré, en revanche il y a ton dessert préféré*, dit-elle gentiment. Elle voit la mine butée de sa fille. Il n'est pas toujours facile de l'aimer. Il n'est pas facile d'être équitable. Le plus gros défi consiste à ne pas abuser de son pouvoir de mère.

Sur le palier, la porte de l'ascenseur s'ouvre. Malika s'est déjà débarrassée de son sac à dos et dépose ses affaires sur le seuil un instant. Sa réponse ne se lit pas sur son visage. Trois jours ont passé depuis l'anniversaire de Vicky. Pendant ces trois jours elles ne se sont pas parlé. Malika n'a pas voulu.

Ada tend la main à Malika. *Bonjour, ma chère tante*, dit-elle d'une petite voix chantante.

Jorinde lève les yeux au ciel, mais comme souvent son espoir d'une alliance avec sa sœur est déçu.

Bonjour, ma chère nièce, répond Malika. *Je me réjouis de te voir en pleine forme. Le voyage m'a épuisée. Aurais-tu l'amabilité de porter mes bagages dans mes appartements ?*

Ada attrape le sac à dos et l'emporte gaiement vers la chambre d'amis. Malika lui emboîte le pas. Jorinde a toujours un petit pincement au cœur quand elle voit comment sa sœur s'y prend avec les enfants. Elle sait y faire. Et avec tous les enfants, pas seulement Ada et Jonne. Son autorité naturelle et sereine rend l'éducation apparemment facile. Elle sait par Helmut que les demandes d'inscription au cours de violon de Malika dépassent largement ses capacités d'accueil. Ses élèves brillent dans les auditions scolaires et deux d'entre eux ont déjà raflé les premières places aux Jeunesses musicales. Enfant déjà, Malika trouvait pourtant le moyen de ne voir dans les compliments que des critiques déguisées. Elle voit toujours le verre à moitié vide. La seule période de la vie de sa sœur où Jorinde l'a vue inverser la perspective, c'est quand elle était avec Götz.

Elle met la table pour tout le monde. Torben n'est pas là. Elle lui a dit la veille que l'enfant dans son ventre n'était pas de lui et qu'elle voulait divorcer.

Il n'a pas eu l'air surpris. *Dans ce cas tu devras me verser une pension alimentaire*, a-t-il répondu d'un ton neutre. Jusqu'à cet instant leur couple avait encore une chance infime d'être sauvé.

Il se fait héberger provisoirement par des amis et les enfants ne sont pas encore au courant. Elle redoute le moment où elle le leur dira. Maintenant que Malika est là, au moins elle ne sera pas seule à devoir supporter leur douleur.

Pendant le repas, Jonne pose des questions incisives. *Il est où, ton mari, Mali ? Pourquoi tu n'as pas d'enfants ? Tu n'aimes pas les enfants ?*

Le tact n'est pas inné, c'est à elle de le lui inculquer, se dit Jorinde tandis que Malika répond patiemment.

Je n'ai pas de mari, j'aurais bien voulu des enfants mais je ne peux pas en avoir, et bien sûr que j'aime les enfants. Vous en particulier.

Ma mère, en vrai, elle ne voulait pas d'enfants, lance Ada. *Je l'ai entendue qui disait à Kira : Pourquoi est-ce que j'ai fait des gosses ! Je devais être folle.*

Jorinde sent le regard de sa sœur.

Ce n'est pas ce que je voulais dire, Ada, j'étais stressée.

Tu es tout le temps stressée.

Bon sang, Ada !

Oui, mère ?

Jorinde jette ses couverts sur la table et sort.

Quand elle revient, Malika est en train d'expliquer que les mères aussi sont des êtres doués de sentiments. Elle tient des propos si raisonnables et sensés que Jorinde en a presque la nausée.

Malika ignore ce que signifie une charge. À part elle-même et son chat, elle n'a à s'occuper de rien. Elle n'a aucune idée de ce qu'est la vie quotidienne avec des enfants. Elle ne sait pas qu'ils tombent toujours malades au pire moment, qu'ils n'ont aucun égard pour les besoins des parents et exigent le plus d'attention dans les périodes de stress maximum.

Jorinde se demande soudain si c'était une bonne idée de faire appel à sa sœur. Si son plan tout entier n'est pas une gigantesque erreur. Si elle ne ferait pas mieux d'avorter.

Ada prend Jonne par la main et l'entraîne sur le canapé devant la télévision. Elle n'a pas envie de le surveiller pendant qu'il joue avec ses dinosaures, il doit donc regarder le dessin animé japonais avec elle.

On est de retour dans une heure, dit Jorinde. Elle ne reçoit pas de réponse.

Malika marche à côté d'elle. Elle se tient très droite et la dépasse presque d'une tête avec ses chaussures à talons. De la Zionskirchstrasse elles prennent la Anklamer, vont jusqu'à la Ackerstrasse et de là jusqu'au mémorial du mur de Berlin. Malika parle et ce qu'elle dit semble raisonnable.

Tout ce qui est faisable n'est pas forcément judicieux. Un enfant appartient à sa mère. Jorinde doit prendre ses responsabilités, même si cela signifie l'interruption de sa carrière.

Je ne peux pas me le permettre, la coupe-t-elle furieuse et elle invoque d'autres modèles de sociétés où les enfants grandissent au sein de communautés plus larges, sans lien étroit avec les parents.

Le regard de Malika est éloquent.

Elle s'asseyent sur un banc devant la chapelle de la Réconciliation.

Si ça ne tenait qu'à Helmut, on reconstruirait le Mur, dit Jorinde avec un rire amer.

N'importe quoi, réplique Malika. *C'est juste qu'il n'a pas envie de vivre dans une colonie consumériste.*

Pourquoi est-ce que tu défends toujours les parents ? Moi, à ta place…

Tu n'es pas à ma place.

Passe un groupe de touristes américains.

Des colons consuméristes, murmure Jorinde avec un air de conspiratrice. Malika rit. C'est le premier moment de détente entre elles. Jorinde appuie sa tête sur l'épaule de Malika et regarde le ciel du soir.

Qu'est-ce que je dois faire ? demande-t-elle.

À leur retour, Jonne vient à leur rencontre dans le vestibule. *Il revient quand, papa ?* s'écrie-t-il. Elle voit son visage plein d'espoir. La candeur qu'il exprime la tue. Ada sort à son tour de la salle à manger. *Il est où papa, en vrai ?*

Le regard de Jorinde cherche d'abord Malika, puis se reporte sur les enfants. Elle aurait aimé que ça se passe autrement – autour d'une table, dans le calme et la pondération. Quand elle prononce la phrase redoutée, Ada a les jambes coupées. Malika la rattrape de justesse. Jorinde lui enlève des bras la fillette tremblante et la serre contre elle. Ada ne se défend pas. La douleur a modifié son visage en une fraction de seconde.

Jonne est agenouillé à côté, silencieux. *Mais pourquoi ?* demande-t-il.

Ils sont assis dans le vestibule tous les quatre. En larmes elle explique aux enfants qu'elle va divorcer, et jamais elle n'a été aussi heureuse d'avoir une sœur.

Il est presque minuit quand les enfants dorment enfin. Jorinde a les yeux brûlants de fatigue. Malika dépose les bouteilles de vin vides à côté de la poubelle, remplit la bouilloire et suspend deux sachets de camomille dans un pot en terre. Ses lèvres bougent.

Jorinde voit les gestes de sa sœur, perçoit les bruits et les paroles, mais la voix de Malika vient de très loin. Elle entend les phrases qu'elle prononce mais n'en comprend pas le sens. Maintenant qu'elle a fait ce qu'il fallait, l'angoisse arrive. Elle n'aime plus Torben mais la douleur des enfants lui coupe le souffle. Malika pose une tasse sur la table. Choc du grès contre le bois. Jorinde lève les yeux.

Tu m'as écoutée ? demande Malika.

Elle acquiesce, puis secoue la tête.

Il y a une solution à laquelle j'ai pensé, mais il faudrait que tu viennes à Leipzig avec les enfants.

À Leipzig ?

Oui.

Quand ?

Le plus vite possible. Avant la naissance.

Oui, dit-elle sans réfléchir, *faisons comme ça.*

Elle se laisse mettre au lit et border par Malika sans réagir. Et elle s'endort pour de bon.

***

Pendant des mois Malika a épluché les annonces et demandé autour d'elle. Un cinq pièces avec deux salles de bains et une grande cuisine est devenu difficile à trouver même à Leipzig. Jorinde monte pesamment les dernières marches. Son ventre lui semble plus gros que lors de ses deux premières grossesses, elle n'en est pourtant qu'au septième mois.

Les maris travaillent ? demande l'agent immobilier en les faisant entrer.

Les maris ? dit Malika.

Jorinde sourit, regarde autour d'elle et va de pièce en pièce. Partout de la lumière, de la place et une atmosphère agréable. Cet appartement est parfait. Orientation est-ouest, parquet, une grande cour à l'arrière, et à l'avant la vue donne sur de la verdure.

On ne trouvera pas mieux, murmure Malika derrière elle.

Je le crois aussi, répond Jorinde.

Elle aimerait que ses doutes se dissipent enfin. L'attitude dominatrice de sa sœur, le refus de Ada de changer d'école, la santé chancelante de Jonne depuis la séparation – la somme des problèmes est colossale. Chaque problème en soi est déjà trop.

Elles n'ont aucun mal à se mettre d'accord sur la répartition des chambres. C'est bon signe. Et quand elles sont ensemble sur le balcon et regardent la cour en bas, elle disent en même temps : *Super !* Jorinde pense une dernière fois à l'autre hypothèse. Sans Malika, seule avec les enfants. Mais comme toujours cette pensée débouche sur le chaos.

Nous prenons l'appartement, ma sœur et moi, dit-elle à l'agent immobilier.

Votre sœur et vous ?

Oui. Et nos trois enfants.

Aha.

Il feuillette son dossier. *Il y aurait encore quelques points à éclaircir,* murmure-t-il en sortant des formulaires d'une chemise. *Informations sur les crédits en cours, attestation de revenus et – ne le prenez pas mal, je vous prie – caution parentale si possible.*

Jorinde voit les yeux de Malika s'assombrir.

Deux femmes et trois enfants, ajoute-t-il avec un haussement d'épaules, *le propriétaire va exiger des garanties.*

*

Une étrange tension est dans l'air.

Pendant que Vicky joue à un jeu de stratégie avec les enfants dans la cuisine, Helmut regarde le plan. Il retrousse les lèvres, fait les cent pas et paraît mal à l'aise.

L'appartement est génial, laisse échapper Jorinde, *le parc est juste en face, et puis ce n'est pas loin de chez vous. Cet appartement, c'est vraiment le gros lot, six numéros gagnants au loto, enfin bon, peut-être pas six, mais cinq à coup sûr.* Et tandis que des flots de paroles continuent à sortir de sa bouche, Helmut repose le plan sur la table et se détourne. Il se poste à la fenêtre les bras croisés. Son crâne est incliné vers sa poitrine.

Jorinde se tait.

Il n'a même pas besoin de parler. Elle regarde Malika, cherchant son aide. Le visage de sa sœur est triste et grave.

Pourquoi ? demande-t-elle.

Pourquoi ? Il se retourne et leur fait face. *Pourquoi ? Parce qu'il faut bien que quelqu'un vous remonte les bretelles.*

Que tu vives seule, je me suis fait une raison, dit-il, s'adressant à Malika. *Mais toi ?* Il regarde Jorinde. *C'est quoi cette vie que tu mènes ? Trois enfants qui n'ont pas tous le même père ! Un appartement avec ta sœur ! Sans mari !* Il écume de rage et doit reprendre son souffle. *Je refuse de cautionner ça !*

Jorinde serre les lèvres. Elle regarde Malika dont le visage exprime la stupeur.

Viens ! dit-elle en entraînant sa sœur.

Elle ouvre brusquement la porte de la cuisine et appelle Ada et Jonne qui sont en plein jeu et ne veulent pas partir.

Vous ne posez pas de questions, siffle-t-elle, *vous venez, un point c'est tout. Je vous expliquerai plus tard.*

Il n'y a aucune surprise dans les yeux de Vicky.

***

Ada désigne une pile de cartons de déménagement. *On peut tout bazarder*, dit-elle. Les cartons contiennent des jouets et des livres d'enfant, des affaires devenues trop petites, des petites boîtes avec des coquillages, des bocaux de sable de la Baltique, toutes ses poupées accompagnées de leur garde-robe ainsi que le contenu complet de son coffre à vêtements. Comme si Ada voulait détruire toutes les preuves de sa vie d'enfant, comme si le simple fait d'avoir été enfant la dérangeait.

Jorinde acquiesce. Plus tard elle fera quand même charger dans le camion de déménagement tout ce que sa fille a éliminé.

La chambre de Jonne est comme d'habitude. Le sol est jonché de jouets. Les cartons tout autour de lui sont vides. Chaque fois qu'il s'apprête à y mettre un objet, il commence à jouer avec et oublie qu'il est censé le ranger dans le carton.

Jorinde se sépare de beaucoup de choses elle aussi. Le plus grand avantage des déménagements, c'est qu'ils permettent de corriger les excès antérieurs. A-t-elle vraiment besoin de douze jeans ? Que fera-t-elle de vingt-six coupelles ? Jeter a un effet cathartique qui lui rend le chaos alentour plus supportable.

Dans le vestibule son portable vibre.

Rappelle-moi s'il te plaît. Maman.

Elle ne se souvient pas de la dernière fois où Vicky a parlé d'elle-même en disant *maman*. C'est ridicule. Elle ne la rappellera évidemment pas. Lors de leur dernière conversation téléphonique, Vicky a failli s'étrangler. À cause d'une carte.

Vive le matriarcat ! avait écrit Jorinde sur cette carte qu'elle avait mise dans une enveloppe avec une copie du contrat de location et envoyée à son père.

Elles ont eu l'appartement, même sans caution. Il a suffi d'un coup de fil au propriétaire. Elle a mentionné en passant le nom de l'homme dont elle attend un enfant, et l'invitation à la première de son prochain film a probablement fait le reste.

Helmut a eu soi-disant des palpitations en lisant sa carte, puis son cœur s'est arrêté, le temps de trois battements au moins. À la suite de quoi il a passé une demi-journée au lit et le soir il a fallu faire venir le Dr Gabriel, qui lui a dit d'aller consulter de toute urgence son cardiologue. Et tout ça à cause d'elle ! Les médecins ne lui ont rien trouvé, d'accord, mais ça ne veut rien dire. Jorinde a un comportement abominable ! Qu'elle se mette dans la peau de ses parents. Helmut s'inquiète, voilà tout.

Elle a vraiment essayé de comprendre son père. Et elle sait ce que provoque l'inquiétude. Un de ces derniers soirs, Ada est rentrée en retard et elle ne répondait pas non plus au téléphone, Jorinde l'a d'abord serrée dans ses bras, puis elle lui a passé un savon et a sorti des choses qu'elle voudrait n'avoir jamais dites.

L'inquiétude de Helmut est d'une autre nature. Ce n'est pas seulement ce que leur père a dit. C'est surtout la manière. Remonter les bretelles à ses filles avait l'air de lui faire plaisir. Elle a entendu dans sa voix un truc bizarre qui lui a fait peur.

Elle remplit sans mollir une caisse après l'autre et ne remarque pas que Torben est entré. Il laisse tomber devant elle avec un petit sourire arrogant le document signé qui autorise Jorinde à déménager avec les enfants, à modifier leur lieu de résidence et à les inscrire dans deux nouvelles écoles. À l'avenir elle aura besoin de son accord pour la moindre chose. Une sortie scolaire, un traitement médical devront recevoir son aval. Elle ne sera pas débarrassée de lui. Jamais.

Qu'il capitule sans combat l'a surprise. L'explication lui est apparue par hasard au foyer du théâtre où elle l'attendait il y a quelques jours avec les documents.

Elle est jeune. Si jeune que Jorinde l'a prise en pitié. Mais la mettre en garde n'aurait servi à rien. La passion amoureuse la rendrait imperméable à la vérité.

*

Le jour du déménagement, un groupe d'amis vient en renfort. Instruits par Jorinde et guidés par Kira, ils emballent les dernières affaires, surveillent les enfants, préparent à manger et nettoient les pièces vides. Le camion de meubles quitte Berlin en fin d'après-midi, et en début de soirée Jorinde, Ada et Jonne arrivent eux aussi à Leipzig.

Malika habite déjà le nouvel appartement depuis quelques jours. Helmut l'a aidée à déménager et ils s'étaient déjà vus deux fois auparavant. Jorinde a d'abord été furieuse, puis elle s'est forcée à examiner le contexte.

Malika a toujours couru après son père. Sans aucun espoir. Ce qu'on a perdu trop tôt ne se rattrape jamais. Malika a vécu toute sa première année séparée de ses parents et c'est seulement après la naissance de Jorinde que Helmut a découvert que les jeunes enfants aussi ont besoin d'un père.

Jorinde ne peut pas éprouver la souffrance de sa sœur, mais elle peut comprendre la froideur de ses parents.

Elle-même a souvent délaissé ses enfants. En étant partie pendant des semaines à un endroit ou un autre pour un tournage quelconque. À la maison, c'est une nourrice qui a vu Ada faire du vélo pour la première fois, à trois ans à peine, et descendre de sa bicyclette en ayant perdu l'usage de la parole. Et c'est Torben qui l'a réconfortée et s'est montré patient. Elle s'est remise à parler au bout de trois jours. Mais Jorinde n'était pas là.

Il lui fallait chaque fois regagner la confiance de ses enfants à son retour. Les enfants se fichaient pas mal que Torben passe son temps vautré sur le canapé à surfer sur Internet, qu'il commande des pizzas pour le dîner et soit incapable de leur préparer des flocons d'avoine le matin, que le ménage ne soit pas fait et les rendez-vous oubliés. Il était là, et pas elle. Rien d'autre ne comptait. La distance par rapport aux enfants est née de cette souffrance. Et avec la distance la chaleur s'est perdue.

Elle monte l'escalier. Ada et Jonne passent devant elle en courant. En haut, Malika est à la porte. Ça sent les oignons frits et le fromage fondu. Jorinde prend sa sœur dans ses bras, puis elle franchit le seuil d'une nouvelle vie.

***

Les premiers jours en commun se passent dans un affairement monotone. Malika veille à ce que les cartons se vident au plus vite, que le réfrigérateur soit plein et la maison propre. Dès qu'une question concerne les enfants, elle se retire avec tact.

Mais bientôt ce sont les enfants eux-mêmes qui se tournent vers elle. Jorinde émet parfois une faible objection, mais en vérité elle lui sait gré de son aide. Le déménagement est à peine terminé que Jonne accompagne déjà Malika à l'école de musique aussi souvent que possible. Après quelques cours d'initiation au piano et à la flûte peu concluants, il se décide pour la guitare.

Ada n'accepte de faire ses devoirs qu'avec l'aide de Malika. Quand Jorinde les voit toutes les deux penchées sur leur manuel à la table de la cuisine, elle sort sur la pointe des pieds. Ada panique dès qu'elle ne comprend pas quelque chose. À Berlin ça donnait lieu à des scènes épouvantables, et l'enfant apeurée n'apprenait évidemment pas mieux ensuite. Comment Malika fait-elle pour expliquer dix fois la même chose en gardant son calme, c'est un mystère.

Le soir elles sont ensemble dans la cuisine.

Elles parlent et progressent à tâtons, Jorinde a parfois l'impression qu'elles n'ont pas vécu dans la même maison avec les mêmes parents. La solitude de Malika a dû être sans limite.

Quand ça devient trop douloureux, elles s'interrompent et regardent des films. Le cinéma est le deuxième foyer de Malika ; on peut se fier à son goût et les histoires des autres se superposent aux images de son propre passé.

***

Lilli vient au monde par une froide nuit d'avril.

Jorinde s'était à peine endormie que les douleurs caractéristiques se sont déclenchées peu après minuit. Depuis une heure déjà, elle fait les cent pas. De la salle de bains à la cuisine puis au vestibule et retour à la salle de bains. À chaque contraction elle s'appuie au mur un instant, puis se remet à marcher.

Vicky est au courant. Elle est déjà en route. Malika est devant la porte avec la valise prête. Les contractions se succèdent à un intervalle supportable d'une douzaine de minutes. Il y a encore le temps.

Dans le taxi qui roule vers l'hôpital Malika lui tient la main. Dans les couloirs qui mènent à la salle d'accouchement, elle est son havre et son soutien. Elle reste auprès d'elle. Tout au long des quatre heures. Et quand la sage-femme pose Lilli sur la poitrine de Jorinde, Malika pleure.

Dans les semaines qui suivent la naissance de Lilli, Jonne est le seul mâle de la maison. Un tel concentré de féminité dégage une énergie indéfinissable. Jorinde se rétablit plus vite qu'après la naissance des autres enfants. Ce cercle de femmes lui fait du bien.

Vicky lui demande de laisser venir Helmut, elle refuse.

Elle ne comprend pas pourquoi Malika persiste à maintenir le contact avec son père. Elle a peut-être eu sa dose de déception.

Le début du tournage approche et Jorinde envisage de tout envoyer promener. Elle ne veut pas quitter Lilli. Elle ne veut pas infliger cette séparation à son bébé. Cette fois, elle a l'occasion de faire les choses comme il faut. Tout en elle se rebiffe contre la perspective d'être absente pendant des semaines. L'idée de donner l'enfant à Malika lui semble monstrueuse rétrospectivement. Y penser la fait pleurer et, comme si une simple intention demandait à être réparée, elle annonce un après-midi à Malika qu'elle ne jouera pas le rôle de Elsa Bruckmann.

Sa sœur est debout dans le vestibule. Elle a passé la moitié de l'après-midi en ville avec Jonne pour essayer de lui trouver une guitare. Elle a une chaussure à la main, l'autre encore au pied. *Tu débloques ?* dit-elle. *C'est quoi cette idée à la con ? On a pourtant discuté de tout.*

Jorinde fait les cent pas avec Lilli sur le bras. Son regard est fixé sur le bébé. *Je ne peux pas m'en séparer,* dit-elle. Malika ôte sa deuxième chaussure et entraîne sa sœur à la cuisine. Elles poursuivent leur conversation derrière la porte fermée, et Jorinde n'a rien à opposer aux propos sensés de Malika. C'est vrai : elle est quelqu'un de versatile. Ses décisions se fondent souvent sur l'intuition ou le sentiment du moment. Et puis refuser un premier rôle au cinéma serait carrément débile. *Je te connais depuis toujours*, dit sa sœur, *et je sais que tu le regretteras.*

*

Chaque jour du tournage Jorinde est réveillée par un bip de son téléphone. C'est une photo matinale de Lilli tantôt seule, tantôt dans les bras de Jonne, tantôt dans ceux de Ada. Malika n'est jamais sur les photos. Elle n'aime pas les photos d'elle.

Le soir aussi, il y a toujours un petit signe de la maison. Lilli est généralement couchée dans le lit d'appoint qu'elles ont monté dans la chambre de Malika pour la durée de l'absence de Jorinde.

À chaque pause sur le plateau, elle s'isole pour tirer son lait afin de pouvoir continuer à allaiter quand elle rentrera. Contrairement à ses collègues elle ne boit pas d'alcool et dort dès que le planning le lui permet. Elle travaille avec plus de concentration que d'habitude. Le prix que paie Lilli doit être justifié.

***

Les fenêtres sont ouvertes. Des petits groupes de martinets passent à toute allure. C'est le troisième mois de mai qu'elle passe à Leipzig. Felicitas accourt. Elle miaule, regarde s'il y a de la nourriture, fait demi-tour et quitte la cuisine. Lilli l'a probablement fait fuir de la chambre de Malika. Lilli aime le chat. Mais ce n'est pas réciproque.

Jorinde passe les blancs de poulet sous l'eau et les tamponne avec du papier absorbant. Elle pense aux adieux sur le quai de la gare. Ada a juste levé la main, elle est montée dans le train sans un regard. Elle ne voulait pas partir. Jonne non plus ne voulait pas, cette fois. Son meilleur ami fête son anniversaire, mais ce foutu accord conclu avec Torben prévoit que les enfants aillent chez lui à Berlin tous les quinze jours. Là-bas ils occupent une petite chambre dans un appartement à moitié installé et sont pour l'essentiel livrés à eux-mêmes. Torben appelle ça la liberté.

Il a adopté depuis peu un mode de vie teinté d'ésotérisme. Les herbes et les fumigations semblent y tenir une grande place. Quand les enfants reviennent, non seulement leurs vêtements et leurs cheveux empestent le bois brûlé, la résine et les herbes, mais aussi leurs sacs, brosses à dents, cahiers d'école et peluches. Elle lave immédiatement tout ce qui est lavable, y compris les enfants eux-mêmes.

Au début, Ada voulait à tout prix retourner à Berlin. Sa rage a commencé à se calmer quand elle s'est fait des amis dans sa nouvelle classe et au bout de très peu de temps elle a refusé de passer un week-end sur deux avec Torben. Ses anciennes amitiés berlinoises n'avaient pas tardé à se défaire et elle trouvait insupportable d'être dans la même chambre que Jonne.

Jorinde a cédé deux ou trois fois. Elle jubilait de voir les enfants devenir aussi calmes et épanouis dans le cadre sécurisant qu'elle avait créé avec Malika. Mais Torben a mis en branle les services sociaux de l'Office de protection de la jeunesse et tout a recommencé comme avant. Filer à la maison le vendredi après l'école, emballer les affaires, aller en voiture à la gare et mettre les enfants dans le train qui les emporte vers un monde sans règles, sans vrais repas et sans leurs nouveaux amis. Le dimanche soir un autre train les ramène. Jorinde combat à longueur de journée les répercussions de cet écartèlement, et à peine les relations ont-elles retrouvé leur stabilité que Ada et Jonne remontent dans le train.

Elle râpe du gingembre dans le mortier, rajoute de l'ail, du piment, du curcuma et du poivre et broie le tout avec le pilon. Puis elle fait revenir des oignons, délaie la pâte dans l'huile bouillante, verse du lait de coco et ajoute la viande coupée en morceaux.

Lilli aime la viande. Toutes les viandes. Elle ingurgite même le foie avec délectation.

Les grands envient Lilli. Elle n'est jamais obligée de

partir. Son père donne de l'argent sans mot dire et ne se mêle de rien. Si elle était assez grande, il serait à sa disposition.

Au repas Lilli est assise à côté de Malika.

Le portable de Jorinde émet un bip. Pour Ada et Jonne, la consigne est : pas de téléphones ni de jeux vidéo à table. Les discussions sur ce thème sont pénibles, surtout parce que Jorinde ne respecte pas la règle. Elle louche vers Malika, puis sort son téléphone de sa poche de pantalon. *J'y suis. Victors Residenz-Hotel. Tu arrives bientôt ? Baiser. Albrecht.*

Elle l'a connu pendant le tournage après la naissance de Lilli. Il jouait Hugo von Hofmannsthal et elle, Elsa Bruckmann – l'épouse de l'éditeur Hugo Bruckmann, qui animait un salon à Munich et apporta plus tard son soutien financier à Hitler.

Le film n'a pas marché, mais les critiques ont heureusement incriminé le mauvais scénario. L'interprétation de Jorinde en revanche a fait l'objet de louanges unanimes. S'il y avait une chose qui sauvait ce film, c'était elle. S'il y avait une raison d'aller le voir, c'était pour elle. Les journalistes l'ont hissée d'un cran. L'ont amenée au niveau où les rôles devenaient plus intéressants.

Depuis leur collaboration elle a noué avec Albrecht une amitié qu'ils ont étendue plus tard au plan physique. Une chose que Malika ne comprendrait pas.

Oui, je me mets en route dans une seconde, répond-elle et elle appuie sur la touche Envoi.

Pendant ce temps Lilli a repoussé les légumes sur le bord de son assiette ; elle n'enfourne que la viande. Chacun de ses enfants est différent. Ada, fantasque et d'une intelligence extrême, Jonne, introverti et pas du tout intéressé par l'école, et Lilli qui est tout simplement contente. Avec ses gloussements de rire, sa joie d'écouter de la musique et son application à se goinfrer consciencieusement à table, elle donne l'impression que toute son existence est placée sous le signe du bonheur. Rien ne paraît lui peser. Elle pleure rarement, dort bien et s'approprie toutes les nouveautés avec le plus grand naturel. La perspective d'aller se coucher avec Lilli et de s'endormir près d'elle la tente quelques instants. Mais arrive un nouveau message de Albrecht.

Le champagne est au frais. Dépêche-toi !

Il faut que j'y aille, dit-elle à Malika, *tu peux coucher Lilli ?*

Malika acquiesce et lui rappelle pour la énième fois qu'elle ne pourra pas la garder les prochains soirs.

Je sais, réplique Jorinde et elle les embrasse toutes les deux avant de partir.

Ce n'est pas facile. Coordonner leurs rendez-vous les oblige souvent à recourir à des baby-sitters. Malika donne ses cours principalement en fin d'après-midi. La tenue de la maison et leurs conceptions différentes en matière d'éducation génèrent aussi des conflits de temps à autre. Mais contrairement à Torben, Malika est ouverte à la discussion. Faire des compromis avec elle est facile, et Jorinde ne se sent jamais flouée par la suite.

Pour Lilli, Malika est sur un piédestal. Son premier mot ressemblait à *violon*, mais sans le *v*, puis elle a dit *maman* et *Mali* presque en même temps.

Malika réussit parfois à mettre un peu de distance. Quand Lilli la réclame trop souvent, se cramponne trop à elle, elle la repousse sans la brusquer et dit : *Va voir maman*. À chaque changement de saison, elle annonce la fin de leur vie commune. La première fois, Jorinde l'a prise au sérieux, et la deuxième fois aussi elle a eu peur.

Mais Malika est toujours là.

Dans le taxi elle sort son miroir de son sac à main, se met du mascara et du rouge à lèvres. À sa connaissance il n'y a pas d'homme dans la vie de sa sœur à part Yeux-Froids. Elles évitent le sujet. Ses rares tentatives se sont enlisées dans le silence de Malika.

Avec Bertram Weisshaupt elle va au cinéma ou au concert, se fait inviter à déjeuner ou l'accompagne pour des randonnées dans les environs. Mais leur relation semble asexuée et indéfinie. Il reste parfois des semaines sans se manifester, puis ils se revoient tous les deux ou trois jours. Il ne vient jamais chez elle. Son allergie aux poils de chat l'en empêche. Et comme son doberman n'aime pas Malika, elle ne va pas souvent chez lui non plus.

Le taxi la dépose devant l'hôtel.

Bonne chasse, dit le chauffeur avec un clin d'œil. Le temps qu'elle comprenne il est déjà loin.

Albrecht l'attend au foyer. Il est debout au milieu de la pièce et lui sourit. Son assurance lui plaît. Les hommes timorés ne l'intéressent pas. Ils prennent l'ascenseur jusqu'au troisième étage sans dire grand-chose. Dans la chambre il fait sous ses yeux un test éclair du VIH. À Londres où il passe une grande partie de l'année, on en vend dans toutes les pharmacies.

Jorinde refuse. *Chez moi il n'y a rien à tester*, dit-elle.

Il fronce les sourcils, incrédule. *Mais ça fait presque quatre mois.*

Eh oui, elle hausse les épaules, *justement, tu n'as qu'à venir plus souvent.*

Albrecht lui caresse la joue, puis il remplit deux verres de champagne et vide le sien d'un coup.

Son test est négatif.

Ils se déshabillent, chacun de son côté mais en regardant l'autre. Elle voit sous son ventre la preuve manifeste qu'il la désire.

Elle vieillit, ses tatouages sur les deux bras et le dos, qu'elle a cent fois regrettés, pâlissent et s'estompent. La chair de ses fesses et de ses cuisses est marquée de sillons blanchâtres, mais ça n'a pas l'air de déranger Albrecht. Il la satisfait comme presque aucun homme avant lui. Et elle ne l'aime pas. Elle ne peut avouer ses désirs les plus secrets qu'à un homme qu'elle n'aime pas.

*

Le lendemain matin elle rentre à la maison en taxi. Les rendez-vous avec Albrecht la rendent étrangère à son environnement habituel, elle se déplace donc comme une étrangère. Elle se laisse véhiculer et regarde la ville avec les yeux d'une voyageuse.

Malika et Lilli ne sont pas là.

Ça lui laisse un peu de temps pour elle. La retransformation est une métamorphose énergivore – comme un papillon qui devrait réintégrer son cocon et en ressortir avec des ailes plus pâles.

Jorinde présume que Malika ne connaît pas ce genre de dédoublement. Être mère aurait été plus facile pour elle. Mais la vie ne joue pas le jeu.

Elle est encore sous la douche quand Lilli entre en trombe et pose l'anneau de siège sur la lunette des WC. Elle baisse son collant en se tortillant, pousse le tabouret du lavabo jusqu'à la cuvette et grimpe dessus.

Ada et Jonne n'étaient pas aussi autonomes à son âge.

Tout va bien là-dedans ? crie Malika.

Oui, répond Jorinde, *elle fait pipi.*

Vous étiez où toutes les deux ? demande-t-elle une fois essuyée et habillée.

Au terrain de jeux. Et toi, tu étais où, si je peux me permettre ? Il m'avait échappé que tu devais t'absenter toute la nuit.

Malika ! Je suis encore jeune. J'ai besoin de temps en temps de…

Stop ! dit Malika.

Lilli déboule dans la cuisine. Elle traîne derrière elle l'étui du violon et le laisse tomber devant Malika.

Voilà ta prochaine élève, dit Jorinde, pendant que sa sœur vérifie si l'instrument n'est pas abîmé et gronde Lilli. *Il faut que tu fasses attention. Il est à moi ce violon, Lilli. Pas à toi. À moi.*

À moi, répète Lilli.

Elle ne peut pas balancer comme ça par terre un violon à vingt mille euros, dit Malika en secouant la tête.

Jorinde dresse l'oreille.

Tu as trouvé ça où ? demande-t-elle.

Mon violon ?

Non, les vingt mille euros.

Les parents ont mis quinze mille à l'époque, dit-elle avec embarras.

Son regard trahit sa mauvaise conscience. Jorinde n'a jamais reçu une telle somme. Que croient donc les parents ? Que tous les acteurs sont riches ? Les beaux vêtements qu'elle porte sur les photos des magazines sont prêtés. La location d'une belle robe du soir coûte autour de trois cents euros. Avec les bijoux, le maquillage, le coiffeur et le taxi, une soirée de gala lui revient à cinq cents euros environ. Elle est obligée de se montrer. D'entretenir ses relations et de s'en créer des nouvelles, et tout ça avec trois enfants. Ses collègues qui font les plus belles carrières n'ont pas d'enfants, ou un seul au grand maximum.

Lilli s'est cramponnée à sa jambe. Elles appellent ça jouer au koala. Jorinde doit marcher avec elle à travers l'appartement parce que les petits koalas font comme ça avec leur mère. Elles l'ont observé au zoo. Elle fait une fois le tour de la table de la cuisine, puis secoue Lilli pour lui faire lâcher prise en douceur.

Au fait, dit Malika, *Viktoria a appelé tout à l'heure.*

Et ?

Dans un mois Helmut joue pour la dernière fois avec l'orchestre. Ils voudraient qu'on soit là pour ce concert d'adieu. Toi aussi.

Jorinde secoue la tête.

Malika dit que la ville est trop petite pour qu'on puisse s'éviter de manière durable, mais c'est faux. Leurs chemins ne se croisent jamais et elle n'a pas l'intention d'y changer quoi que ce soit.

Elle ne parle plus à son père depuis le jour où il a refusé de donner sa caution. Plus de deux ans se sont écoulés. Deux ans à ne pas faire une chose sont plus longs que deux ans à la faire. Einstein a mieux expliqué le phénomène, mais elle sait elle aussi que le temps est une dimension relative.

Les enfants voient pourtant leurs grands-parents régulièrement et volontiers. Ada surtout attache de l'importance à ce contact. Parfois Malika emmène aussi Lilli.

Après qu'il aura quitté l'orchestre, Helmut veut s'engager politiquement. Elle devine ce que ça va donner. Il ne manque plus qu'il se présente à une élection, qu'on voie sa tête sur des affiches avec son nom en dessous. Torben irait raconter partout de qui elle est la fille. Déjà quand elle a joué Elsa Bruckmann, il déclarait en ricanant que ce rôle lui allait comme un gant : *La fille d'un nazi joue une protectrice d'Adolf Hitler.*

Parfois elle a honte d'avoir partagé la vie de Torben.

Et parfois elle ne se souvient plus de quoi exactement Helmut est censé s'excuser auprès d'elle. Si l'on regarde les choses avec lucidité, seul le ton était déplacé. Peut-être qu'elle ne lui parle plus pour la seule et unique raison qu'il y a déjà trop longtemps qu'elle ne lui a pas parlé.

Lilli multiplie les tentatives pour atterrir dans la chambre de Malika.

Lilli aussi, pleurniche-t-elle. Jorinde prend l'enfant sous le bras et la ramène dans sa chambre. Elles passent un moment à chahuter ensemble sur le lit, mais dès que l'attention de Jorinde se relâche, Lilli se rue dans le couloir et met le cap sur la porte de Malika. Jorinde enfile une veste, attrape sa fille et sort de l'appartement.

Lilli aime être transportée à vélo. Elle est dans la caisse à l'avant, installée sur des fourrures douillettes, un coussin dans le dos et son suricate en peluche dans les bras.

Le parfum épicé de l'ail des ours monte du parc de Rosental. Elles sont allées souvent dans la forêt cueillir les jeunes feuilles avant la floraison. Pendant des jours il y a eu au menu des plats à base d'ail des ours, dont Malika ne se lasse jamais.

Après avoir fait le tour de la grande pelouse du Rosental, elles bifurquent vers la forêt. Jorinde aime bien la proximité de l'eau. Elles passent deux rivières, l'Elster blanche et la Parthe, et prennent la piste cyclable qui longe la Neue Luppe.

Au bord de l'Auensee elles attachent le vélo et montent dans le petit train du parc – une ligne de chemin de fer à voie étroite qu'on appelait autrefois le train des pionniers. La locomotive fume et elles contournent le lac, glissent sur l'eau en pédalo. On dirait des cygnes géants. Lilli en perd la parole pendant quelques instants. Bouche bée elle désigne les cygnes, et Jorinde se prend à penser que le jour où l'on cesse de s'étonner la mort ne doit pas être loin.

*

Ce dimanche, le train de Berlin a quarante minutes de retard.

Jonne descend le premier.

Où est Ada ? demande-t-elle inquiète.

Elle est allée s'asseoir ailleurs.

Elle aperçoit sa fille tout au bout du quai. Ada hisse son sac à dos sur ses épaules et arrive avec une lenteur ostensible. *Papa est un connard*, dit-elle en guise de bonjour. Elle appuie sa tête sur la poitrine de Jorinde et se laisse embrasser. Son look négligé atteint de nouveaux sommets. Chaussettes blanches Nike et tongs Adidas aux pieds, ses jambes menues dans un vaste pantalon de jogging. Jorinde n'a pas le temps de poser de questions, Ada met son casque sur ses oreilles et s'éloigne.

Qu'est-ce qui s'est passé ? demande-t-elle à Jonne qui marche à côté d'elle.

Il baisse la tête. *On n'a plus le droit de voir papy et mamie.*

Elle s'arrête. *Il ne peut pas décider ça.*

Il dit que si.

Et pourquoi ?

Parce que papy a dit à Ada qu'il valait mieux qu'elle change de trottoir quand elle croise un groupe d'Arabes.

Jorinde gémit.

Je suis désolée, dit-elle, *je vais tirer ça au clair.*

Dans le tramway Ada enlève son casque et demande à brûle-pourpoint, *Est-ce que c'est à papa de dire si j'ai le droit de voir papy ?*

Non, répond Jorinde, *aller voir tes grands-parents est ton droit le plus strict.*

Visiblement satisfaite, l'enfant retourne à sa musique, dont Jorinde saisit une brève séquence au passage. Sauf erreur de sa part, c'est la *Suite pour violoncelle n°1* de Bach. Ada est une énigme.

À la maison, Malika les attend avec impatience. Elle est maquillée et habillée, prête pour le concert de musique de chambre qui aura lieu ce soir dans une bourgade des environs.

C'est le fameux Weisshaupt qui est devant la maison ? demande Jorinde en se préparant à rattraper Lilli qui se précipite vers elle à toute allure et ne semble pas douter une seconde qu'elle va atterrir en toute sécurité dans les bras de maman. Son élan est tel qu'elles tournoient plusieurs fois sur elles-mêmes.

Oui, il m'emmène en voiture, dit Malika.

Puis elle se tourne vers Ada et Jonne et leur demande comment s'est passé le week-end.

Je veux plus y aller, dit Ada.

Alors moi non plus, renchérit Jonne.

Malika s'immobilise un instant et lance à Jorinde un regard interrogateur. Jorinde fait un geste las. *Il faut que tu y ailles, on en parlera demain.*

Malika acquiesce. Lilli lui court après jusque sur le palier et crie de toutes ses forces *Au-reu-voir !*

*

Le lendemain matin, comme les enfants sont dehors, elle se fait du thé et prend son petit déjeuner tranquille. Sa sœur dort encore. Elle est rentrée tard, après minuit. Jorinde était éveillée dans son lit, elle a entendu la porte se refermer et s'est demandé sur quel mode Malika avait dit au revoir à Yeux-Froids.

Un peu plus tard, elle pointe son nez dans la chambre, murmure *Bonjour* et se dirige vers la salle de bains en traînant les pieds quand le téléphone sonne une première fois. C'est l'agence. Elle a reçu deux nouvelles propositions de rôles. L'une des deux est intéressante – un biopic sur la peintre suédoise Hilma af Klint. Avantage : ce serait un rôle principal. Inconvénient : personne ne sait qui est Hilma af Klint.

À peine a-t-elle raccroché que ça sonne de nouveau. Cette fois c'est le type de l'Office de protection de la jeunesse. Torben réclame une modification du droit de visite et d'hébergement. Rendez-vous est proposé pour un entretien dans quinze jours.

Ce n'est pas possible pour moi, dit Jorinde, *j'ai une audition pour un film.*

Dans ce cas, la semaine suivante, mercredi matin ?

Elle feuillette son agenda. *Désolée, mais j'ai deux jours de tournage à Hambourg.*

L'homme se racle ostensiblement la gorge. *Madame Amsinck, si vous faites passer votre intérêt avant celui de vos enfants…*

Le père de mes enfants ne paie pas de pension alimentaire. Je dois travailler pour gagner de l'argent.

C'est possible, mais le père de vos enfants trouve le temps, lui. Il peut venir à n'importe quelle date, m'a-t-il dit.

Jorinde ravale la colère qui monte. *Et cette semaine, il n'y a plus aucun créneau ? Je souhaiterais évidemment régler ça au plus vite.*

Elle entend un bruissement de papier, puis l'homme dit : *Demain matin quelqu'un s'est décommandé.*

Super, répond-elle. *Vous appelez mon ex-mari ?*

Quand il a raccroché, elle a la nausée.

*

Dans la nuit Lilli se met à pleurer. Elle a très chaud. La première pensée de Jorinde est pour son rendez-vous. Torben viendra. Si elle fait foirer la rencontre, c'est encore un mauvais point pour elle. Le thermomètre médical indique 38°9. Elle se traîne à la cuisine et consulte le planning commun. Malika a noté un rendez-vous de dentiste et sera donc absente. Elle pourrait demander à Vicky, mais elle ne veut pas. Elle retourne dans la chambre de Lilli avec un gant de toilette mouillé, lui rafraîchit le front et s'allonge près d'elle. Il est presque une heure et demie.

Vers trois heures, elle donne à l'enfant un sirop pour la fièvre, une demi-heure plus tard elles dorment toutes les deux. Le réveil sonne à six heures moins dix.

Elle doit appeler Jonne trois fois pour qu'il se lève. *Qui est-ce qui m'emmène à mon cours de guitare aujourd'hui, Malika ou toi ?* demande-t-il et il boit une gorgée de son cacao. Jorinde regarde sa fille.

Pas moi ! dit Ada. *Il peut pas y aller tout seul ? C'est deux arrêts de tram, maman, et cinq minutes de marche.*

Jorinde se tourne vers Jonne. *Tu peux faire ça ?*

Je peux, dit-il la bouche pleine, *mais je veux pas.*

Elle s'assied à côté de lui et lui caresse la tête. Son regard tombe sur le sweat que porte Ada – *there is a fuckin'idiot staring at me,* lit-on en travers de sa poitrine. Ada ricane et montre son dos à Jorinde – *still staring at me.*

Tu as trouvé ça où ?

C'est papa.

Au moment de partir elle embrasse les enfants en leur disant à chacun *Je t'aime beaucoup*. Depuis que la fille d'une amie est morte renversée par un camion sur le chemin de l'école, ils ont institué ce rituel. L'autre famille s'était quittée en pleine dispute. Les derniers mots de la mère à son enfant avaient été *Maintenant, dehors !*

Il est sept heures, elle est assise à la table de la cuisine devant un café serré et se demande si Ada, Jonne et Lilli quitteront l'enfance à peu près indemnes. S'ils deviendront des adultes solides. Tous les adultes causent plus ou moins de dégâts dans le monde selon les dommages qu'ils ont subis.

Puis elle pense à Malika. À l'enfant en colère qu'était sa sœur, rétive et silencieuse en même temps. Le seul homme qu'elle a aimé l'a trompée et abandonnée. Malika ne veut toujours pas en parler. Les parents l'ont retrouvée devant la porte de l'atelier et emmenée à la clinique. Seule l'apathie dans laquelle elle tombait chaque matin et chaque soir après la prise de ses médicaments la délivrait de Götz.

Le Cipramil est toujours dans l'armoire à pharmacie fermée à clé, et peut-être que seul un taux de sérotonine élevé rend la vie de Malika possible.

*

Torben la regarde de haut. Une assurance inquiétante est plaquée sur son visage comme un rictus. Il a le temps. Toutes les deux ou trois semaines il se pointe avec une nouvelle exigence à laquelle elle doit faire face, et chaque fois elle le hait davantage.

Sur la table de la salle de réunion est posée une bouteille d'eau avec deux verres. Torben remplit uniquement le sien. Il boit d'un trait, repose énergiquement le verre sur la table et se met à siffloter dans sa barbe. Lilli l'observe avec curiosité. Elle se colle contre Jorinde et suce son pouce.

Nous sommes ici aujourd'hui à la demande du père des enfants, dit M. Kölmel, le conseiller des clients dont le nom commence par A, *il s'agit en l'occurrence de Ada et Jonne Amsinck.* Il prend son stylo, sort une feuille blanche et encourage Torben d'un signe de tête. *Je vous en prie, monsieur Amsinck, c'est à vous.*

Ce que Jorinde entend alors a manifestement été élaboré par un avocat et contient déjà les réponses à toutes les objections possibles. Il s'est bien préparé.

L'argumentation est simple. Sa nouvelle compagne et lui attendent un enfant et veulent la garde exclusive de Ada et Jonne. Contrairement à Jorinde, il peut offrir aux enfants un cadre familial stable – le père, la mère, les enfants et bientôt un nouveau petit frère ou une petite sœur. Contrairement au père de Jorinde, ses parents ne contamineront pas les enfants avec une propagande droitière. Elle lit dans ses yeux le plaisir qu'il éprouve à brosser de son père un portrait qui a à peu près autant de rapport avec Helmut que le véritable Torben avec le comédien assis devant elle. Il souhaite que les enfants n'aient plus de contact avec cet homme.

Elle s'apprête à répondre quand M. Kölmel attaque. *Ici nous communiquons sans violence, madame Amsinck.*

Ce qui signifie que chacun a le droit d'aller jusqu'au bout de ce qu'il a à dire.

Il faut que je me débarrasse de ce nom, songe-t-elle tandis que Torben poursuit et que Kölmel se remet à noter avec zèle.

Contrairement à Jorinde, il est fidèle et fiable. Il tient à rappeler que Lilli ici présente est née d'un écart de conduite. Il est probable que Jorinde l'a trompé en bien d'autres occasions et rien ne lui permet d'imaginer que le mode de vie de son ex-femme ait fondamentalement changé. Pendant deux ans il s'est accommodé le cœur gros d'être un papa du week-end, mais ça ne lui suffit pas.

Lilli se dégage des bras de Jorinde. Elle traverse la pièce sur la pointe des pieds et prend une agrafeuse sur le bureau.

Il n'y a pas de mal, dit M. Kölmel.

Les pensées tournoient dans la tête de Jorinde. La menace de Torben prend soudain tout son sens. Quand elle a sollicité une avance sur pension alimentaire parce qu'il ne payait pas, il l'a appelée. *L'État me réclame tout ce fric de merde*, a-t-il hurlé, *je n'arrête pas de recevoir des courriers !*

Ce sont aussi tes enfants, a-t-elle répliqué, *tu peux t'estimer heureux que l'État assume tes devoirs.*

Il a raccroché avec un rire sarcastique. Et rappelé quelques secondes après. Très calmement il a dit : *Tu vas le regretter.*

M. Kölmel la regarde d'un air dubitatif. *Madame Amsinck,* dit-il sur un ton de thérapeute, *pouvez-vous envisager que les enfants vivent durablement avec M. Amsinck ?*

En attendant sa réponse, il montre à Lilli comment marche la perforatrice. Enthousiaste, elle se met à faire des trous dans la couverture d'une brochure. Jorinde se racle la gorge et dit : *M. Amsinck ne paie même pas la pension alimentaire. Comment peut-il envisager ça ?*

Torben sourit. *Ce ne sera plus la peine. Nous n'aurons qu'à déduire les pensions impayées de ce que mon ex-femme devra me verser.*

Elle le regarde fixement. *As-tu demandé aux enfants ce qu'ils voulaient ? Ils ne veulent pas aller chez toi. Ils ne veulent absolument pas retourner à Berlin.*

Il se recule sur sa chaise et croise les bras. *Et c'est ta sœur qui leur tiendra lieu de père, c'est ça ?*

M. Kölmel pose son stylo et fait un geste d'apaisement. *Il n'est question ici que du bien-être des enfants.*

Les enfants vont très bien, dit Jorinde. *Je refuse la proposition de M. Amsinck.*

L'espace d'un instant elle croit lire du soulagement dans les yeux de M. Kölmel. S'il était de son côté, il cachait sacrément bien son jeu.

Le visage de Torben frémit. *Eh bien nous nous reverrons au tribunal.* Elle sent sa colère. Encore quelques mots qui fâchent et sa patience volera en éclats. Un Torben déchaîné ne plairait pas à M. Kölmel.

Lilli en a visiblement assez de faire des trous. Elle regarde ce que le bureau de M. Kölmel a encore à offrir et remonte sur les genoux de Jorinde avec une souris Tipp-Ex dans la main. Son front est de nouveau brûlant et ses yeux brillants de fièvre.

Restons-en là, dit Jorinde, *ma fille est malade.*

Elle prend congé, avec Lilli sur le bras. À Torben elle n'adresse qu'un signe de tête.

On est loin d'en avoir fini, dit-il.

Malika attend dehors. Elle a emprunté à Yeux-Froids sa voiture et a même pensé au siège enfant. Sa joue droite est enflée. *Une dent en moins*, marmonne-t-elle en haussant les épaules.

Jorinde installe Lilli et lui attache sa ceinture. *Il saisit le tribunal*, dit-elle d'une voix blanche, *je ne sais pas si je vais y arriver.*

L'étreinte de Malika est molle comme toujours, on dirait qu'elle veut éviter un vrai contact. Mais ses paroles contredisent cette impression. *Tu n'auras pas à subir ça toute seule. Je suis avec toi.*

Elle démarre la voiture et conduit sans rien ajouter, le trafic est dense. Au feu rouge suivant, Jorinde se retourne vers Lilli. Ses boucles brunes sont collées sur son front, elle a les yeux mi-clos. On l'a déjà prise plus d'une fois pour la fille de Malika et c'est toujours Malika elle-même qui a rectifié.

À la maison, elles se couchent toutes les trois dans

le lit de Malika. Lilli dort entre elles. Jorinde observe sa sœur qui a pris un comprimé d'antalgique et semble dormir elle aussi.

Elle se voit mener cette vie-là très longtemps.

***

C'est la *Symphonie n°2* de Mahler. *Résurrection.*

Helmut est heureux. Se produire sur scène une dernière fois. Pendant cinq mouvements. Une heure et demie de musique grandiose.

Curieusement les enfants n'ont pas protesté. Ada a réclamé de quoi s'acheter une robe pour l'occasion, Jonne a dit qu'il deviendrait peut-être musicien lui aussi. Elle a objecté qu'il faudrait travailler un peu pour y arriver, il a fait la sourde oreille.

Elle a envisagé un moment d'emmener aussi Lilli. Malika a levé les yeux au ciel. *Elle a deux ans ! Qu'est-ce qu'elle irait faire à une symphonie de Mahler !*

Ils ont évidemment les meilleures places au balcon, celles du milieu. Quand l'*Allegro* commence – la fête des morts – Vicky saisit un instant la main de Jorinde. Au cinquième mouvement, la résurrection, elle essuie quelques larmes au coin de ses yeux.

Jorinde n'a jamais aimé Mahler. Trop ronflant, trop pompeux, trop d'instruments. Écouter cette musique la fatigue, c'est trop lui en demander. Si elle est ici, c'est uniquement pour son père.

Le concert fini, les applaudissements s'éteignent peu à peu et le chef d'orchestre prend la parole. Il demande au violoncelliste Helmut Noth de se lever, remercie un excellent musicien, un fidèle membre de l'orchestre pour ses décennies de bons et loyaux services, et encourage le public à l'applaudir une dernière fois. Une petite fille s'avance timidement sur la scène avec un bouquet de fleurs qu'elle remet à Helmut. Moins d'une minute plus tard, la plupart des visiteurs se lèvent de leurs places et convergent vers les sorties.

C'est fini.

*

Ils l'attendent à la maison avec du champagne et des canapés. On trinque. Puis Vicky met tous les autres dehors et ferme la porte.

Il a les mains dans les poches de son pantalon, il est debout, les jambes parallèles. Il a le crâne un peu incliné comme toujours mais son regard est posé exactement sur elle.

Jorinde se dirige lentement vers lui.

REMERCIEMENTS

Je me dois de remercier Philipp Keel et ses collaborateurs chez Diogenes, y compris les représentants qui parcourent le pays et se donnent tant de mal pour nous. Tous m'ont accueillie avec une gentillesse extrême. Je me suis sentie chez moi, bien que ce soit mon premier livre publié par Diogenes.

Mes remerciements vont aussi à mon éditrice, qui a été à mes côtés avec un enthousiasme inébranlable. Ce livre n'aurait pas vu le jour sans son aide.

Je tiens à souligner aussi tout particulièrement le travail fourni par le correcteur Dominik Süess, la compositrice Gaby Michel et tous ceux qui ont pris part à la fabrication.

Pour écrire un livre, il faut d'abord avoir du temps. Je remercie ma mère, Susanne Gabel, Lena Wingerter, Lene Stange et Elisabeth Holler de m'avoir donné ce temps. Sans elles, beaucoup de choses auraient été plus difficiles et certaines, impossibles.

Steffen Golibrzuch m'a soutenue de tant de façons que je suis incapable de les énumérer toutes. Sa confiance en mes capacités et son amour sont la base sur laquelle tout peut fructifier.

Je voudrais aussi remercier ma fille Clara. Sa prédilection pour le happy end n'a pas été sans m'influencer.

C'est avec Tanja Graf, chez qui ont paru mes premiers livres, que tout a commencé. Sans elle je n'aurais sans doute jamais rien publié.

Christof Schauer, Vigor Fröhmcke, Uschi Lehner, Birka Sonntag, Dany Wieländer, Ivo Eiberle, Egbert Pietsch, Anke Theinert et Frank-Michael Kroschel ont été des interlocuteurs précieux, des conseillers compétents et des soutiens psychologiques.

Je remercie Katia Klose-Soltau, Sylvia Kroneberger, Viola Grandke, Manuela Schmidt et Anna Weber pour leur compréhension et leur patience au cours des dix-huit derniers mois.

« LES GRANDES TRADUCTIONS »

(extrait du catalogue)

VIOLA ARDONE
Le Train des enfants
traduit de l'italien par Laura Brignon

ELIAS CANETTI
Histoire d'une jeunesse, la langue sauvée, 1905-1921
Les Années anglaises
traduits de l'allemand par Bernard Kreiss
Le Flambeau dans l'oreille, histoire d'une vie, 1921-1931
traduit de l'allemand par Michel-François Démet
Jeux de regard, histoire d'une vie, 1931-1937
traduit de l'allemand par Walter Weideli
Le Livre contre la mort
traduit de l'allemand par Bernard Kreiss

VEZA ET ELIAS CANETTI
Lettres à Georges
traduit de l'allemand par Claire de Oliveira

ELIAS CANETTI ET MARIE-LOUISE MOTESIZKI
Amants sans adresse, correspondance 1942-1992
traduit de l'allemand par Nicole Taubes

DANIEL DEFOE
Robinson Crusoé
traduit de l'anglais par Françoise du Sorbier

EMUNA ELON
Une maison sur l'eau
traduit de l'hébreu par Katherine Werchowski

JOÃO GUIMARÃES ROSA
Diadorim
traduit du portugais (Brésil) par Maryvonne Lapouge-Pettorelli
Sagarana
Mon oncle le jaguar
traduits du portugais (Brésil) par Jacques Thiériot

DANA GRIGORCEA
La Dame au petit chien arabe
traduit de l'allemand par Dominique Autrand

GEORG HERMANN
Henriette Jacoby
traduit de l'allemand par Serge Niémetz

JUDITH HERMANN
Maison d'été, plus tard
Rien que des fantômes
Alice
Au début de l'amour
Certains souvenirs
traduits de l'allemand par Dominique Autrand

IAKOVOS KAMBANELLIS
Mathausen
traduit du grec par Solange Festal-Livanis

YASUNARI KAWABATA
Récits de la paume de la main
traduit du japonais par Anne Bayard-Sakai et Cécile Sakai
La Beauté, tôt vouée à se défaire
traduit du japonais par Liana Rossi
Les Pissenlits
traduit du japonais par Hélène Morita
Première neige sur le mont Fuji
traduit du japonais par Cécile Sakai

YASUNARI KAWABATA ET YUKIO MISHIMA
Correspondance
traduit du japonais par Dominique Palmé

GUYLA KRÚDY
L'Affaire Eszter Solymosi
traduit du hongrois par Catherine Fay

OTTO DOV KULKA
Paysages de la métropole de la mort
traduit de l'anglais par Pierre-Emmanuel Dauzat

MICHAEL KUMPFMÜLLER
La Splendeur de la vie
traduit de l'allemand par Bernard Kreiss

DORIS LESSING
Le Carnet d'or
Les Enfants de la violence
traduits de l'anglais par Marianne Véron
Journal d'une voisine
traduit de l'anglais par Marianne Fabre
Si vieillesse pouvait
traduit de l'anglais par Natalie Zimmermann

PRIMO LEVI
Le Système périodique
traduit de l'italien par André Maugé

THOMAS MANN
Les Confessions du chevalier d'industrie Felix Krull
Dr Faustus
traduits de l'allemand par Louise Servicen

SÁNDOR MÁRAI
Les Braises
traduit du hongrois par Marcelle et Georges Régnier
L'Héritage d'Esther
Divorce à Buda
Un chien de caractère
Mémoires de Hongrie
Métamorphoses d'un mariage
Le Miracle de San Gennaro
traduits du hongrois par Georges Kassai et Zéno Bianu
Libération
Le Premier Amour
L'Étrangère
La Sœur
Les Étrangers
Les Mouettes
Ce que j'ai voulu taire
La Nuit du bûcher
Dernier Jour à Budapest
Journal, t. 1, Les Années hongroises, 1943-1948
traduits du hongrois par Catherine Fay

ROSELLA POSTORINO
La Goûteuse d'Hitler
traduit de l'italien par Domoinique Vittoz

CHRISTOPH RANSMAYR
La Montagne volante
Le Syndrome de Kitahara
Atlas d'un homme inquiet
Cox ou la course du temps
traduits de l'allemand par Bernard Kreiss

MORDECAI RICHLER
Le Monde de Barney
traduit de l'anglais (Canada) par Bernard Cohen

DONAL RYAN
Par une mer basse et tranquille
traduit de l'anglais (Irlande) par Marie Hermet

MADELEINE ST JOHN
Les Petites Robes Noires
traduit de l'anglais (Australie) par Sabine Porte

ARTHUR SCHNITZLER
Gloire tardive
traduit de l'allemand par Bernard Kreiss

SOPHIE TOLSTOÏ
À qui la faute ? Réponse à Léon Tolstoï
traduit du russe par Christine Zeytounian-Beloüs

F.X. TOOLE
Coup pour coup
traduit de l'anglais (États-Unis) par Bernard Cohen

NICK TOSCHES
La Main de Dante
Le Roi des Juifs
traduits de l'anglais (États-Unis) par François Lasquin
Moi et le diable
traduit de l'anglais par Héloïse Esquié

DUBRAVKA UGRESIC
Le Ministère de la douleur
traduit du serbo-croate par Janine Matillon

ERICO VERISSIMO
Le Temps et le Vent
Le Portrait de Rodrigo Cambará
traduits du portugais (Brésil) par André Rougon

Composition : IGS-CP
Impression : CPI Bussière en mai 2021
Éditions Albin Michel
22, rue Huyghens, 75014 Paris
www.albin-michel.fr
ISBN : 978-2-226-44921-4
N° d'édition : 23907/01 – N° d'impression : 2057184
Dépôt légal : août 2021
Imprimé en France